事关桃色II号

朱晓翔·著

卧底潜伏，风云突变，事关桃色II号，跌宕起伏。一场阴谋与圈套的暗战。

中国华侨出版社

图书在版编目（CIP）数据

事关桃色Ⅱ号/朱晓翔著. —北京：中国华侨出版社，
2011.1

ISBN 978-7-5113-1193-1

Ⅰ.①事… Ⅱ.①朱… Ⅲ.①长篇小说-中国-当代
Ⅳ.①I247.5

中国版本图书馆 CIP 数据核字（2011）第 004418 号

● 事关桃色Ⅱ号

著　　者/	朱晓翔
策　　划/	刘凤珍
责任编辑/	梁　谋
责任校对/	吕　宏
装帧设计/	天字行
经　　销/	全国新华书店
开　　本/	710×1000 毫米　1/16 开　印张 18　字数 280 千字
印　　刷/	北京中印联印务有限公司
版　　次/	2011 年 3 月第 1 版　2011 年 3 月第 1 次印刷
书　　号/	ISBN 978-7-5113-1193-1
定　　价/	30.00 元

中国华侨出版社　北京市朝阳区静安里 26 号通成达大厦 3 层　邮编:100028
法律顾问:陈鹰律师事务所
编辑部:(010)64443056　64443979
发行部:(010)64443051　传真:(010)64439708
网　　址:www.oveaschin.com
E-mail:oveaschin@sina.com

目　　录

事关桃色

SHIGUANTAOSEERHAO

目　　录

事关桃色儿
SHIGUANTAOSEERHAO

第一章　密室遭窃

从电梯口到研发中心机要室有 17 米，分布着 4 名保安、两个球形监控和隐藏在天花板的针孔摄像机。

机要室门禁系统采用双人指纹识别技术，必须由一名员工和一名主管同时输入指纹方可进入。

核心数据库电脑放在机要室中央，通向外界的网络已被切断，电脑四周布控着红外线报警系统。

想靠近电脑操作，首先要打开墙壁上的保险柜，关掉红外线报警器，然后破解长达 24 位的密码，才能进入数据库。

保险柜需两把钥匙同时开启。

一把钥匙由肖章保管，另一把在我手里。

我叫薄仕。

不是博士，是薄情寡义的薄，仕女的仕，曾被评为上海市黄浦区十大杰出青年，2008 年创业先进……

对不起，今晚有点啰唆，因为我很紧张。

我是第一个发现有人潜入旭晨大厦的，事情纯属偶然，当晚我应酬完一个饭局，回家途中想起明天的招标会，不知肖章准备得如何。遂来到公司所在地——旭晨大厦 19 层，刚步出电梯，眼角瞥见右侧安全门里人影一闪，定睛再看倏地不见了，赶紧打开监控调阅前 5 分钟的录像，一看之下惊出一身冷汗：

录像中非但没有人出入，连我下电梯的镜头也没有。

可见摄像头被人做了手脚，监控里始终显示的是同一个画面。

此事非同小可，远不是小打小闹、捞一笔就走的小偷所为！窃贼八成冲着明天招标而来。

会议室灯火通明，总经理肖章正和一班手下彻夜开会，看到我都站起来叫道："董事长。"

我只问了一句："辅方数据藏在哪里？有情况。"

肖章当即脸色大变，一拍桌子道："在机要室，但是……"

但是机要室门前乌灯黑火，门口坐着一名保安，倚在墙边睡得香甜，口水直到脖颈。不知谁最后一个下班的，居然忘了布控红外报警系统。肖章又气又怒破口大骂，随即调动人员各就各位，并把其中一把保险柜钥匙交给我保管。

"投标在即，居然不晓得孰轻孰重，会开得再多、方案做得再好有屁用！"我批评道。

他面有惭色："辅方数据直到傍晚才弄出来，大伙儿都累得一塌糊涂，可能忘了……"

"两个亿的项目，责任重大呀。"

"只要挨过今夜……"他讷讷说，"明天下午就移送招投标中心，等专家评审团拆封后，一切都公布于众，没有秘密可言。"

"今夜……"

此时不到23：00，离天亮还有七八个小时，这将是有史以来最难熬的时光。面对价值两个亿的医药项目，无数对手在黑暗中虎视眈眈，随时展开疯狂扑噬，试图哪怕提前一分钟获得对方数据，从而在漫长的竞争中占据制高点。

时间极其缓慢地流淌着，半小时、一小时、两小时……

职员们原本就睡眠不足，紧张过后更觉得疲乏，虽然强打精神四处巡逻，个个东倒西歪像喝醉了酒。一楼大厅保安们更混账，索性锁好大门躺在沙发上呼呼大睡。

监视器前肖章气呼呼说明天一定要找物管理论，每年交那么多物管费，却连最基本的安全都不能保证，简直岂有此理！

我安慰说我们俩坐在这儿盯着也一样，从一楼到顶楼尽在掌握。

话音未落，日光灯、吊灯不约而同跳了跳，监视器画面变成满屏雪花。

电路跳闸！

所幸公司配有专用 UPS，能维持正常用电，但从此刻起我们对其他楼层的动静就一无所知了，19 楼成为黑暗中光明的孤岛。

我脑子转了转，安排一名保安负责看守 UPS 电源，倘若它被破坏掉，非但我们成为睁眼瞎，所有依赖电来维持的防护设施都形同虚设。

陡地灯泡急剧闪动，亮度明显暗淡，机要室服务器、门禁系统、红外报警系统同时响起警报，黄灯、红灯闪成一片，提醒我们电力不足，系统即将保护性关闭！

"怎么搞的？是不是忘了给 UPS 充电？"我急白了脸。

肖章连连擦汗："不可能，不可能，UPS 有自动充电功能，而且能在负载 30 千伏的情况下连续供电 16 小时，机要室设备负载不过 12 千伏，即使加上 19 楼所有电器也不会超过 20 千伏……"

我无心听他罗列数据，带人赶到 UPS 主机室，主机面板上显示负载量已达到极限！

"关灯！关所有与机要室无关的电源！"我命令道。

电灯、电脑、空调全被关掉，然而负载一点儿没降，报警鸣叫声和报警灯渐渐微弱下来，眼看快维持不下去了。

"问题不在正常负载，而是有人在线路上搞鬼，听说有种'脉冲增压器'，能在瞬间增加负载，40 分钟就能拖垮一个中等城市的电网。"黄总工程师不愧是技术出身，了解当今高科技主流产品。

"UPS 线路是封闭专用的内网，难道窃贼在 19 楼？"我下意识拎起电棍准备投入战斗。

黄总略一沉吟："有一条外线……18 楼民生律师事务所是德文友好单位，去年经肖总同意放了一条线路……"

没等他说完，肖章抢先一步冲到配电柜前，切断通向 18 楼的电源，顿时负载条急剧下降，UPS 恢复正常。

"我带几个人下去揪出窃贼！"颜助理跃跃欲势。

我拦住他："不可鲁莽！我们的任务是看守好数据，不是抓坏人，不能在关键时刻分散力量。"

一行人回到大厅，冷不丁天花板上水花四溅，没头没脑喷洒在我们身上，很快淋得精湿，肖章气极败坏大喊："怎么回事？"

"有人用烟雾启动了消防自动灭火系统……"黄总边跑边叫道，"我去关掉。"

"把所有惹事儿的系统全关了！"肖章情绪有些失控，"打 110 报警，说有歹徒非法入侵。"

我说道："没有证据，警察才不会陪在这儿守一夜，还是静下心加强防御吧。"

说话间天花板上的喷头都缩回原位，我们来到机要室门口，两名保安握着电棍寸步未离，门禁系统上显示最近 3 个小时内没有人出入。

肖章表情微微一松，看看表说："现在是凌晨两点，等到天亮就好了。"

"可窃贼为何启动灭火系统，既然没有靠近门禁系统，仅仅做个恶作剧？"我心存不解。

"也许是为了掩护他的行动。"

"监控都没用了，他有什么顾忌？"

"除非他……"

说到这儿两人同时一怔："他已潜入 19 楼！"

我们迅速调集人手加强机要室附近的防范，然后叫上颜助理等几个年轻力壮的小伙子展开搜索。

连续搜了十多间，我止住脚步问："就算他趁乱躲进办公室又有何用？只要我们守在机要室门口，他根本没辙。"

"除非他会地遁……"

肖章开玩笑道，说到半截刹住口，直勾勾看着我，然后将目光移到天花板——

"他从上面进！"

"快到机要室！"

我们咆哮着向机要室狂奔，按指纹时黄总还喋喋不休："天花板上不是有隔断吗？"

"他连'脉冲增压器'都有，还会被区区隔断难倒？"

"有道理，不过短短工夫来得及吗……"

我懒得跟他解释，打开门第一个蹿进去。谢天谢地，电脑处于屏保状态，红外线报警系统也运行正常，看来黄总猜得不错，打通隔断需要时间。

"虚惊一场，"我松懈下来，"干脆搬张桌子进来，咱们坐在里面打惯蛋。"

肖章仿佛没听到我的话，警犬似的嗅来嗅去。

"肖章！"

他猛地转过身，斩钉截铁道："有人进来过，是个女的！"

我用力吸了几口："我怎么闻不出来？"

"我在这间屋里待了 5 年……"他自信说，"就算多只苍蝇我都分得出公母。"

我围着红外防线转了一圈："你的意思是，有个女人进来了，她什么都没干，又离开了？"

黄总插嘴道："打不开保险柜就关不掉红外系统，关不掉红外系统她就没法靠近电脑。"

"是吗？"我狐疑道，"要是我辛苦半天一无所获，起码一脚把电脑踹了。"

肖章若有所思，过了会儿断然道："关红外系统，我要查电脑记录！"

调出电脑使用日志，里面显示：2 分钟前有下载记录，下载时间为 1 分 14 秒！

机要室里死一般寂静，连呼吸声都没有。

所有人都惊呆了。

有红外系统，有 24 位密码保护，窃贼到底怎么得手？

黄总的脸已憋成关公——为了辅方数据他连续 76 天没回家，而他家离公司步行只有 14 分钟！他突地跳起来，三步并作两步来到电脑后面，面色惨白，指着下面哆哆嗦嗦说："无……无线网卡……"

真相大白，就是 4 个字：无线网卡。

那个女人——如果肖章闻得不错的话，通过天花板爬进机要室，从红外线间隙里把无线网卡插到电脑后面的 USB 接口，再退到某个僻静的角落，从容不迫下载辅方数据。至于 24 位密码，有强大的网络运算和数值测试，最多 3 分钟就能摆平。

折腾了大半夜，我们还是输了，输得心服口服。

不知过了多久，肖章打破沉默让大家回去休息，接着拍拍我的肩，两人一前一后来到总经理办公室，他反锁上门，随手扔了根烟给我。

"怎么办？"我问。

"什么怎么办？"

"明天……不，今天的投标会还参不参加？"

他深深吸了口烟，慢悠悠吐出个烟圈："去，当然去。"

"可是辅方数据……"

肖章站起身，凑到我耳边道："机要室电脑里是假的，真的在我身上。"

生怕我不信，他特意从怀里掏出 U 盘晃了晃，满脸得意："这一手玩得如何？连你都被蒙了，哈哈哈。"

我瞪着他看了半天，道："天底下最防不胜防的就是正人君子耍流氓，想不到你也会骗人。"

"嘿嘿……"他心安理得接受了"流氓"的殊荣。

正要夸他两句，眼光掠过 U 盘，全身汗毛齐齐竖起来，我惊恐万状道："它，它，它的灯怎么会自己闪？"

肖章目光一凝，脸色大变："糟糕！窃贼使用的硅谷尖端产品——'鹰隼视窗'，能强力搜索到一公里之内的 U 盘并自动下载数据，这……这……"

他一咬牙想砸掉 U 盘，我一把攥住他手腕："你疯了，这里面是孤本，一旦毁掉我们将一无所有！"

"那也比落到对手手上好。"

"就算他们得到数据，我们仍有机会。"

他看着 U 盘上闪烁的红灯，呆呆出神良久长叹一声："可是……我真的不甘心哪……"

两人自怨自叹了半天，没精打采准备回家，这时监视器画面一亮，大厦电力恢复了，瞬间我清楚地看到一楼消防通道里有个高挑、纤细轻盈的身影闪了闪，随即消失在夜幕中……

第二章　自投罗网

上午 9 点整，罗主任准时走进招标管理办公室，我如影随形跟进去，不等他开口便掏出报警记录、警方证明和录像光盘，一一摊在桌上。

"小薄，这是什么意思?"他总喜欢这样居高临下称呼我，以显示身份不凡。

"昨晚有窃贼偷走了我公司的辅方数据，如果今天投标的 23 家公司中有引用我方实验资料或研究思路的，属于不正当竞争，应该予以取消竞标资格并移交司法机关处理。"

他未置可否戴上眼镜，将陈列的东西看了一遍，慢腾腾道："保管不善是你们自己的事，破案是警方的责任，招标办没有义务参与刑事侦破，再说专家组要在两天内确定入围公司，压力很大，哪有时间甄别抄袭问题? 小薄，这件事我帮不了你。"

"可让不劳而获者入围，怎能体现公平竞争原则? 又怎能保证第二阶段竞标质量?"

"啊，那是我们要考虑的问题，无须你费心。"

他顺手拿起一叠文件，似乎准备结束谈话。

我咬咬牙："罗主任，小薄还有些东西交给您过目。"

"对不起，我很忙，没时间接待你。"

"不，这些照片您一定要看。"

我边说边把十多张照片扔到他面前，他扫了一眼顿时变色，厉声道："你派人跟踪我?"

"小薄也没有办法，小薄托朋友请了您若干次，您就是不赏脸，但照片显示陪您在 KTV、酒吧和高尔夫的武宫正雄代表吉秋田参与了本次投标，您看，是不是有点厚此薄彼?"

"这些都是私人性质的宴请，与投标无关。"

"如果小薄在投标现场分发这些照片，不知罗主任能否说服大家？"

他瞪了我半天，缓缓道："把我拱下台，德文也入不了围。"

"我也不想两败俱伤，最好的选择是双赢，希望罗主任能主持公道，凭德文的研制水平，一定能笑到最后。"

"公道就是招投标管理办法，我不能给你任何承诺。"

"德文有理在先，加上罗主任德高望重，专家组肯定会采纳您的意见，"我笑嘻嘻站起身，"要不，我先把照片带走？"

他冷峻地看了我一眼，低头看文件，不再理我。

目标已经达到，再说下去就有可能撕破脸，我乖巧地收好照片蹑手蹑脚走出办公室，刚下楼手机响了，是肖章打来的。

"薄仕，有人把我们的辅方数据放在网络上贩卖。"

"什么？！"

匆匆赶回公司，冲入程控室时正好撞着里面出来的人，我说着"对不起"抬头看，不觉一呆：眼前是位身材高挑的女孩，瓜子脸，大眼睛，皮肤白皙，一头长发拢束在后面，裸出挺直的鼻额和鹅弧颈项，表情清冷，眼神中透出一种拒人千里的戒备。

她是谁？我怎么好像在哪儿见过？

正想询问，肖章在里面连连招手："薄仕，快来看。"

就在迟疑间，她灵巧地从身边闪过去，我用力嗅了嗅，发现她居然没有用香水！

电脑屏幕上，一则商务广告赫然写道：桃色辅方数据，有偿转让，一口价99999元，有意者请上QQ联系，截止日期当天下午3点前。

下面有联系人的QQ号。

肖章说："已经让职员上QQ聊过，对方发来一段数据，与我们的一模一样，再问下去对方就警觉了，不回答任何问题，只说诚心交易的话就先汇5万元到指定卡号，然后他给80％的数据，等审核无误后再进行剩下的交易。"

"10万块倒是不贵，倘若23家公司中有来不及研制的，拼着上当也愿意试试，毕竟关系到两个亿标的，关键问题是该死的窃贼苦心孤诣偷走数据，就为了冒险在网上卖几个钱？"我忖道，"光'脉冲增压器'和'鹰隼视窗'恐怕就得二三十万吧。"

"辅方数据研发期限相当短，我们也不过提前几个小时完成，估计能把整个数据都做出来的不超过 15 家，假设有 5 家公司向他购买，必赚无疑。"肖章道。

典型理科生的思维，我哑然失笑："账不是这样算的，还有个风险衡量的问题，如果大家都怀疑是骗局不买岂不是血本无归？我担心其中另有文章。"

肖章搔搔后脑勺："管它呢，反正数据已经泄露出去了，多几家知道也无所谓，我继续做我的现场陈述，好歹碰碰运气。"

"等等，"我关上门问，"刚才撞我的小妞什么来头？"

"噢，上个月柏妮辞职了，程控室电脑配方岗位一直空缺，所以让人力资源部招了她，她叫唐雪漫，南方医科大学药剂专业，之前在制药厂工作过一段时间，理论加实践……"

"老实交代，你小子是不是想泡她？"我冷不丁问。

"这，这，这……"他涨红脸反驳道，"这是正常招聘员工，绝对不掺任何私人因素。"

我捶了他一拳："少跟我打官腔，咱们俩谁跟谁？你眨眨眼我就知道你在琢磨什么，但你考虑过没有，眼下正值招投标节骨眼上，贸贸然进个新人进来，安全方面……"

"我派人调查了，她确实在金华制药厂干过，这期间没有与其他药剂公司接触的记录，再说数据被窃后德文入围希望渺茫，谁会把赌注押到我们身上？"

我苦笑。

与其说他天真，不如说他懵懂。不过正因为这种毫无机心、坦诚相待的性格，我们俩才能打破"合伙的生意做不长"的商界定律，把德文从只有七八个人的医疗器械店铺，一步步做成拥有六十多名高端药剂科研人员的大公司，跻身于上海十大药剂研制商之一。

"也罢，程控室只负责外围事务，碰不到科研核心，总之在这件事结束之前不可以给她红牌。"

公司内部规定，只有佩戴红牌者方可出入科研重地。

肖章似乎有点不满，耸耸肩出去了。

唐雪漫，挺有诗意，这个浪漫的名字在我脑中毫无印象，可为什么有种似曾相识的感觉？

由于急待处理的事太多，仅仅是一闪念，我又把注意力集中到即将而来的投标上，先是打了几个电话，不出意料都提示关机——投标前夕是最敏感最牵动人心的时刻，处于要害位置的那些人格外谨慎，唯恐招惹不必要的麻烦，也罢，该做的工作都做了，多说无益，不如静观其变。打开电脑，邮箱里有几份未读邮件，是我秘密安置在主要竞争对手的卧底写来的，说他们基本在昨天完成辅方数据，目前正准备现场论述。

哼，到底是旗鼓相当的对手，连出数据的时间都差不多，这笔大买卖不知到底花落谁家。我悻悻想。

起初这个项目轮不到我们民营企业，它由上海西药康复研究所提案，被列入卫生部"十一五"重点科研项目，旨在研制一种能够恢复、调整因用药过度或治疗产生的副作用导致肾功能衰竭的人工化合药物——是药三分毒，无论治疗什么病，只要用药必然会有一定量的毒素渗入人体，从而加重肾的负担，日经月累使肾功能无以为继。因为一期研发出来的药剂呈淡桃红色，而且肾功能与国人最感兴趣却又最说不出口的"性"有莫大关系，研究所申请项目时给它起了很别致的名称——桃色Ⅱ号。

计划赶不上变化，就在西药康复研究所雄心勃勃准备大干一场时，适逢国家对科研机构进行改革，合并的合并，裁减的裁减，研究所被分流掉1/3科研人员，可承担的课题却比以前多了一倍。无奈之下只得保证重点项目，划出一大块蛋糕搞市场化运作，即通过招标确定合作伙伴，它出资金，民营科研机构出人、出仪器、出方案，等研制成功推向市场后再按约定比例分成。

桃色Ⅱ号研发资金高达两个亿，还不算正式投产后的巨大经济效益。

因此整个上海滩的民营科研公司像发了疯似的，用尽一切手段，施展一切伎俩，只要拿下桃色Ⅱ号项目，至少十年内衣食无忧，并可确立在上海的巨无霸地位。

德文属于后起之秀，不过凭借我出色的公关技巧和肖章精湛的专业造诣，急起直追，已隐隐能与诺贝伊顿、吉秋田和梵非等大公司并驾齐驱，虽是如此，在讲究经验、资历和人脉的药剂研究领域，碰到这种超级项目，德文的劣势显而易见，而且有可能成为致命缺憾，这也是我始终担忧的。

屋漏偏逢连夜雨，就在我们打算以技术和创新取胜时，辅方数据失窃又狠狠捅了德文一刀。

辅方数据制作是研发桃色Ⅱ号的前哨战，辅方实验数据、研发思路和分析资料，直接左右桃色Ⅱ号的研发水平，打个比方，倘若只打了20层楼的地基，后面水平再高也不可能盖30层楼。

所以这一刀真狠！令人不安的是目前为止我还不知道对手究竟想干什么。

坐在办公室思来想去，心中搅成一团乱麻，决定不能干坐着，得到研制中心看望一下技术人员，无论成败都应该对他们的辛劳和付出表示感谢。走到会客室门口，唐雪漫捧着一叠资料从程控室出来，看着她的背影，我又一次陷入沉思：到底在哪儿见过的呢？

她似乎感觉到有人盯着自己，加快脚步拐入药剂室。

这个转弯的动作使我如醍醐灌顶，顿时触动灵机：我确实见过她，就在昨天夜里！

她与屏幕上消失的窃贼背影惊人地相似！

好哇，昨夜才窃走辅方数据，今天竟敢堂而皇之跑过来上班，全不把德文放在眼里，老子要让你尝尝自投罗网的滋味！

第三章　灾星现身

"相似怎么了？亲子鉴定低于99％都不算，再说身材，整个上海像她这样身材的不下十万人，你能说她们都有嫌疑？"

肖章没等我说完便迎面泼了一盆冷水。

我知道他一根筋扭不过来，耐心说："我说的相似并不是身高、体形，而是她走路时的习惯和姿势，不信你可以调监控感觉一下……"

"我只看重证据，除非你拿出唐雪漫就是窃贼的证据，否则我不认同你的观点。"

我被噎得一口气差点没接上来，顿了顿说："好，我证明给你看，"随即拿起电话，"程控室吗？叫唐雪漫到总经理办公室来。"

"你干什么？当面审问？"肖章几乎要跳起来。

"别着急，看我的。"

过了会儿唐雪漫出现在门口，表情还是冷冷的："董事长，总经理。"

我顺手拿起桌上两页纸："请把这份报告送给纵海超市邱老板。"

"纵海超市……"

"后门出去，向右40米就到了。"

她接过报告，稍有疑惑地瞟了肖章一眼转身出门。

看着她上了电梯，肖章迫不及待地问："你搞什么鬼？这明明是楼下万律师的体检报告，显示因精子活力不够导致不育，人家邱老板两个月前才生了个大胖小子，看到报告岂不怀疑自己戴绿帽子？"

"我这就打电话，"我三言两语与邱老板解释一番，然后拖着肖章来到监视器前，"昨夜窃贼是从后门逃跑的，今天让唐雪漫沿着相同路线走一遍，再把两个背影剪切下来对比，不就行了吗？"

这倒符合肖章技术派的风格，他面色缓和了些，道："并非我存心祖护，而是情理上说不通，招聘是上周进行的，当时八字还没一撇；本来她应该两周后上班，实在因为最近员工们为了辅方数据全力以赴，个个累得人仰马翻，才临时决定叫她过来帮忙，因此……"

我笑嘻嘻道："因此你觉得怀疑人家说不过去。"

说话间唐雪漫来到一楼大厅，环顾四周后走向后门。

"你看，她连后门在哪儿都不知道。"

"废话，换了我也要装模作样，以她偷数据的智慧，肯定猜到我们在监视她。"

她走到一半时突然停下来东张西望，像不认识路的样子，很快有人上前搭讪，两人交谈片刻后一起朝后门走去。

"好狡猾的丫头！"我猛拍一下显示器。

肖章还没弄明白："怎么狡猾？"

"她已洞察我们的用心，故意拉人做挡箭牌……"

唐雪漫边和那人说话，边稍稍抢先半步走在前面，这一来监控画面上那人正好将她的身体挡掉一半，两人保持这种格局走出后门。

"也许她真不熟悉路况，请人带路。"肖章为她辩解。

"带路？我已说得够清楚了，又不是叫她闯迷宫，不行，我一定要想办法试探出真相。"

"薄仕！你还有完没完？"肖章急红了脸，"我看你是成心跟她过不去！"

我一呆。

合作六年了，我们俩从没红过脸，偶尔我对他发发火，吵两句，忠厚的他也是一笑了之，并不往心里去。今天他怎么了，居然为个初出茅庐的女孩跟我发脾气？

我心念急转，和稀泥道："瞧你说到哪儿去了？逗你玩而已，快准备现场陈述吧，我到研制中心转转。"

出门瞬间我心里更坚定把唐雪漫赶出公司的念头。

才上班半天不到就让一对最亲密的战友发生争吵，长此以往公司岂不被她搅翻天？

就算她不是卧底也得走人！

手机响了，好像是公用电话号码，又是 4 又是 7，我凝视手机屏幕定定神："你好，哪一位？"

"薄董事长，我是老商的爱人，今天一大早他就被人接走了，不方便打电话，所以让我跟你联系。"

老商，专家组成员，我的公关对象之一。

"哦，有事请讲。"

"是这样，我家老商说承蒙薄董事长关心，十分感谢，不过呢最近家里遇到点难事，他这个人性格内向，没什么朋友，想来想去只能找你商量，不好意思啊……"

什么商量，无非伸手要钱罢了！这老家伙真有一手，赶在投票前开口，真是老奸巨滑。我恶狠狠想。

"没关系，请说。"

她好像真不好意思，吞吞吐吐说："嗯……这个，老商说……想向薄董事长，那个，借5万……"

胃口倒不大，我心里悬着石头咣当落地，正想询问具体操作事宜，突然瞥见手机下端红灯闪烁，不好，有人窃听！

我手机安装了防窃听装置，一旦遭到窃听就会自动报警。

陷阱。这是一个陷阱。

倘若我一口答应下来并商量操作细节，这段对话便会被录下来成为行贿证据。至于对方为何选择老商来试探我，可能之前我们秘密接触时被人发现了——我派人跟踪罗主任，对方也可以跟踪老商，商战本来就是一场没有硝烟的立体战争。

我温和地说："对不起，德文是凭技术踏踏实实做事的公司，不可能与专家组成员有任何经济往来，实在抱歉……"

没等我说完对方"啪"挂断电话。

轻舒一口气，好险，差点上钩，对手远比我想象的还要阴险哪。正想着手机又响了，我一哆嗦，低头看却是女朋友容小米打来的。

"小米……"

"薄仕，我报名了。"

"报什么名？"

"'炫采人生'啊。"

我一听顿时头大了十倍，嚷道："你报那个干什么？那是20岁左右的小姑娘玩的节目，你掺和进去干吗？"

容小米委屈地说："就知道你不肯，所以才先斩后奏，进演艺圈是我人生的梦想，我绝对不会放弃。"

"可是……"

"嘟嘟嘟……"

容小米干脆把电话挂了。

我怒气上涌，冲着手机喊："这回我不会再帮你了，绝对不会！"

听到我叫嚷，肖章从办公室出来笑道："小米又想闯荡演艺圈？"

"唉！"

"这回报的哪个娱乐节目？"

"唉！"

"准备花多少钱？"

"一毛不拔！"

我挥舞手臂叫道，不小心把手机甩出去，手机在空中划了个弧线，落到——唐雪漫脚下。

又是她！

这个灾星，打她出现起我就没遇过好事儿。

气冲冲回到办公室，再打容小米的电话，关机了。

她居然关机！

平心而论，我对容小米够宽容，够关照了。身为报社记者，成天却想着进演艺圈，在镜光灯下抛头露面，只要有剧组进驻上海，她保准第一个闻风而动，跑到剧组央求给机会。人家能随随便便让你上镜？且不说传闻中的潜规则，她既非表演专业出身，圈子里又没有人脉，凭什么给机会？

在她软磨硬泡下，我只好粉墨登场，赞助 20 万换取她扮演女二号身边的丫环。可惜她确实不是做演员的料，不会"演戏"。比如导演叫她哭，她就像个木头橛子似的站在原地哇哇大哭；叫她摔倒，她就像破麻袋一样直挺挺倒地，不懂得做些挣扎、揉心口、泪眼朦胧之类容易出彩的小动作。她站在女二号身边表情硬得像僵尸，全然不会眼波流转、巧笑嫣然，或者摸摸头发，凑在里面笑几声，适当抢些镜头。弄到后来制片人实在看不下去了，找我商量说要不退十万给你，但她的戏一定要砍掉，不然影响整个片子的质量。

类似事件后来又重演了一次，有位导演含蓄地说三百六十行，行行出状元，你有做记者的天分，何必蹚演艺圈这滩浑水？

有做记者的天分，就是说没做演员天分了。话说到这一步她都执迷不悟，虽然不好意思再央求我往剧组砸钱，却迷上了各家电视台举行的选秀节目，她坚信是金子终究会发亮，只要不懈努力。

如果不是金子呢？我没敢问。

不过她毕竟27岁的"老人"，哪是新生代女孩的对手？她们能玩得很癫，能放得很开，在娱乐圈的潜规则里如鱼得水，面对她们，容小米常私下哀叹"老娘老了"，大有"退出影坛"之势，但她终究经得起摔，一觉醒来又容光焕发奔走在各大电视台之间。

有人问我摊上这位不屈不挠的女朋友累不累？要看从哪个角度来分析，女人嘛，是天生给自己找麻烦的代名词，不让她折腾这个，她也会想出别的事儿，比如减肥，比如美容，比如玩感情游戏，总之闲不下来。有追求总是好事，对不对？

迷迷糊糊想了很多，倚在沙发上睡着了，朦胧间肖章说要过去投标，我含糊应了一声继续睡。不知过了多久，手机铃声大作，醒过来一看是肖章的电话，心里"咯噔"一声，暗想这会儿来电话八成凶多吉少！

"什么情况？"

"薄仕，有点不对劲。"

"你说。"

"刚才罗主任突然宣布取消下午的现场陈述，并把各家报送的书面资料和数据盘密封起来收走，说陈述时间另行通知。"

"这是玩的哪一出？"我沉思道，"其他公司反应如何？"

"都像不知情的样子，有的惊讶，有的愤慨，还有公司表示程序不公正，要向有关部门申诉。"

我冷冷一笑，这些家伙的演技比容小米高多了，应该让他们进演艺圈才对。不过，我在里面的内线竟然都未事先获悉，可见此事保密程度之高，应该仅限于研究所高层范围内。

到底什么原因使研究所突然改变投标程序？会不会是罗主任泄恨报复，针对德文的阴谋？

我又忐忑不安起来。

事关桃色

SHIGUANTAOSEERHAO

第四章 针锋相对

　　按捺住心神打了几个电话，谢天谢地，有一个总算通了，对方也对下午的变化感到奇怪，说没有听到不利于德文的风声，另外他还提供了一个不同寻常的信息，罗主任通知研究所宾馆为专家组准备消夜，看来夜里有活动。

　　放下电话，脑中问号揪成一团。

　　投标前我就预料到事情很可能要坏在罗主任手上。桃色Ⅱ号项目表面上是分管科研的蒋副所长负责，但他是博士生导师，国内8所大学的特聘教授，手头上有4项国家级重点科研项目，哪有时间管招投标这等琐事？实际大权掌握在罗主任手中。然而这家伙却是软硬不吃的主儿，我用尽手段都没能踏入他家门一步，未能让他赏脸吃一顿饭。当时就猜到大事不妙——世上根本没有不吃腥的猫，他之所以不为所动，肯定是没搔到痒处。

　　果然，私家侦探的照片陆续摆到我面前：与吉秋田老总武宫正雄把酒言欢，脸喝得红成虾子；在KTV飙歌，在高尔夫球场奋臂扬杆……

　　后来才知道，罗主任的儿子罗振在江苏做医药销售总代理，武宫正雄利用吉田秋的渠道替他卖药，罗振赚得盆满钵溢。罗主任虽号称百毒不侵，对独子却宠爱有加，自然要领这份情了。

　　后悔之余发力进攻，结识了不少研究所中层，但生杀予夺大权还是罗主任掌握，这一点谁也帮不了我。

　　肖章还守在招投标中心，诺贝伊顿、吉秋田、梵非等主要竞争对手也没走——哪怕心知肚明，也要坚持到底，不给对手留下话柄。

　　我关照肖章不要太迟，早点回去休息。通完电话来到走廊，整个楼层静悄悄的，此时已是6点半，员工们都下班了，除了研制中心永远处于忙碌中。

程控室还亮着灯，过去一看，唐雪漫独自坐在电脑前忙碌。第一天工作需要学习和适应的东西很多，加点班是正常的。我心一动，蹑手蹑脚来到她身后，冷不防伸手抓她的肩膀——时值夏秋之交，她穿着无袖短裙，雪白娇嫩的香肩裸露在外面，水灵得好像刚出水的豆腐。蓦地手心一凉，原来她更快一步，将钉书机塞在我手里。

"唐小姐反应蛮快，看样子受过专门训练？"我话中有话。

她面无表情："屏幕上有董事长的影子，你一进门我就发现了。"

"所以你知道我要摸的不是钉书机。"

"钉书机有很多作用，不仅仅钉书。"

死丫头，敢威胁我！

"唐小姐一定听说过写字楼潜规则？"

"没有。"

"那我告诉你，21世纪白领过剩，高档写字楼职位越来越少，要求却越来越高，因此女职员除了自身条件要过硬，舍得付出也是生存法则之一，更别提偶尔让上司吃豆腐。"

"哦，董事长想吃我的豆腐？"她目不转睛盯着我。

"别说得这么直白，我会脸红的。"

"我看董事长不是容易害羞的人。"

我沉下脸："德文从来没有职员敢这样评价我，你知道会有什么后果？"

"解雇我？"

"这是你自己说的，"我抓住话头道，"或许你可以主动辞职，这样彼此脸面都好看。"

她语气缓和了些，不再像刚才那样嚣张："董事长好像对我有敌意，作为新人，第一天上班肯定有很多不足，只要董事长指出来我会及时改正。"

我直截了当道："这不是重点，唐小姐，我怀疑你就是昨夜的窃贼！"

唐雪漫——要么真的很无辜，要么就是最出色的演员，一张俏脸波澜不兴，眼睛一眨不眨看着我，眼眸中布满迷惑："什么窃贼？"

"你当然不可能承认，但我直觉你就是她！你先窃取辅方数据，再利用招聘大模大样混进来，想偷我们第二阶段的资料，谁是你的主子？诺贝伊顿？吉秋田？还是其他公司？"

她冷静反击："如果是这样，我更不能辞职，必须留下来证明自己的清白，也许董事长应该立案调查，把事情查个水落石出。"

好哇，她认定我不敢解雇！哼，她看出肖章的心思——女孩子在这个问题上尤其敏感，判断我不会为了她跟肖章翻脸，这是我的软肋。

我冷冷道："怎么查是我的事，无须你多嘴……没事早点下班，注意节省用电。"

憋着一肚子火来到研制中心，吩咐说非常时期要严格遵守规章制度，没有红牌者，哪怕上海市委书记也不准进，违者给我走人！技术人员们面面相觑，不知我发的哪门子邪火。

出了大厅，径直拐到旁边巷子里，坐上一辆黑色普桑出租："等会儿有人出来再开。"

司机凑过来嘻皮笑脸道："今天想跟踪谁？去夜总会还是 KTV，或是地下酒吧、迪厅？"

我没好气道："不说话你会死？"

"能让董事长心情这么差，肯定是女人。"

"对面还有出租，再说一句我就换车。"

"好好好，不说就不说，"他嘀咕道，"小杨也不是多嘴的人。"

过了半个小时，唐雪漫袅袅娜娜地从里面出来，站在路边招了辆出租离开。

"就是她！注意别被发现。"

小杨吞了口口水："好正点的马子。"

我不搭腔，从车子里取出太阳帽和墨镜戴上，聚精会神盯着前方。

夜幕下的大上海是车的海洋，从几万块到几百万甚至上千万的车子，都毫无例外汇入到堵车大军中，所有人都在耐心等待，因为堵车已成为上海有车一族生活的一部分。

唐雪漫坐的出租离我们有 7 辆车，属于可控监视范围。小杨尽管很饶舌，但跟踪盯梢绝对是天才，哪怕发生车祸，他都能在陷于混乱的几百辆车中一眼找到目标，因此成为我的固定合作伙伴。

一直跟到兰州路，出租车在潼运大厦前停下来，唐雪漫下车后直奔前厅。不等我吩咐，小杨尾随上去。过了一刻钟回来说搞到资料了，她租居在 6 楼，6156，上周才签的约，独身。

我环视四周，沉吟良久道："明天到对面的吉华大厦看看，在 7～9 楼邻街方位租间屋子，费用我出。"

小杨全身一怔："董事长，你想……全方位监视？"

"不敢吗？你可以不干。"

"不不不，我的意思是……这事儿……有点，有点冲突。"

"冲突？"这回轮到我惊讶了，"说清楚点。"

他脸涨得通红，期期艾艾说不出话，我冷着脸打开车门，站在路边挥手："出租！"

他赶紧把我拖回来："危险，这样太危险，万一那妞站在窗口就暴露了。"

"反正你不愿干，顾忌什么？"

"唉，唉……"他急得脑门上一层油汗，过了会儿咬咬牙说，"直说了吧，上午肖总找过我，也叫我盯着她，弄清地址后租房监视，看她跟哪些人接触，平时到哪儿活动之类，你说……"他为难地呫呫嘴。

我怔怔好一阵子，陡然爆发出一阵大笑。

太有意思了！

想不到一向老实本分，从不显山露水的肖章也会玩这一手。

他被唐雪漫迷住了，又不愿公司上下知道自己的想法，只得和我一样，用这种下三烂的手段了解她的隐私。另一方面，尽管他信誓旦旦担保她没问题，恐怕私下也有所疑虑，因此想一箭双雕。

"没关系，我跟他目的不同，他是私事，我是公事，互不影响，你大可放手去做，所有费用都由肖总出，不过若有有价值的资料，我额外给奖金。就这样定了，注意保密！"

他苦着脸说："我夹在中间，两边不是人。"

车子将我送到淮海路，下车后我拐入一条僻静的巷子，不多时一辆马六悄然停在身边，车门滑开，我迅速闪身进去。

"好利索的身手，薄董事长越来越年轻啊。"

开车的美女转过来，美目流盼，似笑非笑看着我。

我凑在车顶上方的镜子理理头发："应该说宝刀不老，不，宝枪，这一点你最有发言权。"

她佯嗔地白了我一眼："你呀，就是嘴上不正经……听说昨夜失窃了？"

事关桃色

SHIGUANTAOSEERHAO

"好事不出门，坏事传千里，詹姆斯一定把鼻子都乐歪了。"

"当然，发自内心地高兴。"

"其他有什么反应？"

她敏感地看了我一眼："这么说你不知道谁是幕后主使？"

"会不会是詹姆斯？"

她可爱地皱皱鼻子："詹姆斯是标准的英国绅士，还没学会东方式阴谋。"

"少来这一套，西方早在 100 多年前就出现 corporate espionage（商业间谍）的单词，玩这个他们最拿手。"

"感觉不像，别忘了我是财务总监，耍阴谋诡计是要花钱的，凡是花钱的事都瞒不过我。"

我咧嘴笑了："只要瞒不过你，就瞒不过我。"

她笑得好似狡猾的小狐狸："谁叫我们同居过呢。"

我忙不迭直摇手："姬小倩，你饶了我好不好？这话若让小米知道了，非把我五马分尸、大卸八块不可。"

"怕什么？下次和她逛街时我就说我们俩是清白的，我们之间什么都没有发生。"

"唉，这话我听了都觉得假……"

然而千真万确是事实。

我刚到上海做医疗器械的时候，所有资金都投在设备上，经济上非常拮据，生活也无从讲究，遂找了套房子与人合租，合租者不是别人，正是这位漂亮女孩，姬小倩。

虽说是合租，由于各自忙于事业，我是从早到晚挨家挨户推销产品，她是技术出身，没日没夜泡在单位，几天都难得碰到一次，孤男寡女住了几个月居然相安无事。后来她跳槽到诺贝伊顿，并一步步升到财务总监宝座，我的德文也高速发展成为诺贝伊顿的强劲竞争对手，才结束合租生涯并达成默契，对外永远不提这段经历，私底下她经常自称是我的同居女友。

不过两人再度秘密接触，还是桃色Ⅱ号项目启动之后的事。

我们怀着不同目的，为了共同的目标走到了一起。

第五章 欣喜之余

上午刚到公司，招标办就打来电话，通知 10 点整到研究所第三会议室集中，并强调必须由公司法人代表出席，委托其他人出席的要出具授权委托书。

第三会议室很小，只能容纳 30 人左右，这么说每家公司只有一个出席名额。这种技术性特别强的招标项目，让法人代表去干什么？

我心里没底，和肖章商量了一阵，决定叫上黄总一起去，我在耳朵里塞只无线接收器，传递会场所有信息，若有技术方面的问题，他们就在外面车里遥控提示。

车子驶入研究所，诺贝伊顿的詹姆斯，吉秋田的武宫正雄，梵非的邰伟豪等都到了，虽说是竞争对手，平时经常在各类招投标活动中厮杀，倒没多少敌意，反而惺惺相惜之感居多，每次见面都亲热得不得了，彼此戏谑打趣，不像竞标，倒像是同学聚会。

不过每个人心里都很明白，那些小打小闹都无所谓，这回必须刺刀见红，要动真格的。

第三会议室装潢很考究，清一色真皮橡木沙发，旁边配有茶几，上面安装着麦克风、液晶显示器、助听器、同步翻译机等，刚坐下就有端庄大方的女服务员端来茶水和果盘，见了这阵势我心里更没底，不知罗主任搞什么鬼。

邰伟豪坐在我右手，凑过来轻声说："老薄，开眼界吧？这间会议室平时只对省部级以上官员开放，一年能用四五回就不错了。"

"你猜姓罗的想干什么？拉赞助？"

他鬼鬼祟祟朝左右看了看，声音压得很低："听说不少公司送的标书出了岔子……"

"岔子？什么意思？"

"我也不知道，线人就说了两个字，岔子。"

10点整，23家公司负责人坐得整整齐齐，会议室慢慢静下来，静得可怕。

仿佛要将死一般的寂静持续下去，罗主任迟迟不现身。10点10分，秘书点了点人数又不知钻到哪儿去了。

英国人时间观念特强，詹姆斯频频看表，脸上流露出不悦之色。武宫正雄深谙东方权谋之道，神态安详地微闭眼睛，八字胡一翘一翘煞是有趣。

10点20分，罗主任和专家组组长，德高望重的胡川阳教授一起进来，会议室响起一片轻呼。胡教授是国宝级人物，时间宝贵得精确到分，他能出席本次会议，可见事情非同小可。

这是我有生以来参加过的最奇怪的会，不知缘由，不知结果，只知道很重要，郁闷死了。

罗主任的开场白只有一句话："现在请胡教授宣布评标结论。"

会议室内又是一阵哗然。评标结论？罗主任为何用"结论"，而非"结果"？

胡教授上来第一句话就解除了大家的疑惑："经过专家组两天三夜的连续工作，于今天凌晨4点40分完成评标工作……"

原来是连轴转，怪不得要给他们准备消夜。

"投标前一天，德文公司辅方数据失窃，这是个意外，但同时又是检验各投标单位诚信度的契机，招标办和专家组紧急磋商，共同决定将是否抄袭或引用德文公司实验数据、科研思路作为是否入围的前提条件，这一点，相信在座各位不会有异议吧？"

胡教授环视一周，会议室内——简直静得让人发疯，我分明听出不少人的呼吸急促起来。

看来罗主任还是慑服于我的威胁，主持了一把公道。

"根据这个前提条件，请下列7家公司负责人离开会场，他们是道优新医技术有限公司、洪达飞驰生物研究室……"

被点到名的公司负责人脸色苍白地离开了，对他们来说不仅是一次竞标失败，更是公司诚信的污点，将对今后竞标产生不良影响。

"另外，凯悦医药研究所和金海湾高新技术有限公司，虽然没有直接引用或抄袭德文公司失窃数据，但有明显借用，以及根据德文科研思路修改实验数据的痕迹，专家组裁定这两家直接出局！"

晴天霹雳！

凯悦和金海湾是仅次于诺贝伊顿、吉秋田、梵非、德文，具备相当竞争力的大公司，想不到他们居然也在网上购买数据。凭他们的技术力量，即使不参考德文的数据也有入围希望。

"去掉丧失资格的9家，最后参评公司为14家，经过专家组计算、评估、权衡、协商，最后确定5家公司入围，它们是……"

庄严的时刻来到了，佛祖在上，请保佑德文公司吧！

"它们是：诺贝伊顿、吉秋田、大陶、梵非……还有德文……请未入围公司负责人退出会场。"

他妈的，差点没叫我闭过气去，该死的胡老头，把德文放在最后一个说，还故意喘一口气。

会议室里的人寥寥无几，罗主任突然换了副笑脸："首先恭祝各位入围参加第二阶段竞争，也是实质性科研攻关阶段，研究所将给各家提供科研资金，这样即使最终失利，经济上也没有损失，同时通过研究，对各家技术力量也是一次很好的锤炼，这些大道理想必各位都明白，我也不多啰唆，下面请胡教授宣布一项重要决定。"

这家伙，好事由他说，麻烦事都推给胡教授，搞行政工作的到底鬼机灵些。我紧紧盯着罗主任，他的脸绷得像一块铁板，不流露一丝情感，而且眼睛始终看着手中的讲稿，不与任何人对视。

胡教授清清喉咙："桃色Ⅱ号是卫生部'十一五'重点科研项目，重要性不言而喻，鉴于近几年屡屡发生科研成果外流、外泄的现象，经主管部门研究，决定将桃色Ⅱ号项目分为两部分，一部分是核心技术小组做，另一部分交给外包公司……"

我们面面相觑，不约而同想到一个关键问题：蛋糕变小了！

按原先方案，整个桃色Ⅱ号项目都是外包的，研究所只负责出资金和项目验收，并拥有80％的专利权。但胡教授提出一分为二，似乎又回到国企惯有的做事模式，即他们吃肉，我们喝汤。

胡教授看出我们的心思，不紧不慢道："桃色Ⅱ号旨在解决桃色Ⅰ号配方存在的副作用大、疗程过长和药物化合程序复杂三大弊端，但桃色Ⅰ号的研发理论已得到国内权威学者认可，属于首创专利，按保密制度要求不得向外包公司泄露，据此专家组将桃色Ⅱ号分成三部分，一是决定桃色Ⅱ号质量的化合药剂，氢氟铊醋酸，也就是第二阶段在座五家公司的科研课题；二是桃色Ⅱ号药引，即外包工程主体，由中标公司来做；三是核心技术小组的任务，负责完善桃色Ⅰ号核心工程，等外包工程完成后，要对两方面数据进行集成。核心小组由两名研究所专家和两名中标公司技术人员组成，负责桃色Ⅱ号关键性研发和项目打包，核心小组工作地点设在研究所实验楼，与外包工程平行进行，研究所承诺不因此减少科研开发费用，标的依然是两个亿……"

邰伟豪干咳一声，举手道："胡教授，请允许我打断一下，关于核心小组，我的理解是这样的，等研究所确定中标公司后，立即抽调两名技术人员加入核心小组，在此期间他们与公司完全脱钩，也不能参加外包工程？"

"核心小组成员必须签订保密协议，从进场之日起直到桃色Ⅱ号正式投产，都要置于严密的保护中……"

什么严密保护，说穿了就是软禁。

"桃色Ⅱ号并非我们公司全部，把技术骨干抽走了外包工程怎么办？"大陶的董事长陶郁质疑道。

胡教授笑容可掬："这是各位考虑的问题，与我无关。"

陶郁语塞。

"最后我还要重申一点，本次招标参照国际惯例，允许外资控股的公司参加，但整个研发过程包括最后的产品开发，都属于中国法律管辖范围，希望外资控股的公司要珍惜这次机会，不要因小失大，损害自己的名声。"

詹姆斯耸耸肩，露出绅士般的微笑；武宫正雄表情轻松，好像这番话与他无关似的。

"各位还有问题吗？"罗主任问。

肖章在耳机里急切地说："没问题。"一副摩拳擦掌准备大干一场的架势。

我叹了口气，和其他四家依次上前从胡教授手里接过厚厚的档案袋——里面装着第二阶段科研要求和参考资料，一言不发离开第三会议室。

"想不到数据失窃没有影响我们入围，相反还淘汰了实力雄厚的凯悦和金海湾，真是无心插柳柳成荫，"回去途中肖章仍兴奋不已，"要是诺贝伊顿、吉秋田也抄袭一点就好了，就能把它们全干掉。"

黄总摇摇头："凡抄袭数据的，都是对自己没有信心，或者无从下手，临时抱佛脚碰碰运气，不过话又说回来，倘若专家组不采纳薄董事长的意见，不特意花时间甄别是否有抄袭行为，恐怕将是天下大乱的格局，德文也未必能入围。"

我沉思道："是啊……不过这个结局是不是窃取数据策划者所预见的？谁才是失窃事件的受益者？"

"大陶，"黄总说，"凭综合实力，它排在凯悦等公司后面处于八九名的样子，若按正常水平筛选肯定轮不上，因此窃贼有可能是陶郁安排的，一来公开数据，削弱德文竞争力，二来引君入瓮，诱使其他公司上当……"

听到这里我心中一动，隐隐悟出点什么，但灵感如同羚羊挂角，转瞬便消失不见了。

肖章道："就算大陶处心积虑入围又能怎样？它明显比我们4家差一筹，中标希望极其渺茫。"

黄总道："不一定，它可以紧急邀请专家协助，或者在研发过程中窃取我们的实验数据。"

"有德文的前车之鉴，大家都会将安全放在首位。"

"办法多得很，比如收买公司职员，再比如派人卧底……"

肖章的脸色难看起来，毫无疑问，卧底一词让我很容易联想到唐雪漫，而这偏偏是他最忌讳的。

回到公司，肖章和黄总召集技术人员开紧急会议，部署分工第二阶段任务。我没有参加，这种技术性特强的会议，去了也是坐在旁边干瞪眼，不如不受那份活罪。

调出程控室录像细细分析，唐雪漫的表现正常，办事动作麻利，说话简明扼要，像一位合格的都市白领。可越是这样我越是起疑心，以她的年龄和职场经历，不应该如此老到。

财务总管方芳拿着账单进来，这个月又有催收账款，还是"困难户"铜山妇科医院。说它困难，并非指财务，而是这家医院的院长丁栋根乃圈子里有名的恶磕儿，是出了名的"三不"，即拿货不给钱，经营不交税，事故不赔偿。这家伙黑白两道通吃，一身铜锤般的肌肉和散打功夫也令人生畏，手下蓄养了一帮流氓地痞，碰到麻烦事就用拳头开路。我对丁栋根是敬而远之，避免跟他打交道。两个月前我到广州谈生意，正好丁栋根找上门来，要求配一种妇科方面的消炎药。肖章是大门不出的书呆子，哪知道他的厉害，见有生意上门欣然接受，等我回来时药方已配制进厂批量生产并送了两回货。

后来要钱就麻烦了，方芳起码跑了 20 趟，每次得到的回答只有两个字：没钱。两周前肖章打电话提了一下药款的事，被丁栋根骂得狗血喷头，威胁要杀他全家。肖章小脸吓得惨白，放下电话表示这笔款他负全责，准备自掏腰包赔偿。

26.7 万，不是个小数目啊。

我灵机一动，打电话叫来唐雪漫。

"董事长……"

"财务上人手不够，替我到铜山医院找丁院长催一下药款，如果他说暂时没钱，请他给出还款时间表。"

"这……上午肖总布置了两项工作……"

我沉着脸说："德文公司是总经理说了算，还是我这个董事长？"

她低下头："我现在就去。"

看着她的背影，我狞笑数声，嘿嘿嘿嘿，好一张俏生生的脸，倘若被揍得鼻青眼肿，恐怕会让肖章好心疼好心疼吧……

第六章　狭路相逢

唐雪漫去了两个多小时还没回来，倒让我有点担心了：钱是小事，万一闹出人命可不得了。遂让程控室吕主任与她联系，又让方芳打电话到铜山医院询问，就在这当儿，唐雪漫施施然回来了，还是一脸淡定，神清气闲的样子。

"董事长，这是支票。"

一看金额，人民币贰拾陆万柒仟元整，一分不多，一分不少。

我差点把眼珠子都瞪出来！

"谁给的？"

"不是你叫我找丁院长吗，就是他批的。"

"他……他说了什么没有？"

"没有啊，我一提药款的事他就签了字，然后财务室把支票开给我。"

"这……"怎么听着像是天方夜谭，"他态度如何？"

"蛮热情，还说希望今后多合作。"

我一哆嗦："得了吧……今天你表现不错，多努力。"

"谢谢董事长。"

她轻快地离开，却带不走我的困惑与惊愕。

我不信丁栋根会突然转性，变成人见人爱的好少年，然而她怎么做到虎口拔牙呢？

靠美色？虽说唐雪漫的冷艳惑人心魄，方芳初为人妇，身兼少女的清丽和少妇风韵，并不比她差多少。再说丁栋根这种人渣长年厮混于风月场所，什么秀色没见过？

靠人脉？肖章和方芳托了不少朋友出面打招呼，都被顶了回去，唐雪漫初来乍到，能认识什么有背景的人？

到底通过什么手段呢？这小妮子在我心目中愈发高深莫测起来。

下班前容小米来到公司，说已通过面试，下周开始第一轮淘汰赛。提到这事我就气不打一处来，冷冰冰说你选秀关我屁事，顶多帮你发几条短信。她坐到我腿上撒娇说瞧你这德行，简直像从冰窖里抬出来的，哪有半分男朋友的温情？你们公司员工还参加比赛呢，我为什么不行？

什么？这倒是新鲜事，我直起腰道："谁？"

"嗯……好像叫柏妮，去年年终公司聚餐时见过。"

"柏妮……"

正因为她辞职，唐雪漫才得以进入公司，净给我找麻烦。唉，真后悔没问清楚她为何辞职，难道仅仅为了专心致志参加选秀？

"什么时候开始排练？"

"今晚。"

"柏妮也去吗？"

"她跟我不在同一个厅，不过……"

"我送你去排练。"

容小米一怔，随即喜笑颜开，用力在我脸上啄了一口："你同意了？谢谢，谢谢。"

趁容小米跟在舞美师后面跳得汗流浃背，我转到旁边几个排练厅，好不容易才找到柏妮。

"董事长，你也来了？"

"陪朋友的，一起喝杯咖啡？"

她点点头，两人穿过长长的大厅走廊来到休息区。

"董事长，不好意思，辞职那天心太乱，没有向你告别。"柏妮刚落座就歉意说，在我心目中她一直是活泼开朗的小女孩，现在依然如此。

"为什么辞职？是德文没有吸引力？"

"嗯……私人原因……"

涉及人家隐私就不好多打听了，我换了个话题："现在在哪家公司？"

她稍一犹豫："还，还没有，在家里闲着没事，才参加选秀的。"

一般来说都是先联系好下家再辞职，像她这样辞职后无所事事倒非常罕见。

我慢慢啜着咖啡，冷不丁问："辞职这件事，是否有人胁迫过你？"

柏妮脸上掠过一丝慌乱："没有啊，就是……就是想停下来放松一下，没，没有别的因素。"

我仰头将咖啡一饮而尽："明白了，再见。"我起身就走。

"董事长……"

我转头注视她。

她低下头，不停地用小勺子搅动咖啡："你和肖总都是好人，在德文28个月，我工作得很舒心，真的……终有一天我会把一切都说清楚，对不起，董事长。"

听到最后一句，我迈开大步朝里面走，不久便听到舞美师的咆哮："这不是老太太跳扇子舞，你必须大幅度……分腿！扭腰！劈叉！甩头！跳跃向上……"

在门口听了会儿，我轻轻关好门，一个人离开了。

走进吉华大厦820房间，小杨正跪在地上安装高倍热敏望远镜，沙发、桌椅、地面、床上，全摆放着仪器设备，屋里充斥着浓浓的机油味。

"进展如何？"

"白天化装空调维修工进入她的房间，分别在卧室、客厅、厨房、卫生间安装了针孔摄像机和窃听器……"

"谁叫你在卫生间装的？我又不想偷窥她洗澡。"

他苦着脸说："唉，习惯了，再说，也许肖总需要这些……"

"她回来了？"

"27分钟前，这会儿应该在厨房。"

"打开看看。"

他应了一声，依次打开电视、监视接收器和调频器，屏幕闪了几下，随即跳出个纤细的身影，与此同时屋子里响起震耳欲聋的"呼呼"声。小杨忙不迭将音量调低，解释说："安装的位置不太好，在油烟机排气孔附近。"

"要是把卧室的安装在空调机旁边，我们只能对着屏幕欣赏水汽了。"

"绝对不可能，我精心做了个跟有线电视盒一样大小的盒子，她肯定看不出破绽。"

"万一她受过特殊训练，所有仪器一夜之间将会全部泡汤。"

小杨大惊失色："你干吗不早点说？"

"怀疑，仅仅怀疑而已。"

唐雪漫背对着镜头切菜，拉近了看，原来是黄瓜。

"我敢打赌，黄瓜就是她今晚的晚餐，女孩子要保持苗条简直是活受罪。"小杨喃喃道。

我想起容小米因节食而昏倒在卫生间的事，颔首同意。

唐雪漫拿着一盘黄瓜走进客厅，小杨连忙打开客厅监视器，她已躺在沙发上，将黄瓜一片片贴到脸上，双手轻轻拍打。这时茶几上的手机响了，她看了一下号码，没接。

"把镜头移过去，查清是谁打的。"我急切地说。

"董事长，针孔摄像机不是万能的，有角度限制。"

"叫你全天候监视不是看她敷黄瓜，而是弄清她跟哪些人接触，有没有异常。"

"有点耐心好不好？"小杨搔搔头，"今天才第一天嘛，监视本来就是极其单调和枯燥的工作，就如同足球比赛，破门只是瞬间的精彩。"

我笑了笑，掏出一个信封给他："臭小子，两场小麦一场打，德文的钱都被你赚走了。"

屏幕上唐雪漫突然一跃而起，抖掉脸上的黄瓜片四下查看。

我和小杨均心头一紧：糟糕，这么快就被她发现了？

她在客厅里来回走了两圈，脸一度凑到针孔摄像机前，吓得我们气都不敢喘，好像稍有声音就会被她发现似的。她两步来到卧室门口，不知何故又折回来，顺手抄起桌上的杂志往墙上一拍！

原来是只蟑螂。

我和小杨松了口气，擦擦额头上的冷汗，还好，虚惊一场。

与万主任的见面安排在龙泉浴城，这里离市区很远，由于修路交通又不太方便，碰到熟人的概率相对较低。他是研究所生物技术合成中心负责人，以前因业务关系和德文打过交道，这次招标理所当然成为我们的内线。

美美按摩了一番，等服务人员退出去后，他点上一支烟吞云吐雾说："失窃这一手玩得不错，要是让凯悦入了围，你们其他几家全完蛋。"

"怎么讲？"

"我也是今天刚刚听说，凯悦的林总有个亲戚在中科院，据说每年都参加院士评选工作，恰巧我们所的老大——傅所长今年申报院士，你想，他能失掉这一票吗？"

"可是……"

"可是罗主任跟他积怨很深，若不是老大压着，罗主任早就提拔副所长了，所以凯悦对能否顺利入围信心不足，才从网上购买德文泄密资料充实实验数据。"

"傅所长为何不帮它？"

"毕竟是罗主任主管的项目，老大也不好直接插手，再说如果你连入围的实力都没有，怎么帮？有消息说如果凯悦入围，所里将安排蒋所长直接负责，罗主任则接管其他招标项目，蒋所长是老大一手培养，届时还不是老大说了算。"

原来看似简单的招标，里面竟藏有如此曲折的名堂，我深吸一口气："结局当然很不错，但德文却当了回靶子……失窃事件是真的，辅方数据的确被偷了。"

万主任嘴巴张得老大："噢……我一直以为是你自导自演。"

"就算我设计了圈套，罗主任肯配合吗？"

"这么说是另一家公司，它指使人偷了德文的数据放到网上卖，诱引凯悦上钩，同时猜到你会要求审查投标内容，罗主任顺水推舟，让专家组把抄袭者一竿子撸掉？"

"对，罗主任！"

我和万主任四目相对，同时想到一家公司：吉秋田。

武宫正雄与罗主任关系最密切，也只有狡诈阴险的小日本才能琢磨出这种诡计，既淘汰掉最有威胁的凯悦，又让德文受了挫折，更气人的是那些抄袭公司都跟我结下梁子，因为是我提出审查投标内容的。

这个怨大头当得实在憋屈。

"既然凯悦没有入围，第二阶段还是罗主任负责？"

"当然，老大也懒得管了。"

"只要姓罗的掌权，没准武宫正雄又要弄出什么名堂，明枪易躲暗箭难防，万主任，替我想想办法吧。"

他连抽几大口烟，又默默啜了会儿茶，双手枕在脑后仰头朝上道："思来想去，只有一招兴许管用——蒋副所长。"

"他不是没时间过问这些小事吗？"

万主任高深莫测摇摇头："那是骗外行玩的，实际上有个官场里的潜规则，你想，蒋副所长是老大的人，资历又比较浅，他能主动招惹罗主任？弄不好遭白戗不说，还会威信扫地，与其管了没用，不如睁只眼闭只眼自己乐得逍遥。不过话又说回来，副所长就是副所长，他如果铁了心要管，罗主任也没办法。"

"关系到所长级高层的博弈，我能有什么办法改变游戏规则？"

"如果轻轻松松就能搞定，早就有人做了。"

"蒋副所长……"

"男，48岁，女儿在美国常青藤读博，专攻基因工程，无不良嗜好，是典型的爱国主义者。"

"怎么讲？"

"他负责心脑血管工程研发时，有家财大气粗的外企出高价收买研究成果，被断然拒绝，老外不甘心，雇人绑架他的妻子，要用研究成果换人，这种情况下他都不松口，撂下一句我是坚定的爱国主义者，对方没辙只得放人，但他妻子却因惊吓过度精神失常，从此关在家里再也没露过面。"

我吃惊得半晌说不出话来。

"跟这种人打交道，不要搞什么钱呀，美女呀，酒呀，他是道德圣人，不吃这一套，唯有攻心为上。"

万主任撂出一句告诫，然后衔着烟离开了。我又在包厢躺了半个小时，约莫他的车已到市区，才摇摇晃晃走出去。经过休闲大厅时迎面来了四五个大汉，个个光着膀子，身上纹着千奇百怪的图案，脸上挂满嚣张和挑衅，再看中间簇拥的人，脑中轰地一声：糟糕！今天被堵上了！

他竟是铜山医院的丁栋根！

难道唐雪漫讨要药款时使了什么诈，让丁栋根把仇结到我身上？

难道丁栋根虽付了款，却暗地跟踪，要在这里把我收拾一顿？

想到这儿我几乎挪不开步，全身汗涔涔提不起劲，表情僵硬地看着他们一步步逼近。

双方距离只有五六米时丁栋根好像才看到我，脸色一变，露出非常奇特的表情，似乎想避而不见，犹豫之下还是与我正面相对，冷冷道："薄董事长，怎么有空到这儿来？"

我强忍恐惧，一字一顿地说："丁院长，你好。"

"哼，我不太好……"他扭过头，后脑勺有个大包，再撩起衣服，胸腹间青一块紫一块，右侧肋骨还有淤血。

"谁……敢把丁院长打成这样？"我吃吃问。

"你说呢？"他冷冰冰反问。

该不会是唐雪漫的杰作吧？

不可能！她一个弱女子怎是丁栋根的对手？要知道他以前是市散打队队员，又在道上混了十多年，具有娴熟的实战经验和打斗技巧，若论单打独斗两三条汉子都不是他的对手。

我不敢接茬儿，转移话题道："药款已经收到了，谢谢丁院长，希望以后还有合作机会。"

瞬时丁栋根眼中燃起熊熊怒火，大步上前揪住我衣领，狂暴地怒吼道："你在寒碜我不是？我没奈何那个臭娘儿们，收拾你却比捏死只苍蝇还容易！"

他的大手硬如钢钳，卡得我呼吸困难，头昏眼花，我断断续续道："等等……这里面一定有误……误会，下午唐……小姐告诉我……你亲口说希望今后继续合作……"

咽喉间压力一松，丁栋根的狂怒如同夏日飓风，来得快去得也快，他拍拍手没事似的说："是吗……我倒忘了自己说过，那就这样吧。"

说完手一挥，前呼后拥地擦身而过。

"丁院长……"

他停下来，不耐烦道："有话快说！"

"唐小姐到底……我的意思是说，我根本不知道她怎样拿到药款的……如果有冒犯之处，请看在我的面子上多多包涵。"

"你的面子……恐怕罩不住她。"他冷然道，头也不回地走了。

第七章 贴身搜查

蒋副所长大概是传说中打"飞的"的人。我派私家侦探盯了他一个月，其中 26 天在空中飞来飞去，北京、天津、哈尔滨、广州、西安、深圳，还到香港转了 2 天，即使在上海也没闲着，4 天内参加 6 个学术研讨会和 2 个茶会，算起来在家时间不足 10 个小时。

做这种人的老婆，就是不疯也得寂寞死。

他的日程表已排到 4 个月后，活动一桩接一桩，针都插不进。别说单独见面，想跟他面对面说句话都要提前预约。据说秘书有几支不同颜色的笔，级别比他高的用红色，享有绝对优先权；同级别的分两种，关系比较近的用蓝色，关系稍远或彼此不和的用灰色；级别低于他的用黑色，估计像我这样八竿子打不着边的，秘书都懒得动笔。

针对罗主任的公关攻势也没有任何进展，我把医药公司销售主管带到他办公室都无动于衷，至于他儿子那边，回答只有冷冰冰的三个字，"不需要"——连谢谢都不说。

那几天我心情很糟，动辄大发脾气，公司上下知道我又犯了邪火，看到我像躲疯狗似的让得老远，生怕被咬一口。唐雪漫尤其怕撞到枪口上，猫在程控室不敢轻易走动。肖章宽慰我说技术攻关蛮顺利的，乐观点说期限前完成研发任务不成问题。我暗地好笑：书呆子一个！到了这个阶段，技术得分只占 30%，关键还是靠人脉和运作，好比跳水比赛的印象分，看得见，摸不着，其中奥妙自己去悟吧。

临下班时发生了一个小插曲。

研制中心复印机坏了，黄总将一份药剂清单拿到程控室复印。我在监控里清楚地看到黄总刚出门，唐雪漫就到复印机捣鼓了一阵，复印了一张纸揣进包里。

我知道高档复印机都有记忆功能，行家经常用这一手窃取情报。

6点09分，唐雪漫和两个同事说着话走向电梯——我注意到她在公司很少单独行动，避免引人注目。

我叫住她："唐小姐，跟我来一下。"

肖章正好经过这儿，凑上前问："是不是有急活儿？我多叫几个人来。"

我带他们进了办公室，将刚才截取的片段放了一遍，盯着她道："你有何解释？"

"我复印是身份证。"

"监控上为何看不出来？"

她淡淡道："可能我的手比较大。"说着手一翻，亮出她的身份证，掩在掌中。

肖章恬不知耻拿自己的手与她比画一下，笑道："是蛮大的，不过比我小一圈。"

"复印的东西呢？"我步步紧逼。

她从包里掏出一张A4纸给我，果然是身份证复印件。我脑门子冒汗：怎么回事？明明看到她复的清单，为何变了样……

没办法，只能孤注一掷了，我咬咬牙命令道："请把包里的东西拿出来让我看看。"

肖章和唐雪漫同时惊叫道："啊，你要搜身？"

"我说过搜身吗？我只想看你包里的东西。"

唐雪漫咬着嘴唇道："我认为这是对我人格的侮辱。"

"薄仕……薄董事长，我看算了……"肖章在一边打退堂鼓。

"你一件件拿，我一件件看，最后把包来个底朝天，不就皆大欢喜吗？"我寸步不让，脸上保持着微笑。

胜券在握时我都喜欢笑。

"那我辞职！"

"别，别，干得好好干吗辞职？"肖章最怕她来这一出，急得暗地用脚踢我。

我不为所动："就算辞职也得清清白白地走，对不对，唐小姐？"

她瞪着我，眼睛几乎迸出火花，我毫不退让还以颜色，空气凝固得快要爆炸。肖章看看我，又望望她，不停地擦汗。

几十秒后她紧绷的脸突然一松："好，满足你的好奇心。"她双手兜着包底一倒，哗啦，桌上多了一大堆东西：眉笔、化妆镜、钱包、手机、湿纸巾、卫生巾……

就是没有复印件。

这回糗大了！我表面保持镇静，目光在包里扫来扫去，她看穿我的心思，将夹层一层层打开，最后干脆把包递过来。

我当然不能接，接过来就意味着彻底失败，不接，还能保留一丝颜面。

我冷冷道："怎么，将我的军是不是？这是双方信任的过程，也许你难以接受，但在德文这种靠技术吃饭的公司是家常便饭，以后会慢慢适应……你可以走了。"

她一声不吭，收好东西后对肖章说："肖总，我下班了。"

肖章受宠若惊，连连点头："好，好，好……"怅惘地看着她的背影消失在电梯口。

"不如开车送她一程？"我冷眼道。

"我也想……薄仕！"他猛地回过神，"我必须跟你谈一谈。"

我一摆手阻止住他："什么都别说……"我正反扇了自己两个耳光，"这样总行了吧？"

他被我的举动惊呆了，一时不知所措。我趁机夹着包就走，嘴里说晚上要跟线人接头，没事别打骚扰电话。他傻傻地跟到电梯口，猛然想起容小米的事，问有何进展？我轻描淡写说砸钱呗，找人发短信，在网上制造话题，到现场摇旗呐喊烘托气氛，总之用钱把她托进 16 强，至于后面就看她的造化……

心思重重地来到徐家汇一个僻静的弄堂，这儿有家纯正英格兰风格的咖啡厅，并不张扬，也不追求顾客盈门，静静流淌着悠扬的爱尔兰小调，任凭袅袅咖啡香四处飘逸，使大都市中浮躁的心灵得到安宁。

姬小倩已先来一步，趴在桌上对着果盘发呆。

"我失恋了。"

"哦，又失恋了。"

"这回我很认真的。"

"人类一思索，上帝就发笑。"

她叹了口气："拜托，别玩世不恭好不好？我是奔三的人，再不结婚就会沦为街头大白菜，买一送一都没人要。"

我凑到她对面，两人鼻尖对鼻尖。

"有谁见过这么漂亮的大白菜？"

她扑哧一笑："大白菜再好也比不上小米。"

"当然，小米能天天吃，大白菜天天吃就倒胃口了。"

侍者端来咖啡，她脸色一正道："该讲正事了，上周詹姆斯回总部开会，不知奉了什么新指示，回来后大搞人事调整，除了做桃色Ⅱ号的特别小组，部门经理被换得一塌糊涂……"

"你不是还稳坐钓鱼台？"

"我是总部派来的，人事上不受他管辖……我担心这次变动的潜台词，詹姆斯可能怀疑公司内部有内奸。"

我悚然一惊："你自问露出马脚没有？"

"这哪说得清，"她苦恼地说，"所以我准备歇一阵子，避避风头。"

我默然，过了会儿拍拍她的手背道："也好，安全第一嘛，这段时间真的辛苦你了。"

尽管德文的技术力量很强大，但桃色Ⅱ号是前所未有的挑战，在它面前德文还显得单薄和稚嫩。诺贝伊顿不同，注册资金20亿美元，在全球30多个国家137个城市有分支机构，人才储备雄厚，技术、经验、理论研究都达到国际第一流水平。在我的策划下，姬小倩以特殊身份千方百计窃取他们的研究思路和实验数据，为肖章等人攻克难关指明了方向——搞研发就是这样，有时想得头破都没办法，但只要有人稍稍点拨下就会豁然贯通，完全打开思路。

这件事做得很隐秘，只有我们俩知道。肖章只知道我在外面有门路，但情报来自哪家公司、谁是卧底一概不清楚，也从不打听。我和他一个主外，一个主内，这是一种默契，也是平衡，权力的平衡。

然而这个平衡即将要被打破，如果我们在桃色Ⅱ号项目中获胜的话。

姬小倩之所以肯冒着身败名裂的危险帮我，原因很简单，她想做德文总经理。投入与付出必须成正比，没有人能轻而易举成功。

身为诺贝伊顿财务总监，连总经理詹姆斯都让她三分，可谓地位显赫，但西方人骨子里头终究是排外的，他们对东方人有种近于本能的提防，并且制定种种策略进行制约，因此表面看她风光无限，其实有苦自知。姬小倩是很聪明的女孩，权衡之下认为诺贝伊顿非久留之地，才想跳槽到德文，她与我订下秘密协议：只要帮我夺得桃色Ⅱ号，便可取代肖章。

我说过，我和肖章是黄金搭档，是患难之交，但两个亿的诱惑太大了，为拿下这个标，做大做强德文，我愿意牺牲一切，包括肖章。

当然我不会亏待他，他可以担任副董事长，仍然分管他最感兴趣的技术，形成三足鼎立格局，从几何学角度看，三角形最稳定。

不过，我还有更深层次的战略考虑。

两人默默坐了会儿，姬小倩突然说："对了，最近邰伟豪打我的主意。"

"咦，他不是喜欢幼齿吗，什么时候好你这一口？"

她捶了我一拳："我看起来很老？"

"应该说成熟。"

她幽幽叹息道："他有一句话让我感触很深，他说我们都是都市里的浪子，挥洒青春，游戏人生，但随着年龄增长，我们渐渐玩不动了，也跟不上时代步伐了，还是要找个安静舒适的港湾歇息，梳理受伤的羽毛。"

"怎么听着耳熟，从网上下载的吧，琼瑶还是岑凯伦，或是亦舒？"

"薄——仕！"她嗔怪地瞟了我一眼，"也许你没体会到我的心情，我……我真的很想结婚。"

我吓了一跳："喂，你……你是姬小倩吧？"

"是，又不是，我已不是和你同居时的姬小倩。"

看着她充满忧伤的眼神，我不能再戏谑下去，定神想了想，认真地说："给你一个建议好不好？"

"嗯。"

"你可以和任何人谈恋爱、结婚，除了邰伟豪。"

"给个理由。"

"没有理由，只是直觉，邰伟豪不是你盘子里的菜。"

她眼睛一跳："我明白了，你怕我和他结婚，又在你那儿当总经理，使德文梵非两个公司都处于我和他的控制中。"

我笑了笑："按照公司法，那样做是不允许的，否则招标时其他公司可以告我们不正当竞争，所以鱼和熊掌不可得兼，不过这不是我反对的原因……我仅仅从朋友的角度建议别碰他。"

"也对，他出身豪门，家族门第观念相当强，我这个平民百姓哪敢奢求一步登天？"

郜伟豪的父亲郜克明是上海最有名的商业巨子，其掌控的鑫申集团旗下拥有几十家大型商场、星级宾馆和酒楼，总资产几十个亿，非但如此，他还通过收购、参股、合股等方式先后控制了 6 家企业，成为名副其实的"影子老板"。

作为郜克明的独子，郜伟豪自然被寄予厚望，倘若结婚，肯定是一场轰轰烈烈的婚礼秀，女主角要么是名门闺秀，要么是富豪独女，要么是高官千金，总之姬小倩的分量不够。

我没有再说话，此时哪怕多说一个字都有可能让她恨一辈子。

咖啡渐冷，乐曲却更缠绵婉转起来，她慢慢抬头看我，眼中慢慢腾起一层薄雾。

"薄仕，还记得那个夏夜？我洗澡时叫你把阳台上晾的内衣递进去，结果你故意拿错，送了一次又一次，前后偷窥了我 6 次……"

"5 次。"我纠正道。

"如果我成心不让你看，你一次都看不到。"

"如果我真是色狼，不送内衣也能闯进去。"

她又扑哧一笑："我又没锁门……"

手机响了，接通后就听小杨急促地说："大事不好，唐雪漫自杀了！"

第八章 险遇不测

匆匆赶到吉华大厦，小杨已急得满头大汗，监视器上正显示着卫生间场景：唐雪漫泡在一缸血水里，双目紧闭，右手搭在浴缸边缘，隐约可见血肉模糊的创口。

割腕自杀！

为情所困？下班时受到我刁难？还是其他意外情况？一时搞不清状况，我命令道："快报警！打 120 急救中心！"

他哭丧着脸说："这一来我们不是露馅了吗?"

"人命关天，当然救人要紧！"

小杨打电话时我又想，这当儿不能坐等，总要做点什么，遂吩咐说盯着点，我到对面看看，能否先采取急救措施。他张大嘴问被警察撞到怎么办？我不耐烦说所以才叫你盯着，警车来了打电话通知。

飞奔过马路，高速冲进潼运大厦，3 部电梯都在 10 层以上挂着，不愿久等，索性一口气跑到六楼 6156 室，刚想抬脚踹门，却见门虚掩着——

门居然没关！

来不及想得更多，我推门进去直扑卫生间，嘴里叫道："唐小姐……"

卫生间没人，唐雪漫没有躺在浴缸里，浴缸也没有血水，干干净净，泛着柔和的牙黄色光泽。

刹那间脑中像放电影似的闪过 3 个镜头：她在沙发上敷黄瓜时一跃而起，然后拍死只蟑螂；她躺在浴缸里，头发却是干的；刚才虚掩的门……

她早就发现针孔摄像机，并顺势布下圈套。

041

上当了！

想到这里赶紧离开，不料右侧冒出个鬼魅般的黑影，一脚踹在我肚子上，踢得我体内如翻江倒海，撕心裂肺地生疼，身体在地上滚了四五圈撞在沙发边。黑影右手一晃，亮出柄匕首，一步步逼过来。

虽然蒙着脸，却掩饰不了他眼中的冷酷与杀气。

我顺手抄起旁边的垃圾桶砸过去，同时跃过沙发向外逃窜。黑影狞笑一声，一拳击飞垃圾桶，两步赶到我身侧，拎着我衣领一揪一甩，将我重重甩到五六米远的墙上！

撞击之下脑中一片空白，我贴着墙摇摇晃晃，全身没有一丝力气，眼睁睁看他再度逼上来。

手机响了，小杨打来的。

黑影一怔，这时外面响起警笛声和救护车的声音，他心有不甘看看我，又看看楼下，收起刀迅速退出去。我也强撑着身体从电梯下去，经过大厅时正好遇到几个警察，朝我打量一番悄声说这座大厦事真多，有自杀的，有打架斗殴的。

小杨见我的惨状吃惊不已，我说："别啰唆，10分钟内收拾好家当撤离，人家早就发觉有人监视。"

他恍然："怪不得总觉得画面有点怪怪的，原来她屏蔽了真实信号……肖总问起来怎么办？"

"你就说东窗事发。"

第二天捂着额头上班，电梯里巧遇唐雪漫，瞟瞟我说："董事长，冷藏的小青豆敷五分钟就能消肿。"

我恶狠狠道："谢谢。"

"叮"，电梯到了，她轻盈地从我身边闪过去，故意露出雪白无瑕的手腕。

像她这么狡猾的女孩怎会自杀？我真是太糊涂了。

现在可以确定的是：第一，唐雪漫是偷辅方数据的窃贼；第二，她有个身强力壮的同伙，就是昨晚想置我于死地的黑影；第三，为了达到目的，她会不惜一切手段，包括杀人。

若非肖章从中阻挠，一脚把她踢出德文大门就万事大吉，可是不能。肖章这种书呆子，要么对情感无动于衷，发起情来八匹马都拦不住，要是辞掉唐雪漫，他真会跟我翻脸，就像我为了桃色Ⅱ号会逼他让出总经理位置。从这一点讲，我们是同类型的人。

容小米打来电话，"炫采人生"电视选秀正式开锣了，分海选、电视直播两个阶段，即从700多个报名者中海选出32人进行直播，具体游戏规则是：32进16，16进8，8进6，6进4，最后是3场决赛。从32强到6强3轮比赛都有个决定胜负的关键指标——短信。

短信既是电视台栏目组生财的伎俩，又是操纵比赛结果的调控手段，因为按惯例，短信统计从来不在现场同步显示，而是由主办方直接公布统计结果，猫腻就在这里面。

我已与"炫采人生"栏目组喻主任联系过，准备注册一家皮包公司提供赞助，作为回报，他们会确保容小米进入6强。之后呢？喻主任回答得很含糊，说主要凭实力。我的理解是赞助实力，不排除有财力更雄厚的主儿继续砸钱，另外作为电视台王牌节目，好歹要推几个货真价实的吧，不然全是一帮靠拉赞助上位的在台上载歌载舞，非把观众逼疯不可。

所以容小米进6强基本不成问题，除非自己在场上演砸了。

不过她的目标远不只6强，而是冠军！

这个要求有点高，一方面由形形色色大学生组成的大众评审团难以摆平，另一方面专家评审团都是娱乐圈里混成"人精"的角色，胃口大得很，塞个小红包，喝点小酒根本不放在眼里，不怕他们不收，就怕收了不办事。最关键也是最令我难以启齿的是，容小米的确缺乏一个好演员必备的舞台感和镜头感，虽然她一直对自己有信心，可我每次看完她的表演只有5个字感想：终于结束了。把她推到冠军宝座，我觉得……对不起观众。

这些话只能在肚子里琢磨，千万不能说出口，就像我和姬小倩彼此都有那么一点点意思但始终不说破一样，当初同居时都没在一起，现在更不可能了。

走一步看一步，或许容小米会知难而退。

上QQ与喻主任联系，经过讨价还价确定了赞助金额和分批到账时间，他把合同文本传给我，说若无修改意见签好字快递给他，因为我和容小米的关系，最好别在电视台露面。我对他的谨慎表示敬意，并问像我这样的赞助户还有几个。喻主任更谨慎了，说我只知道你一个。

"董事长，有位姓吴的客户拜访。"

"预约过吗?"

"没有。"

"说我不在。"

"可他……"

话筒还没放下,一个戴着墨镜的络腮胡子已闯进来,然后关上门并反锁上。

"你是谁?"我警觉地说,左手悄悄伸向报警按钮。

陌生人哈哈一笑,摘下墨镜,撕掉胡须,原来是大陶公司董事长陶郁。

我失笑道:"都什么时代了,还像地下党似的。"

"手机、电话、QQ、MSN,那些东西再好也比不上面对面实在,"他说着在我对面坐下来,"我们都是入围单位,公开见面的话有串标嫌疑哪。"

"陶兄化装水平不错,连我都没看出来。"我打着哈哈说,暗地揣测他来的真实意图。大陶比德文起步还要晚,尽管依托高校网罗了不少杰出人才,底蕴毕竟不深,综合实力比德文略差半筹。这几年我们几家排名靠前的公司时而联合,时而对抗,彼此知根知底。论私交我与陶郁的关系也泛泛,远没有到推心置腹的程度。

他看穿我的心思,收敛笑容道:"开山见山说吧,我今天来就是为了桃色Ⅱ号,希望大陶和德文合作。"

"什么理由?"

"我通过朋友向专家组个别成员了解过,入围的5家公司中,单纯从技术水平角度分析可分为三档,第一档是诺贝伊顿、吉秋田,第二档是德文、梵非,大陶恭踞末座,如果不出意外,第二阶段研发还会如此,你承不承认?"

"不到最后,谁都不会放弃。"

"决定胜负的另一个因素是保密问题,诺贝伊顿和吉秋田毕竟是外资控股,难保不会把数据泄露出去,因此在研发水平相差无几的情况下,主办方通常会优先考虑本土公司。谁知研究所突然弥补漏洞,专门成立核心技术小组,为这两家中标打下铺垫,这一点想必你也看出来了吧?"

我点点头:"武宫正雄跟罗主任关系不一般。"

"在技术、制度都不占优势的情况下,若无动于衷听之任之下去,我们必败无疑，所以最好的选择是联合研发，集中优势兵力跟他们对抗……我也会做郐伟豪的工作，说服他一起加入。"

"伟豪那边你有几分把握?"我试探道。

"一分都没有，"他坦率道，"包括你是否答应我都拿不准，毕竟大陶实力最弱，没有话语权，但我不甘心坐以待毙。"

我起身在屋里来回踱了两圈："你老实说，这次大陶入围有没有做手脚?"

他在椅子上做了个舒展动作："知道你会问，这也是所有人都关心的问题，因为大陶是失窃事件中的受益者，可是……我绝对没派人偷辅方数据，更没有在网上叫卖，倒是有人主动向我推荐过，我没买……我不清楚为什么成为幸运者，也许大陶实力太一般，让暗箱操作者放心吧。"

"我相信。"

"同意我的建议?"

"打算怎么做?"

"效仿研究所，两家或三家公司成立核心研发小组，技术上的事你我都不懂，让工程师们坐下来谈，把大家共同认为困难的课题挑出来一起做，实行数据、资源共享，省时省力，还能提高效率，最后无论谁中标，大家都有分成。"

我走到他面前，俯身逼视他："你说过大陶实力最弱。"

"但也具备竞争力。"

"我要占大头。"

"可以商量，通过谈判确定合理比例。"

"人多嘴杂，如何保证消息不传出去?"

"封闭式研发，我有个朋友在海岛上建了幢别墅，那儿连手机都不通。"

"你策划得很严密。"

"既然想做，就要万无一失。"

我回到座位上，若有所思道："让我考虑一下，行不行?"

"事不宜迟，什么时候答复?"

"10天之内。"

陶郁微微颔首，重新戴上墨镜，贴好胡子，迅速离开办公室。

打开电脑，对着屏保画面发呆。姬小倩的情报源暂时中断，肖章等人的研发不可避免要遭遇难关，陶郁这时候上门时机可谓恰到好处，可正因为如此，更要慎之又慎，天上是不会掉馅饼的，当你不知道该怎么做时，最好什么都别做。

静下心处理了一些公司内部的琐事，有的本该肖章负责，可他每逢有项目就成天泡在研发中心，手下员工没办法只得送给我。不知不觉到了下班时间，到各个办公室转了转，唐雪漫不在。问程控室吕主任，他说她身体不太舒服，下午请了病假。我哦了一声，没说什么。

下电梯时接到一个意外的电话。

"薄仕君，我是武宫正雄，能否一起吃个便饭？"

今天怎么了，难道是串标日？我笑笑说："我不喜欢寿司和生鱼片。"

"兰州路上有家新开的西餐厅不错，就在那儿见面吧？"

"OK。"

我爽快地应道。

<h1 style="text-align:center">第九章　双面间谍</h1>

"其实我们俩应该回避。"我开门见山说。

武宫正雄满脸笑容："理论上如此，但东方人对法律有独特的理解，不像西方人那么刻板。"

"所以当一群东方人遭遇时，总免不了钩心斗角。"

"薄仕君，我郑重声明，吉秋田绝对与失窃事件无关。"

想不到他主动挑起敏感话题，我深吸一口气："武宫君如此直率，我也只好直言，到目前为止，吉秋田最有嫌疑。"

他摇头叹息，切了块牛排慢慢咀嚼，又喝了一口冰镇葡萄酒，道："据说葡萄酒冰镇到 12 摄氏度时口感最好，牛排五成熟最香，看来这家餐厅深谙其道……西方人的优势就在于数字化，用精确的度量进行流程操作，东方人却不同，做什么事都凭感觉，有时显得没有条理，但优点是前瞻性强，对宏观形势的把握比较好，从这一点讲，你的怀疑是对的。"

我举杯和他碰了碰。

"但是派人窃取数据，串通专家组甄别投标内容，这种事我做不出，因为这是中国，不是日本，"他掏出护照在我面前晃了晃，"我已经 52 岁，顶多再过两三年就要回国，没必要为了团体利益押上自己的退休金。"

我苦笑："为什么武宫君的话这么合理，好像有些打动我了。"

"因为我说的是真话。"

"武宫君叫我来，就为了消除误会?"

"当然不是，"他郑重其事说，"我想跟薄仕君谈谈桃色Ⅱ号。"

"愿闻其详。"

"今年以来药剂研究领域共进行 16 次招标，德文参加了 9 次，3 次中标，成功率 33％；诺贝伊顿和吉秋田每次都有参加，诺贝伊顿中了 5 次，吉秋田 4 次，虽然中标次数和金额都超过德文，但成功率方面却有差距。另一方面，凡德文志在必得的项目最后往往都能获胜，原因主要有两点，一是薄仕君打着民族产业的旗帜，二是每到关键时刻德文总能设计出囊括各家之长的方案。"

我由衷说："日本人的情报搜集和分析确实精细到令人可怕的地步。"

"这回德文又志在必得，会不会有什么撒手锏？"

"悬念当然要留到最后，不然有什么意思？"

武宫正雄半眯着眼："悬念嘛是要留，但我决定明天就解雇鲁晓军。"

我暗吃一惊："鲁晓军……是谁？"

"吉秋田生化室研究员，两年来从他手中流出不少情报，德文大概是受益者之一吧。"

错，鲁晓军压根就是我重金收买的卧底。

"我保持沉默。"我说。

"可以，就像薄仕君让柏妮离职一样，我也没说什么。"

我第一次知道柏妮是吉秋田的卧底！

可她分明是主动辞职啊，我和肖章全被蒙在鼓里，根本不知她的真实身份。想到这里我脑中灵光一闪：莫非唐雪漫就抓住这个把柄，迫使柏妮辞职并取而代之？反过来可以判断唐雪漫不是吉秋田的卧底，当然也不可能是诺贝伊顿的人，她到底什么来路？

"柏妮是个好女孩。"我淡淡说，不置可否。

武宫正雄小胡子一翘一翘晃动着，神色诡谲地说："未必。"

他递给我一张照片，上面竟是鲁晓军和柏妮在茶座相对而坐，头靠在一起好像商量什么。过了会儿又掏出一张，两人手挽手在公园散步。

我震惊无比，表面却保持镇定："他们是情侣关系？"

"薄仕君，你也太不关心下属了，连我都知道柏妮的男友在移动公司，而鲁晓军已经结了婚，妻子是位老师。"

我内心乱成一团："既然如此，他们在一起干什么？"

"这就是我今天约薄仕君的目的，"他以暇好整地说，"能不能据此判定他们是 double-face spy（双面间谍）？"

我何尝没有想到，然而却不愿接受这个残酷的事实，因为这样一来局势更加复杂险恶，简直让人不寒而栗。

"武宫君打算怎么办？"

"他不仁，我不义，一定要揪出幕后第三只黑手！"他狞笑道，"公司之间相互刺探情报很正常，谁都不是纯洁的羊羔，但 double-face spy 违背了职场容忍的道德底线，必须受到制裁！"

我念如电转："柏妮已不在德文，只能从鲁晓军下手……我会花大价钱让他窃取一份与桃色Ⅱ号有关的资料。"

"我故意让他偷出去。"

"然后秘密盯梢，看他还跟哪些人联系。"

武宫正雄眼珠狡猾地一转："我毕竟是外国人，有些事不方便，盯梢工作由薄仕君负责，但资源必须共享。"

"没问题，"我一口答应，"若非武宫君警觉性高，我还蒙在鼓里。"

两人同时举杯，"叮"，酒杯轻轻相撞发出清脆的声音。

走出餐厅，深深吸了口新鲜空气，顿时感到神清气爽，思维也活跃起来。现在的形势是：大陶自感势孤力单，胜算较小，准备与德文、梵非结盟；吉秋田要与德文联手彻查 double-face spy 背后指使者；诺贝伊顿认为公司有内奸，正展开清查工作。整个局势发展对德文而言有利有弊，但总体上不太乐观，因为还有个唐雪漫让我寝食难安。

独自漫步在人行道，不断有情侣擦肩而过，或搂抱成一团嘻嘻哈哈，或手牵手轻言慢语，或依偎在一起轻轻哼着歌，心里不觉感慨万分。我已记不得什么时候和容小米这样安静地在一起，看看星星，说说闲话，你刮我一个鼻子，我捏你一下脸蛋。因为我们总是很忙，不是我忙于生意场上的应酬，开没完没了的会议，就是她到处跑新闻，还要参加各种各样的培训。当我们在人生轨迹上愈行愈快时，蓦然回首，才发现与初衷越来越远。

人要赚多少钱才算富有？

公司要办多大才算成功？

名气要有多响才算辉煌？

对着夜空，我充满迷惘，恍然想起那个烦热的夏天，屋里没有空调，姬小倩霸占了仅有的一台电风扇，我躺在阳台上，两人都睡不着，隔着纱门有一句没一句地聊天。

"等你有钱了想干吗？"

"旅游，游历全世界，把钱花得光光的再回来攒，你呢？"

"找女朋友，结婚，生子。"

"没劲，不如只谈恋爱，不结婚。"

"哪个女孩子玩得起？"

"我，我给自己算过命，天生做情人的命。"

"好啊，不如做我的情人。"

"呵呵，只要你敢进来。"

"我怕你大叫'非礼啊'。"

"我嗓门不大，就算叫了别人也听不见。"

"我进去了！"

她不吱声，既不说"好"，也不说"不"，而我终究没有推开那道纱门。后来德文公司蒸蒸日上，规模成几何级数翻番，我因此有了钱，很多很多钱，这期间因为广告业务认识了容小米，她的单纯和温柔深深吸引住我，没多久两人便坠入情网，她搬到我在淮海路的豪宅，正式同居。

接着一个令人困惑的问题浮出水面：我不想结婚了。

具体什么原因我也说不清，就是缺少了那份热情和冲动，好像明明唾手可得的事，偏偏懒得去做。容小米对一纸契约也抱着可有可无的态度，虽然偶尔也开玩笑说"明天去登记"之类的话，却从来不曾付诸实施。这件事越拖越淡，逐渐消于无痕。

经过一家店铺时，里面电视上正播出"炫采人生"海选集锦，主持人随机采访了几名选手，其中就有容小米。

"请问你参加这次选秀的目的是什么？"

"展示自己的实力，丰富自己的人生。"这种烂得不能再烂的问题容小米不知回答过多少遍了，张口就来。

"你家人支持吗？"

她深深地点点头："我的男朋友始终是我最坚实的后盾！"说到这里眼中隐隐折射出泪光，我不知道她是真情流露还是做秀，无论如何，有她这句话总算对得起砸下去的那么多钱了。

主持人还问了些问题，我无心看下去，迅速离开了，因为镜头放大效果将她眼角的鱼尾纹暴露无遗，与身边鲜活明亮的小女孩们相比，明显呈现出老态。

年岁不饶人哪，任你心气有多高，都抵挡不住岁月无情的碾轧。

肖章大学时的初恋女友叫任珺，后来由于种种原因劳燕分飞，可以想象性情执拗的肖章多么痛苦，一度产生轻生念头。和我创办德文时仍对任珺念念不忘，不知错失了多少机会。三年前任珺突然出现在他眼前，此时的她经历了一场失败的婚姻，刚刚恢复单身。公司上下都以为肖章终于如愿以偿，接下来应该顺理成章。谁知那天晚上肖章邀我喝酒，喝得酩酊大醉，最后说了一句话：

"她已不是我梦中的任珺。"

说穿了，他脑中的任珺还是校园里白衣黑裙，清纯似水的女孩，当真实的她出现时，击溃了他完美的梦。

后来我出面——肖章的烂摊子总是我来收拾，我告诉她，肖章已经有了未婚妻，以前的事一笔勾销，如果她愿意留下来，我可以帮忙。于是经过一番运作，她进了吉田秋……

不错，就是充当卧底，否则她凭什么两手空空获得这么好的职位？鲁晓军不过是枪靶，是掩护任珺的挡箭牌。

卧底，国外亦称商业间谍，主要是窃取竞争对手有价值的商业信息，以便在商业竞争占据有利地位，在我们这些靠技术吃饭的公司是家常便饭，一般来说分为两种，一是担负特定任务的卧底，即奔着某个特定项目而去，我怀疑唐雪漫就是这一类；二是包含交换性质，只要提供有价值的情报便可获得不菲报酬，比如鲁晓军。

任珺处于两者之间，一方面她对肖章回心转意仍抱有幻想，另一方面她对我在危难关头伸出援手心存感激，属于报恩范畴。

走了很远，想了很多，突然接到一条短信，是姬小倩发来的：

晚上有人潜入研发中心，詹姆斯已通知所有职员到会议室集中！

我问道：你在哪儿？

她回道：已到公司。

窃贼呢？

还在搜索中。

站在路边凝神沉思片刻，我拨通小杨的电话："快到南京路接我！"

"你在哪儿？"

"杜莎蜡像馆门口。"

我有种奇特的预感：潜入诺贝伊顿大厦的一定是唐雪漫！

第十章 高楼逃生

在窃贼下落不明的情况下将所有职员集中到公司，詹姆斯这一手玩得很高明，一是防止内奸与窃贼相互勾结，通风报信，二是给予内奸心理震慑，三是一旦窃贼落网，可以当场指认，即使窃贼不肯合作，也能从各人表情、反应中看出端倪。

上海的外企中，诺贝伊顿是唯一采用项目制的公司，不管你什么来头，水平有多高，最多只能参与两个项目，然后就交流到它在北京、深圳等地的分公司，等在中国转一大圈回到上海，不知要到几年后。公司高层、项目经理都是设在伦敦的总部直接委派，具备国外历练的经验——姬小倩担任财务总监前也到香港做了9个月市场总监。

这种背景下向诺贝伊顿输送卧底、收买内奸很困难，成本也高，估计唐雪漫的幕后老板也是无计可施，才派她硬闯。

原先我以为她受命于5个入围公司的某一家，现在看来不是。

潜入诺贝伊顿、偷窃德文、在吉秋田安插 double-face spy，那位幕后老板气魄不小，手笔很大——肯定不是邬伟豪，他不可能做出有违家族声望和人品的事；陶郁也不可能，现在怀疑的目光都聚焦在大陶，怎敢再铤而走险？

然而让我想不通的是，既然幕后老板不是入围公司，他苦心孤诣窃取数据有何用？难道……某个国外医药集团闻风而动，想抢在中国前面研制出功效相同的药剂——但窃取的时机似乎不对，这么早下手很容易引起警觉，如果上升到国家利益高度，后面的戒备将比铁桶还严密。

"停在哪儿？"

小杨打断了我的思绪，此时车已开到诺贝伊顿大厦背后的通山路西段，从侧面看，整个大厦灯火通明，不少窗口人影幢幢。再往前开了几百米，隐约可见几个重要路口都停有警车，警察不时拦下来往车辆盘问、搜查。

这回诺贝伊顿动真格的了，势必要把事件查个水落石出。

我叹了口气。

什么叫国民待遇？字面含义是所在国应给予外国人以内国公民享有的同等的民事权利地位。然而在中国一切全被弄拧了，外国企业能享有本国企业难以想象的优待，比如同样是失窃，如果德文报警，110顶多到公司转一圈，说两句加强戒备的话就收队，而诺贝伊顿就不同了，全员出动，拉网式搜查，非把大厦翻个底朝天。

"向右，到宁德巷。"

我命令道，诺贝伊顿大厦背后全是低矮的平房，中间有条曲折的巷子通到宁德巷，这一带最容易掩藏身形，以唐雪漫的身手，在黑暗中奔跑和巷战或许是最佳选择。

"董事长……"

"说过多少回了，在外面办事的时候要叫我老板。"

"老板……我们等谁？"

"你只管开车，别啰唆……对了，肖总对你取消监视有什么反应？"

"还好，就是不停地叹气，但设备款和费用分文不少。"

"有没有弄几张美人出浴图让他过过干瘾？"

"天地良心，我从没看到她洗过澡，真的，连换衣服的镜头都没有。"

"安装之日起就被她发觉，怎么可能春光外泄？"我笑道，"真被你拍到了，没准又是一个艳照门。"

"奇怪的是像她这么漂亮的女孩居然没有男朋友，"小杨道，"我唆使肖总快刀斩乱麻，他又忸忸怩怩不肯。"

"怎么斩法？"

"对付女孩子不能先君子后小人，而是先小人后君子，你要是对她们客客气气，温文尔雅，她们表面上说你是个好人，心里却笑你迂腐，不开窍，最好的办法就是直截了当，第一天送鲜花，第二天接吻，第三天上床。"

我被逗笑了："有意思……你老婆就是这样弄到手的？"

他唉声叹气道："我就是这样被老婆弄到手的。"

"你是被动？"

"等我想反悔时，她已经怀孕了。"

"有问题，你确定孩子是你的？"

"当然，我悄悄做过亲子鉴定，儿子是我亲生的可能性为98.9%。"

我想起肖章为唐雪漫辩解时说亲生鉴定低于99%都不算的话，笑得更厉害，险些一口呛住。

"董事长，不……老板，你看那边！"

顺着小杨指的方向看去，只见大厦中段，约二十五六层左右位置，一个黑影如蜘蛛般呈"之"字形急贯而下，所到之处窗户"扑扑扑"打开，几分钟内数十道手电织成的光柱将黑影笼罩住。

小杨递过望远镜，镜头里黑影身材纤巧轻盈，与辅方失窃之夜的黑影，也与唐雪漫的体形一模一样！

"果然是她。"我喃喃道。

小杨道："肖总怎么喜欢这种危险人物？他知不知道她的真实身份？"

我咬紧牙关道："今晚就证明给他看。"

大厦底部有人探出头，用港台警匪片上常见的口吻叫道："楼上的人听着，你已被警方包围了，赶快放下武器投降，争取宽大处理！"

回答他的是一块砖头，"啪"，扩音器被砸得四分五裂。

警察们被激怒了，"砰"，有人对天开枪发出警告。黑影降速更快，简直像石头坠地似的，凌空而下，须臾间便降至10层左右——原来黑影腰间系了根不知什么材料制成的绳子，性能极佳。这时依稀听到一个威严的叱喝声，紧接着枪声大作，或许防止误伤，都是由下往上开，在黑影身体四周闪来闪去。

我和小杨从未见过这等阵仗，看得目瞪口呆，感觉周遭环境全是虚拟，如同坐在立体影院看美国大片。

黑影降至2楼，突然大幅度摇荡，借助回荡之力飞到10多米外，如轻盈的燕子在空中连翻几个筋斗，倏地消失在大厦背后居民区。

"刷、刷、刷"，大厦上方同时响起数盏大功率探照灯，将整个居民区照得亮如白昼，巷道里也传来"咚咚咚"的脚步声，反应敏捷的警察们已经迅速在居民区拉开搜索网。

然而黑影却没了影。

从她凌空跃入居民区后便再也没现过身，警察们在巷子里跑来跑去，屋顶上也站着突击队员，在探照灯的配合下展开搜查。

小杨诧异道："怎么搞的，一个大活人说不见就不见了？"

"可能藏匿在某个居民家中，或者有同伙事先租了房子，用于不时之需。"我揣测道。

"警察找不到人，肯定要挨家挨户搜，要求出示身份证，到时还得露馅。"

"嗯，绑架人质也是选择之一，到时可以与警方谈判。"

"老板，那都是电影里的虚构，事实上警察的第一反应是狙击手伺候。"小杨大笑道，陡地笑声像被掐住似的戛然中止，他脸色苍白，双手颤巍巍举至头顶。

我奇怪地侧头打量，一眼看到乌黑锃亮的手枪顶在他后脑勺上，紧接着我脑后一凉，也被枪口顶住。

"掉头，开车，往永安寺方向！"背后传来嘶哑冰冷的声音。

小杨稍稍犹豫一下，打算拖延时间，只见枪口用力一顶，那声音继续说："三秒内不发动我就开枪，一、二……"

"别，别，我这就开！"小杨吓得几乎瘫软，忙不迭发动起车子往永安寺方向驶去。

此时警察还未意识到黑影已经脱围，警戒范围没有扩大，宁德巷一带畅通无阻，拐弯时有个警察站在路口往车里瞟了一眼，随即转到另一侧。

驶入市区主干道，"叮咚"，我的手机收到短信，正待查看，后面声音说："不准动，保持原来的姿势。"

我叹了口气："已经脱离危险了，唐小姐，何必那么紧张？"

后面沉默片刻："你认错人了。"

"怎么会？你的身材、举动跟唐雪漫一模一样，不信我们打赌，如果是，你得交代幕后指使者；如果不是，你可以冲我身上任何部位开枪。"

小杨一哆嗦："老板，人命关天，别乱开玩笑。"

枪口突地一松，转瞬顶到我太阳穴上："很遗憾，你输了……向这个世界告别吧。"

"可以，你把面巾摘下让我看一眼，我愿赌服输。"

"我就是裁判，输赢由我说了算。"

"我今天死了，德文明天就会分崩瓦解，你的任务也玩不下去。"

后面沉默了好长时间："前面右拐，到仓北路。"

我笑道："别绕来绕去的，干脆直走，把你送回潼运大厦。"

枪口在我太阳穴狠狠一顶，后面厉声道："别以为我不敢动手，杀你比杀一条狗还容易！"

我满不在乎道："狗比我值钱多了。"

小杨连连使眼色，担心她真的翻脸。

车子按我说的向前直行，后面缄默不语，显然默认目的地是潼运大厦，也间接承认自己就是唐雪漫。

我暗暗奇怪，因为她完全可以否认，并选择中途下车，这么做一定有迫不得已的原因——

她受伤了！

驶到闹市区，我建议说："到前面药店买点东西？"

"干吗？"小杨茫然不解。

她手一抖，悟出我话中的意思，冷冷道："再多说一声，叫你血溅当场！"

"我是一片好意。"

"不用你管！"

她有些气急败坏，忘了掩饰嗓音，我暗暗好笑，指挥小杨在大厦右拐弯处停车，她立即反对，要求转到背后巷子，那儿有条小路通到大厦后门。

"我扶你上楼？"停车后我殷勤地说。

"张嘴！"

她命令道，我们不明其故，威逼下还是乖乖地将嘴张得老大。她陡地往我嘴里扔了颗胶囊，然后迅速在嘴上一拍，胶囊被震入喉内。再看小杨也是如此，我一阵干咳，问："这是什么？"

"胶囊。"

"什……什么胶囊？"

"你可以大胆想象，总之与性命有关，"她简洁地说，"都给我下车，上楼，我跟在后面，要是敢玩花招，哼，想想刚才的胶囊。"

小杨快崩溃了："不会是七步倒吧？"

我安慰道："没这么快，大凡胶囊都是缓释类，完成发挥药效要 12 个小时。"

她冷笑道："算你明白。"

下车后我和小杨并肩而行，她走在后面几乎没有一丝声音。进入后门，在昏暗的廊灯下拐入安全通道。爬至 3 楼时，听到后面微微喘息，脚步也有些沉重，我问："要不要拉你一把？"

"快走！"她拒绝了。

来到 6156 开门进去，还没来得及转身，后面"扑通"一声，她倚着门背摔倒在地，整个左臂全是鲜血，无疑是高空逃生时中了弹。

我跑过去扶她，这回她没有抗拒，软软的身体全都倚在我肩上，挨到沙发前躺下，喘了几口气道："厨房……右上方柜里有，有急救包，拿来……"

小杨只关心胶囊的事，蹲在她身边问："刚才那颗药没事吧？你是吓唬我们的，对不对？"

她懒得理他，闭上眼一言不发，等我递过急救包才勉强坐正身体，让小杨去做晚饭，然后踌躇片刻道："替我把外衣脱了。"

我刚伸出手，她却往后一缩，厉声道："就脱外衣，不准有非分之想！"

我苦笑："我是有妇之夫，不敢乱来的。"

小心翼翼脱掉外衣，里面内衣也被鲜血染得通红，她不肯我再碰，用剪刀剪开左臂部分衣服，露出血淋淋的枪伤。

"转过去！"她命令道。

我知道她想自己取出弹片，虽有些好奇也不忍再看，依言转身无聊地看着墙上的挂钟。

一分钟、三分钟、五分钟……

背后传来粗重的呼吸和明显压抑的喘息声，还有手术刀、止血钳等医用器械发出的清脆声，我的心始终高高悬着，不仅为了吞下去的胶囊，还有——某种无法用语言表述的感觉。

不知何时客厅突然安静下来，我不知她在干什么，不敢轻易掉头，小杨从厨房探出头瞟了一眼，失声道："啊，她昏过去了！"

她斜着躺在沙发上，蒙面巾揭掉一半，脸色惨白如纸，眉目中有种楚楚可怜的味道，肩上伤口已用绷带扎好，地上、沙发边到处是血迹，可能是失血过多加剧疼痛引起昏迷。

小杨紧张兮兮道："怎么办，要不要报警？"

我瞪他一眼："亏你说得出口，鬼知道那颗胶囊含有什么成分，再说她是德文员工，却跑到诺贝伊顿偷东西，然后乘我们的车逃离现场，身为德文董事长，我撇得清吗？"

"这倒是……大家会认为你跟她里应外合……"

"麻烦，自从这臭丫头进了德文我就麻烦，好像甩不脱似的。"

"不如把真相告诉肖总。"

"他能相信？还不是一句话，拿出证据。我有什么证据？总不至于把胃里的胶囊掏给他看吧。"

"不过……"小杨看着她目光闪烁不定，"或许她已从诺贝伊顿偷到点什么……"

我眼睛一亮："不错，趁她昏迷搜搜看。"

"我来。"小杨挽起袖子。

我将他推到一边："走开，这么重要的事当然我亲自动手。"

他嘀咕道："什么重要，还不是想趁机揩油。"

我一本正经道："说对了，我就是防止你揩油。"

说着伸向她怀里，蓦地冷风掠起，冰冷的枪口顶在我额头上。

第十一章 挟制受命

我吃吃道："你……醒了？"

唐雪漫冷冷道："你捡回一条命，若想报警，这会儿已成两具死尸。"

"女孩子家，别动辄死不死、杀不杀，有杀风景。"

"是啊，我们都是爱好和平的人。"小杨附和道。

她坐直身体道："那两颗胶囊，原本是我自己吃的。"

小杨一听眉开眼笑："哦，原来没有毒，那就好，那就好。"

她接着说："一旦被捕，我就吞下胶囊，士可杀不可辱，明白我的意思吧？"

小杨绝望道："还……还是毒药！"

"董事长是搞药剂研究的，想必清楚胶囊的原理，胶囊外衣在胃酸作用下逐渐溶解，里面的药粒才慢慢发挥效力，也就是说，只要保持外衣完好无损，里面的药就不起作用……碰巧的是这种胶囊缓释时间特别长，大约需要一周左右……"

小杨已紧张得说不出话来，我镇静地问："接下来呢？"

"如果二位表现尚可，没有向警方告密，我就提供一种药丸，它进入胃中会自动寻找胶囊，在外壁形成保护膜，时间还是一周。"说到这儿她戛然而止，疲倦地闭上眼睛。

我和小杨面面相觑，过了会儿小杨问："也就是说，我们若想活下去，就得每周从你手上拿一颗药丸？"

她点点头。

小杨骤然爆发，挥舞双手咆哮道："那我活什么劲儿？早点见阎王得了！我这就到公安局举报，死也死得光荣！"

唐雪漫亮出手枪对着他："你现在就可以光荣。"

"你开枪啊，往这儿打！"

小杨挺着胸膛一步步逼过去，她没料到局势陡然失控，怔忡间有些茫然，修长的手指在枪扣上拨来拨去，显然下不了决心。

我充当和事老道："别着急，唐小姐一定有妥善的解决办法，对不对？"

她略一思索："我手头上还有解毒丸，每个月吃 1 粒，3 个月后便可完全化解胶囊毒性……为表示合作的诚意，我愿意把解毒丸都给你们，不过切记，千万不能一次性服下，因为解毒丸本身也有毒性。"

"唔，比一周拿一颗药丸好多了，即使这样，我们还得在死亡威胁下挣扎三个月。"我说。

"这是我能提供的最友善的办法，希望二位谅解，"她疲惫地挥挥手，"不早了，你们回去吧，我需要休息。"

我叫小杨先下楼，然后坐到对面凝视着她。她先是不理我，但时间久了被看得有些不安，遂睁眼道："想说什么？"

"刚入行的职员挟持董事长，你真有想象力。"

她苍白的脸上掠过一朵红晕："对不起，我也是迫不得已。"

"你的老板是谁？"

"对不起，我不能说。"

"你到德文卧底，又潜入诺贝伊顿偷资料，是不是想把 5 家入围公司一网打尽？"

"对不起……"

我打断她的话："不要说对不起，这种事是对不起三个字就能解决的吗？往小处说，它关系到两亿项目的归属，关系到德文公司和职员的发展；往大处说，它属于国家知识产权，关系到国家竞争力，能左右西药产业布局，打破国际制药集团在肾研究领域的垄断。"

她的眼睛直直看着前方："你说得太复杂、太深奥，对我而言这只是一项任务，与其他任务没有两样。"

"哦，如此说来你是职业选手？"

她意识到失言，抿抿嘴不肯回答。

"也罢，其实你是什么来路，幕后老板是谁，我根本不感兴趣，我关心的是，既然身份已经暴露，还想做对德文不利的事吗？"

"这个……"

"不妨摊明了说，我可以容忍你在德文待下去，你到诺贝伊顿偷也好，到吉秋田偷也罢，都不关我的事，但底线是不得打德文的主意，否则，"我声色俱厉道，"大不了跟你鱼死网破！因为在我眼里德文的利益高于一切，任何人都不得逾越这个底线！"

她低头沉思良久，过了好半天才下了决心似的说："我也坦率告诉你，德文不过是整个计划的一颗棋子，我做的事对德文只有好处，没有坏处。"

这句话含义颇深，大有玩味之处，虽然暂时不明白她的意思，但我知道很重要。

"好，希望你记住今晚说过的话。"

离开前唐雪漫冷不丁说明天起要请三天假，我哭笑不得，暗想这应该是天底下最奇特的请假方式了。

小杨一直在车里等着，见了我劈头就说："我反复想过，还是要报案。"

"胶囊怎么办？"

"到医院洗胃。"

我敲了他一个栗子，骂道："报案、洗胃，你想让我在上海滩声名扫地是不是？我还要不要在这个圈子混了？"

"可是胶囊……简直是《笑傲江湖》里的三尸脑神丹嘛，它在体内一天，我们就一天不得安逸。"

"这个你大可放心，"我满有把握地说，"凭德文的科研水平，对付小小的胶囊还不是小菜一碟？"

"你刚才不是也……"

"那是逗她玩的，跟我斗，哼，她还差得远呢！"

驱车来到公司，正好是黄总值班，我开门见山问有没有缓释期达到一周的胶囊，他说缓释理论值最长可达 67 天，一周当然不在话下。我又问如果误服毒胶囊怎么处理？他不假思索说洗胃，8 小时内都有效。

无语，医学博士、药剂研制领域资深总工程师，想出的办法居然与出租车司机一样。

我耐心地说："如果中毒者出于种种考虑不想去医院呢？"

黄总还不明白，皱眉说："岂有此理，这是对自己健康的不负责嘛。"

"中毒者就是我，还有他。"我指指自己的鼻尖，又指指小杨。

黄总愣了半天，尴尬地说："唔……这个……办法还是有的，我可以配制一剂胶质药丸，服下后在胃里自动发散，裹住毒胶囊后排泄出去……"

小杨大喜："谢谢，谢谢，麻烦你现在就配，我吃下后回家睡觉。"

黄总扶扶眼镜："抱歉，我没有现成的配方，还得花点时间研究、实验，可能……需要两至三天。"

小杨又泄了气，我说有希望总是好事，赶紧回去吧。

临出门时黄总嚅嚅着想说话，我知道他很奇怪我和小杨并非殉情男女，为何同时服下毒胶囊，拍拍他的肩说："今晚的事仅限于你一个人知道，连肖总都别说……对了，第二阶段研发数据怎么保管的？"

"每天下班前统一交给我，然后分为两部分，分别锁进我和肖总的保险柜。"

我看看不远处的小杨，将黄总拉到一边悄声道："你记住，除了投标，如果有一天我带着人要你开保险柜拿数据，肯定是受到某种胁迫，你一定要在保证我安全的前提下妥善处理。"

他身体一颤："事情有这么严重？"

我拍拍肚子："要不然这里面怎会有毒胶囊？"

第二天唐雪漫没有上班，肖章急得像热锅上的蚂蚁，和吕主任一起找我，说她事先没打招呼，手机也关了，不清楚怎么回事。我笑笑说别紧张，她昨晚打过电话给我，说是身体不适想请三天假，我批准了。吕主任脸上立即露出惊异的表情——一位漂亮的女职员直接打电话给董事长请假，而且是在晚上，确实令人遐想。

肖章涨红了脸，其恼怒大于惊讶。

等吕主任离开，肖章凑到我面前压低声音说："你不是成天想解雇她吗？什么时候开始单线联系了？"

"职员向领导请假，天经地义。"

"少玩这一套，我是总经理，她应该找我请假才对，你们之间有没有名堂？"

有。

我胃里有她喂的毒胶囊。

我眼睛一眨不眨道："请相信一点，我跟她是清白的，清白得像你跟她一样，连手都没拉过。"

被点中穴道，肖章颓然坐下，无精打采道："我真没用，堂堂公司总经理却约不到女下属。"

"她怎么拒绝的？"

"我说，下班后一起喝咖啡吧？她说，对不起，我已约了朋友。"

"男朋友？"

"不知道，反正我当时就哑了火，悻悻走开了。"

"你呀，一脑门子聪明都跑到哪去了？"我恨铁不成钢指着他说，"你应该说，没关系，叫你朋友一起去。如果是男朋友，她肯定要如实相告；如果是女朋友，人家也不会坐在旁边做灯泡，对不对？"

他懊恼地一拍脑门："我真是猪脑袋，这点应变技巧都不会，以后还要向你多多请教。"

我哑然失笑："我也不是情场老手，大学毕业后直到现在，就谈了一个容小米。"

"哦，那上大学时呢？"他眨巴着小眼睛试图套我的话。

"初恋时不懂爱情，大学往事就不必说了……再教你一招，唐小姐不是身体不适吗？作为总经理，登门看望生病员工是名正言顺吧？嘿嘿，反正你知道她住哪儿。"

他的脸红得快要爆炸了，慌忙起身出去，走到门口又停下，冷不丁道："你跟她之间……真没有什么？"

"去你的！"我破口大骂，将他一脚踹出门。

"炫采人生"开播后，制作方刻意制造了几件有争议的话题，网络、报刊为此唇枪舌剑，争论得一塌糊涂，收视率自然扶摇直上，以绝对优势压倒其他省市同类型选秀节目。不过进行到 16 进 8 时出了一点意外，终于有人质疑短信统计方式，公开呼吁要公正透明，迫于舆论压力，栏目组不得不在公开场合表示，短信统计一直在严格监督下按规定流程进行，公正性无须怀疑，既然观众们想知道更多，栏目组可以考虑将短信统计从幕后转到台前，不过是个方式问题，不会对统计结果产生任何影响。

话虽如此，但容小米的前途顿时一片黑暗。据喻主任私下透露，她的短信支持票数少得可怜，其中还包括她死缠烂打，央求报社同事们发的短信。如果实行阳光统计，每个环节都处于公证员监督之下，她将第一个被淘汰。

可是，容小米绝对不能淘汰，否则将暗无天日。

我问喻主任怎么办，他吞吞吐吐，顾左右而言他。我急了，直截了当说她若进不了6强，剩下的赞助费我一个子儿都不给。他才认真起来，神神秘秘地说有一种设备能批量发送短信，一次100条，半个小时就可以刷几千条短信，有了它何愁短信支持率？

我半信半疑说，电视台短信接收系统不是有限制吗，一个号码一天最多只能发3条短信？

他说这种设备采用美国硅谷最新研制的IMK技术，能突破系统限制。

明天就要直播了，仓促之下我到哪儿买？

这个嘛……我可以帮你联系……

多少钱？

嗨，朋友帮忙，谈钱太小气了。

不出20分钟喻主任就替我联系好卖家，一打听，将近2万元。没办法，咬咬牙答应了，取设备时才发现卖家就是喻主任老婆！

16进8的那个晚上，容小米以短信总票数第4位的身份进入才艺展示，避免了二选一PK环节，经过激烈角逐——我的意思是做评委的思想工作很不容易，她顺利挺进8强。

夜里容小米非常兴奋，温柔得像一潭清水，两人如胶似漆地缠绵起来。进行到一半时，她在我耳边昵喃说等她获得总冠军就和我结婚，我一惊，顿时兴致全无。

我觉得整件事好像出了偏差，我的人生不应该是这样的。

第十二章 单线联系

　　肖章穿着有史以来最帅气、最笔挺的西装，手握鲜花和精美的礼品去探望唐雪漫，谁知连门都没进，因为她不在家。

　　好不容易等到她上班，肖章说他登门探望过，唐雪漫只淡淡说了句"是吗"，既没有道谢，也不解释不在家的原因。奇怪的是她越是冷淡肖章越是着迷，简直到了神魂颠倒的地步。我非常担忧这种状况，暗中将黄总和研发中心的技术人员一个个叫过来谈话，直言不讳要求他们提防唐雪漫，不得以任何理由、任何方式让她进入机要室，即使经肖总许可也不行。

　　我通过 MSN 与鲁晓军取得联系，要求他窃取关于蛋白酶糖元素分解的实验数据，报酬是 5 万元，他爽快地答应下来。过了两天，武宫正雄让生化室配合技术部做蛋白酶糖元素的活本分析，鲁晓军主动请缨，承担了大部分分析工作，当然也获取了全部实验数据。

　　武宫正雄做得很绝，实验数据全部是纸质材料，没有电子文档，这就杜绝了通过网络发送的可能。

　　鲁晓军没有在第一时间联系我，好像等待什么，连续两天下班后在舟南路一带转悠。负责监视的小杨认为他并非无所事事闲逛，而是在观察有没有被盯梢。

　　凡事谨慎到极致，或许是 double-face spy 的职业特质吧。

　　第三天傍晚，鲁晓军踱进一家名叫 Suring 的酒吧，过了 42 分钟，一个女孩夹在一群学生中间走进去。

　　她是柏妮。

　　看来鲁晓军属于外围人员，情报必须通过柏妮传递。柏妮又会与谁联系呢？我的兴趣愈发浓烈，并将这一情况告知武宫正雄，他说早在去

065

年起就怀疑几家公司之间存在一张间谍网，不过因为涉及经济利益不大才没有深究，现在是穷追到底的时候了。

然而线索到这里便戛然而止，接下来几天柏妮表现很正常，因为她已在32进16时淘汰，又恢复到无所事事的状态，每天上午到菜场买菜，然后一直在家里待到傍晚，才步行到两条街外的健身房锻炼近两个小时，除此之外没有其他活动。

鲁晓军也把数据交给了我，整个过程与以往历次交易没有两样。

会不会我们太多疑了，也许鲁晓军与柏妮仅仅是朋友，两人见面与实验数据并无关系？

武宫正雄不同意我的观点，他说 double-face spy 是一群极为特殊的群体，他们有独特的处事方式和联络渠道，经常利用普通人的思维定式逆向而为，掩护自己的行为。从鲁晓军的表现看，无疑是通过柏妮传递情报，而柏妮之后的表现又说明情报已经传出去了。

我半信半疑，小杨盯梢水平我是信得过的，从鲁晓军进酒吧到两人先后离开都处于严密监视下，按说不可能出差错。我找来那天的录像研究了一下午，终于发现一个小小的问题：柏妮的包换了。

她进酒吧时挽的是佐丹妮黑色花边小挎包，出来时却变成苹果棕色拉丝褶皱包。而鲁晓军进出都是鳄鱼商务皮包，显然柏妮得到实验数据后，在酒吧里就移交给另一个人。

来回将录像看了三遍都没找到拎苹果包进去、拎佐丹妮包出来的人，说明这个人进出时间超出小杨的监视范围——他在鲁晓军之前进酒吧，在柏妮离开后才离开，因此没被录下来。

即使拍到真面目，估计也是一张陌生的面孔，三个入围公司职员同时出现在一家酒吧，被人发现后果不堪设想，因此柏妮与上家之间必须有个缓冲。

将分析结果通报给武宫正雄，他极为不甘，商量说要不再来一次，看看鲁晓军还有什么花招。我说频率太高容易引起他们警觉，反正离第二阶段投标还有一阵子，等等再说。武宫半开玩笑半当真说或许我们两家可以扩大合作范围，我应付说是啊是啊，我正在考虑中。放下电话却想，陶郁还在等我的回复呢，不能牵扯太多，何况武宫正雄素来老奸巨滑兼反复无常，不可轻信。

这段时间肖章烦心事缠身，一方面在唐雪漫身上毫无突破，每天除了说"早上好"其他没有任何交谈；另一方面技术攻关也遭遇瓶颈，他和黄总以及一班技术人员几天几夜没合眼，却始终解决不了一个关键性技术问题，肖章急得上了火，嘴角四周冒出一圈水疱，黄总胡子都愁白了，脸上表情苦大仇深，像谁欠了他一百万。

究其原因是情报来源都被切断。而今诺贝伊顿内部清查奸细，唐雪漫又上门大闹一场，姬小倩为求自保暂停行动；吉秋田方面武宫正雄紧盯鲁晓军，任珺不能不收敛一点，防止露出破绽。缺了外援，德文厚度不足、关键时刻没有能一锤定音的灵魂人物的弱点暴露无遗。这也给我提了个醒，想把公司做大做强，最要紧的还是人才。

作为董事长，我是不管技术的，一是确实不太懂，二是不愿意纠缠于技术事务，但眼看研发工作陷入僵局，我不能不出面。当天傍晚，等包括唐雪漫在内的大部分职员都下班，我叫上黄总和宁工——公司首席技术员，借着夜幕掩护上了小杨的车，开到一半时突然钻到旁边巷子里，换到另一辆出租车，然后在巷子里七拐八拐近一个小时，来到一家偏僻的宾馆。

服务员看到我出示的身份证，递过房卡，我们来到三楼最西边房间，打开门，里面已坐着两个人，我示意黄总和宁工进去，然后替他们关上门，独自坐到一楼休息区，抽到第三根烟时两人下了楼，脸上掩不住兴奋。

"好了？"上车后我问。

"嗯。"黄总说。

回到公司黄总等人又是一夜无眠，我则舒舒服服睡了个好觉，第二天上午陪容小米逛街购物，临近中午时接到肖章的电话。

"薄仕，赶紧到公司来，出大事了！"

"你说。"

"机要室里的研发日志不见了！"

我心里一紧：研发日志记载着每天技术人员做的所有工作和实验情况，是最原始的研发档案，若落到竞争对手手中，可以轻而易举判断出研发进度、思路和走向。最要命的是，失窃偏偏发生在今天，说明有人对德文取得突破性进展产生怀疑，想通过日志分析出端倪。

赶到公司时，肖章已将所有员工集中到会议室，黄总和颜助理在各个办公室搜查。

"从昨夜到发现失窃，哪些人进过机要室？"

"我、宁工，还有三名技术人员熬的通宵，除此之外肖总来查看进度，颜助理送技术内参，方芳发技术津贴，还有，唔，程控室的唐小姐……"

我勃然大怒："不是交代过任何时候、任何情况下都不允许她进机要室吗？"

"肖总看我们没吃早饭，让她到楼下买早点……她端进来时我盯着呢。"黄总尽力辩解。

"盯有什么用？日志还不是丢了？"我随即意识到这种指责对黄总过于严厉，因为他根本不知道其中的玄机，便缓了口气道，"把监控调出来看看。"

黄总更加不安："我看过，从凌晨五点起监控就……就坏掉了……"

我霍然转身来到会议室，将唐雪漫叫出来劈头就问："是你做的？轻伤不下火线，是吧？"

她只说了三个字："不是我。"

"不是你是谁？"我问了句蠢话。

她摆出一副懒得理我的样子，表情漠然地准备离开。

"你说过不做对不起德文的事，希望你记住自己的话。"

"我不想重复已经说过的话。"

我定定看了她半晌，断然说："好，我相信你。"

踱进程控室，肖章正趴在唐雪漫桌下翻找，见了我神色有些忐忑，搓搓手道："你说……是不是她？"

"不是。"

"啊？你一向怀疑她的。"

"手法太简单，不像她的风格，还有如果是她干的，为了避嫌她整个上午都不可能在机要室出现，否则岂非引火烧身？"

"唔，有道理，"肖章松了口气，转瞬又眉头紧锁，"可是日志被藏到哪儿呢？难道已偷运出大厦？"

"可能性不大，日志不是数据，拷在U盘里随身携带，那么厚厚一大本绝对不敢抓在手里；放在包里呢又引人注目，毕竟是上午，夹着公文包到哪儿去？估计藏在某个隐秘的地方……"

黄总从外面进来，报告道："楼层监控、一楼大厅监控都被人为破

068

坏，从时间看大致在凌晨五六点钟左右……说明一点，当时已经有人知道我们研发取得突破。"

"夜里只有五个人！"肖章叫道。

黄总脸上顿时不自在，他也是通宵工作的五个人之一。

"那样做太明显，"我沉吟片刻，"凌晨左右，你们有没有对外打过电话？"

"有，"黄总肯定地说，"主体研发工作大概是凌晨两点多钟结束的，然后宁工和李工继续做后续工作，我和另外两个人坐到门口喝咖啡，大家都有点兴奋嘛，都打了电话回家……"

"手机被盗听了！"我恍然大悟。

黄总赶紧将手机拆下来，肖章找来电子探测仪一扫，"嘟嘟嘟"，红灯频频闪烁，我猜得不错，有人在黄总手机上耍了鬼，能盗听到他的所有通话。再将其他四个叫进来一一测试，发现宁工的手机也被盗听。

德文有内奸！

同事之间做手脚太容易了，有时说一声手机没电了，借过来用用；有时根本不要说，因为很多人习惯于将手机放在桌上。像黄总、宁工这样智商极高但情商极低的专业人才，想骗他们实在太简单。

临近中午，我们已将整个 19 楼翻了个底朝天，连卫生间抽水马桶水箱、洗脸盆下口、机要室吊顶等地方都没放过，黄总还找来小铲子，把盆景里的水掀了一遍，仍然一无所获。

或许真被转移出大厦了吧，我茫然想。

就在准备放弃的时候，眼角瞥见保洁工推着垃圾车下电梯，电光火石间灵机一动，大喊道："等一下！"

我冲到垃圾车前，不顾里面肮脏污秽，双手一阵乱翻，挖到近一半时指头触到一本厚厚的笔记，心中一喜，捏住了用力一拖：

果然是研发日志！

好狡猾的内奸，猜到事发后我们要组织搜查，竟然将日志扔进垃圾桶，因为保洁工上午收集垃圾后并不立即处理，而是等下午再收一次后一起运到大厦背后的垃圾场，他可以利用中午休息时间取出日志转移到安全地点。

真相虽已大白，内奸仍未找到，将员工们遣散后我心里沉甸甸的。唐雪漫并不可怕，她已暴露在明处；可怕的反倒是隐匿在暗处的人，也许他平时跟我们谈笑风生，称兄道弟，暗中却将德文的秘密源源不断传出去。我自以为聪明地在其他公司安排卧底，殊不知对手也非善类，同样还以颜色，这就是商战。无论谁都不能独善其身，必须一刻不停地战斗，或攻击别人，或被别人攻击。

傍晚下电梯时正好遇到唐雪漫，我说："打一开始起我就没有怀疑你，因为我坚信你会遵守诺言。"

她正色说："怀疑与否是你的事，我根本不在乎。"说着随便按了一层甩头出去。

热脸挨了个冷屁股，我恼怒不已，暗想你的毒胶囊已被排出去了，没有牵制我的资本，你还横什么横？

尽管解决掉燃眉之急，但给我敲响了警钟。路漫漫其修远，以肖章、黄总的攻关能力，难保不会遇到新障碍，出于通盘考虑，我不能每次都采取那种下策，既不安全，也不利研发队伍成长，因此与大陶合作事宜便摆上议事日程。

周五早上，我突然打电话给陶郁："在哪儿？"

"公司，那件事考虑得怎样？"

"我在你公司楼下，上车再说。"

几分钟后他匆匆下楼，迅速钻进车里，吐了口长气说："什么事这么着急？"

"上次你说的小岛在哪儿？"

"哦，摸我的底是吧？没问题，我说你开，正好赶到岛上吃午饭，现捕的海鲜，味道好极了。"

车子开上高架，我问："杜秋山什么态度？"

陶郁耸耸肩，又叹了口气："摊个有钱的老爸，确实有资格视金钱如粪土，道不同不相谋，算了吧。"

"梵非的研发力量不在吉秋田之下，他是不屑。"

"团结就是力量，只要大陶和德文联手，没准能胜过强大的诺贝伊顿。"

"所以我想看看陶兄的准备情况。"

"你一定会满意的。"

我们相视而笑，车子转到高速公路放速疾驰，陶郁将音乐开到最大，里面正放着《新长征路上的摇滚》，两人跟着崔健声嘶力竭吼道："一二三四五六七！"

第十三章　飞来横祸

驶至浙江境内，从灶头镇下高速直奔蹲门港，这是三年前刚开发的小海港，宣传口号是"阳光、美食、海岛"，每到周末，上海、江苏等地的富人们从四面八方赶来，尽情享受美好的休闲时光。

拐到沙滩附近，陶郁边指挥我停车边说："目的地是丁琼岛，它不在旅游路线上，我们直接租艘快艇开过去。"

我点点头推开车门准备下去，突然目光一凝，手臂僵在半空。

"怎么了？"陶郁诧异地问，顺着我的目光看去，失声道，"罗主任！"

西药康复研究所招标办的罗主任独自躺在沙滩边缘的遮阳伞下，一手夹着香烟，一手拿着饮料，神情自得地看着海面。

他为什么突兀出现在这里，是巧合还是另有玄机？

我二话不说，发动车子飞快地退出他的视野，急拐到回来的路上飞速行驶。一路上气氛非常沉闷，我和陶郁都没有说话，此时说什么都没有意义。

罗主任的出现绝对是个不祥的信号，也许他就是想现场活捉。

我是临时决定到大陶的，陶郁也是临时得知去丁琼岛，这种情况下居然走漏风声，说明对手对我们行踪的打探已达到无孔不入的程度。

也使原本可以改变竞标局势的合作还没有开始就宣告结束，胎死腹中。

车子回到大陶公司楼下，下车时陶郁说了一句："这不能改变我们的朋友关系，对吧？"

我说："当然。"

把车开到车行，经验丰富的修车师傅摸了一遍说问题出在高科技上，你车上的全球定位系统被安装了反向定位系统，不管车子开到哪儿人家都了如指掌。

我听明白了，回到公司将唐雪漫叫到办公室，谦虚请教道："反向定位系统，一定花了不少钱吧？"

她镇静自若道："你能在我卫生间装针孔摄像机，我为什么不能在你车上安装系统？"

我猛一拍桌子："你知道自己在干什么？你阻挠了一项对德文至关重要的计划！"

"你说什么？"她很惊讶，"你去蹲门港跟我有什么关系？我什么都没做。"

我按捺下性子："你最好说实话，我忍耐是有限度的。"

"请便。"她轻飘飘丢下两个字走了。

看着她的背影，脑海里浮出四个字：如鲠在喉。这个高深莫测的女孩，碰不得，惹不起，我真不知道拿她怎么办才好。

无独有偶，肖章也不知拿她怎么办。这几天德文接了个小单子，因时间紧迫，要求所有员工周日加班，吃盒饭时他先到程控室和大家聊天，其实是想与唐雪漫搭讪，无奈她始终坐在角落不吱声。吃到最后肖章实在没辙，不得不厚着脸皮递了个苹果过去："唐小姐，饭后吃水果对身材有好处。"

换作其他员工，哪怕是烂苹果也要欢天喜地接过来，唐雪漫倒好，瞟了一眼冷着脸说："你好像没洗手。"

肖章臊得差点要自焚。

德文总经理公开求爱被拒很快被编成秩事传遍整个大厦，最后浓缩成一句精华：今天你洗手了吗？

肖章颜面尽失，跑到我面前诉苦，我说关键是你没有杀劲，要是换作我，第一反应是把苹果砸到她身上，然后大喝一声："就算我用脚丫子递给你，都得给我咽下去！"

"太粗暴，这一来岂不是彻底没戏……"

"其实对女人来说，粗暴未必是坏事……"想到他还是童男子，多说无益，转言道，"放弃吧，我替你介绍幼儿园的小老师，个个纯情得要掐出水来。"

"唉……"

肖章一味摇头叹息，却依然抱有幻想。

8月的上海大雨滂沱，从早下到晚没有一丝停歇的意思。站在落地窗前看着溅起的水花，唉，容小米在电视台排练，今晚又是孤家寡人，不由有些怅惘。这时手机响了，万主任打来的，他提供了一个极其珍贵的信息：

蒋副所长的车在高速上抛锚了。

他是中午从南京回来的，晚上要参加市政府的外事活动，车子开到昆山北面时出了毛病，打电话到研究所，公车都在外面，私家车嘛，今天正好是周末，各有各的安排，谁都不愿意冒雨跑一趟高速还落下拍马屁的名声——知识分子的气量有时真的很小。

万主任提示说目前罗主任还不知道，事不宜迟。

我知道他的潜台词，一旦罗主任获知信息，必定要通知吉秋田，武宫正雄当然不会错过良机。

"我现在就去。"

等电梯时唐雪漫的身影在走廊上一闪，我当即冒出个新念头，叫道："唐小姐，跟我出去一下。"

"什么事？"肖章听到叫声屁颠屁颠地跑过来。

"没时间细说，把你的车给唐小姐开，"一直到停车场我才说出原委，"研究所蒋副所长的车抛锚了，我们现在去接他，唐小姐一个人开，负责先把他送回上海，路上什么都别说，我们俩留下协助司机修车。"

肖章张张嘴，欲言又止，上车后才抱怨说："想用美人计？似乎不太好吧。蒋副所长是前程无量的高级知识分子，生活作风非常严谨，不会给人留下口舌。"

"美人计又不一定要上床，再说她还不是你女朋友，她都不怕你怕什么？"

"我是觉得……这么做会不会适得其反？"

我哂笑数声，扭开音乐听起来。这种事跟他解释太费劲，不如不说。

蒋所长为人谨慎稳重，在研究所和药剂界都有不错的口碑，但他终究是人，也有七情六欲，面对患有精神病的妻子，不得不将欲望压抑到最深处。然而并不意味着他不想与漂亮女孩接触，君子好色而不淫，分寸就在玩味之间。

高速公路上雨愈发下得紧，两辆车在大雨中艰难跋涉，花了比平时多一倍的时间才爬到抛锚处，还好，没有车接应。我隔着防护栏对蒋所长打了个招呼，冒雨协助他翻过防护栏，直接送进唐雪漫的车，她会在前面出口下高速，再设法绕回去。这时修车行的车子也赶来了，我们没必要耽搁，远远跟着唐雪漫返回。

进入市区，唐雪漫直接将蒋所长送到活动地点——上海饭店，下车时他容光焕发地朝我们挥挥手，风度翩翩进入大厅。

此时已近八点钟，肖章建议到附近西餐厅用餐，我体谅他的良苦用心，爽快答应，唐雪漫也无可无不可地应了一声，默默跟在我们后面。

"你们说了些什么？"落座后肖章迫不及待地问。

"没什么。"

说了等于没说，肖章已习惯她的风格，追问道："总不会一个字都不说吧。"

"我说我是德文公司的，姓唐，薄董事长和肖总安排我送您回上海。"

"他呢？"

"他说谢谢。"

"没了？"

"没了……"她想了一会儿补充道，"临下车前他突然问，你们董事长叫薄仕？我说是，厚薄的薄，仕途的仕。他笑了笑说很有意思的名字，然后就下车了。"

我眼睛一亮："之前你没有提过我的名字，车上也没有我的名片？"

"嗯。"

既然这样，蒋所长怎么知道我的名字呢？只有一个可能，作为分管招投标的领导，表面上对这项工作漠不关心，暗地里密切关注，所以能一口叫出我的名字。

也许他并不甘心罗主任大权独揽，也许他从其他渠道听说有关罗主任的事，也许他正在寻找一个合适的契入点，总之对德文来说，他能记得"薄仕"两个字有益无害。

加州小牛排、法国鹅肝、意大利通心粉、英国香槟，肖章为讨好佳人一口气点了西餐厅里最昂贵的几样，唐雪漫一副见识多广的样子，双臂优雅地贴在腿上，眼眸澄亮碧清。

香槟端上来了，冰到恰到好处，高脚酒杯也在冰柜里镇过，外壁蒙了一层白汽，"嘭"打开瓶塞，晶莹剔透的香槟倒入杯中，"滋滋"声中泛起粉末般的细泡，抿了一小口，甘美香甜的味道一直沁到心脾。

没有什么比在大雨中奔波几小时，坐下来喝一杯冰镇香槟更美好的事了。

肖章举杯道："今天恰巧是唐小姐进入德文的第 99 天，我建议大家干一杯。"

平时在生活上粗枝大叶的他居然记得这个，可见对她何等痴情。然而对付面冷心冷的唐雪漫，你只有比她更冷，否则根本没用。

果然她无动于衷，只礼节性地用酒杯碰了下嘴唇。肖章一窘，又没词儿了——他总是这样，受挫后不能及时调整策略，而是处于被动挨打的局面。我赶紧问了几个程控技术方面的问题，她一一回答，好歹将气氛拉到正常。接着聊起了容小米参加选秀的的事，我说进入 8 强后想管也管不了，任她自生自灭。肖章说半途而废不是你的作风，也不是小米的习惯，你们一定会坚持到底。

我仰头将杯中酒一饮而尽，说："坚持到底是个很有诱惑力的词，让很多人前赴后继无怨无悔，这样失败了也能说一声我坚持过，我问心无愧。然而有些事明知没有希望还不肯放弃，是执拗还是愚蠢？做自己力不能及的事，又在意胜负得失，坚持到底恐怕成为拖累和负担。"

肖章目瞪口呆看着，唐雪漫冲我微微举杯轻啜一口。

我也不知为何突然生出如许感慨，更想不通很少吐露心事的我为何生出想倾诉的感觉，可能是平时压抑得太久，紧张之后需要适度的发泄。

服务员过来换刀叉，肖章趁机说："老夫老妻的，偶尔抱怨两句就罢了，千万别往心里去。"

"可他已经往心里去了。"唐雪漫冷不丁来了一句。

"家家都有本难念的经，"肖章不肯放弃自己的观点，"磕磕碰碰在所难免。"

我打趣道："看来肖总对婚姻战争早有心理准备。"

他的脸居然有点红，偷偷瞟了唐雪漫一眼："理论……跟实践是两码事。"

不解风情的呆子，给他梯子都不会上屋顶，你不大胆进攻，难道等唐雪漫主动献身？

西餐厅柔柔的灯光、淡淡的音乐和高雅的氛围，使晚餐气氛还算融洽，虽然肖章总是不懂得接我的话茬儿，倒没有犯什么错，唐雪漫态度也温和不少，不像在公司时冷若冰霜。

这是我们上大学时就总结出的求爱宝典之一：吃西餐时向女朋友表达爱意，如果凑巧再来枝玫瑰，成功率 90%。

出门后我建议肖总送她回家，他又犯了傻，怔怔说你们不是顺路吗？

我无语。

目送肖总开车离开，唐雪漫突兀地说："他是好人。"

"太俗套的拒绝方式，你应该说我宁愿做他的妹妹。"

她罕有地"扑哧"一笑，脸上清冷一扫而光，变得明媚而灿烂，可惜倏地消失得无影无踪："我的意思是，董事长不必煞费苦心做拉郎配，不可能的。"

"桃色Ⅱ号竞标，德文的希望有多大？但我们还得参与。"

"你说过坚持到底得有分寸。"

我摇摇头，岔开道："傍晚的事非常感谢，蒋所长对我们真的很重要。"

"我知道。"

她惜言如金说了三个字便陷入沉默。

车子开至捷运大街，右拐就进入兰州路，唐雪漫住的潼运大厦离路口不过六七百米。绿灯亮起，我驱车右拐时意外发生了，一辆重型卡车闯红灯逆向行驶，呼啸着向我冲过来！

紧急关头我向右急打方向盘，终究角度不够，左侧被对面重重一撞，车子顿时失控，斜着飞起，然后在地上连翻四五下。

撞击刹那车内 6 个安全气囊发挥了作用，迅速鼓起将我们包在中间，车子翻到石栏杆中间被卡住，唐雪漫一脚踹开我身侧的车窗，叫道："快爬出去！"

"你先走。"

她美目圆瞪："别啰唆，快!"

没办法，我小心翼翼从犬牙交错的车窗玻璃间往外爬，刚出去大半个身体，蓦地一个黑影闪电般冲过来，一脚踹在我肚子上，我闷哼一声弹到六七米开外，他紧随其后，雪亮的匕首直插我心窝，我挣扎着向右侧一滚，躲过致命一刀，但肋部又中了一脚，痛得眼冒金星。

他大步追上我，右脚尖踩住我心口骤然加力，我惨叫一声，意识渐渐模糊起来……

第十四章 改朝换代

就在几乎窒息之际，陡地压力一松，接着耳边响起"嘭嘭嘭"的打斗声，中间似乎还夹杂着低低急促的争吵，我努力睁大因充血而模糊的双眼，方看到点影子，那人已倏地退到人行道，身体晃了晃便消失在商铺之间的夹巷里。

警车呼啸而至迅速封锁现场，警察见我伤势不轻，派人送我去医院，留下唐雪漫接受问讯。在医院做了些检查并无大碍，直接将我送回家。容小米不在，八成又跟一班小姑娘彻夜狂练去了，我叹了口气，强撑身体一瘸一拐到厨房倒了些冷开水，又从冰箱取了几包青豆敷在伤口，躺在沙发上听电视，不久伴着痛楚睡着了。

不知过了多久一个激灵醒来，感觉有只手在伤口上按摩，所到之处清凉舒松，侧头一看，身边蹲了一个人，因为客厅没开灯，看不清面孔。

"小米，回来了？"

"我是唐雪漫。"

我一惊，欲挣扎起身，被她轻轻按住，语气却少有的温和："别动，你需要休息。"

"你来干什么？事故调查结束了？"

"没问题……我帮你敷了点药，专治跌打损伤的，很灵。"

我开了句玩笑："要是被我女朋友撞见就惨了，我浑身长嘴都说不清，不过还好，她打不过你。"

她没搭腔，继续为我敷药。

"你认识肇事者？"我问，"凭直觉，他就是上回在你家想杀我的蒙面人，身材、手法基本一样……你跟他不是一伙的吗？他为何试图制造连你一块儿杀？你们的计划有了变化？"

她还是不说话。

"我真搞不清你了，你窃取辅方数据在网上拍卖，使德文陷于被动，又潜入诺贝伊顿闹得天翻地覆，还阻挠德文与大陶联合研发，然而你宣称这一切对德文有好处，到底怎么回事？"

她直起身擦擦手，踱到落地窗前仰望星空，晚风吹拂起长发和裙摆，使客厅平添了几分生动。

我不再追问，经过这段时间接触我已知道，除非她主动开口，否则别想从她嘴里掏出有价值的东西。

"她不是称职的女朋友。"她突然说。

我辩解道："平时还不错，最近情况特殊，她忙于选秀。"

"我看过厨房，厨具上全是油污，调料不全，蔬菜篮里的生菜都烂掉了，冰箱也没什么内容，除了冷饮就是牛奶……"

"看来你是位挑剔的主妇。"

她一掠耳边碎发："知道我为何特意来送药？"

"我是董事长嘛。"

她莞尔一笑，摇了摇头道："每个人潜意识里都有求生本能，譬如开车，当遇到突发情况时司机的第一反应就是把方向盘向左打，用车身另一侧与对方相撞以保护自己，这不是自私，而是本能，除非受过特殊训练，否则绝大多数人都会这么做……可是你没有，你把方向盘向右打的，当然事后证明这是正确选择，如果向左转必定与卡车撞个正着，我们俩都凶多吉少，不过我相信在那一瞬间你根本来不及判断，对不对？"

我沉默片刻："你想说什么？"

"我就说这么多，以后不会重复。"

"这倒是，你今天说的话比过去几十天加起来都多。"

"我本来就是少言寡语的人，"她将一只墨绿色小瓶放在茶几上，"一日两次，估计三天就能痊愈，我走了。"

"嗯……"我想客套一下挽留她坐会儿，转念一想时间、地点都不适宜，"慢走。"

她开门出去，随即想起什么回头说："跟她分手吧，她不可能成为好妻子。"说完"砰"地关门离开了。

直到第二天上午容小米都没有回来，打电话询问，说是浦东有家工厂发生厂房倒塌，她和同事直接过去采访了。我想说什么，这时肖章在外面大呼小叫地拍门，便将电话挂了。

"你们俩搞什么鬼，开车还能开出事来？"他进门就质问，"你知道公司员工怎么议论，说深更半夜的孤男寡女在一辆车里，能干什么好事？还说难怪唐小姐不理肖总，原来搭上了董事长。"

"你吃醋了？"

"我才不呢，我看过车祸时间，距离我们分手不过17分钟。"

"知道就好，"我挖苦道，"你可真行，我创造机会让你送她回去，你倒好，来一句你们顺路！要不是该死的顺路，能出这种事吗？"

他顿时理亏地低下头："我……反应不过来……"

"快替我做点早饭，饿死了。"

"小米呢？"

"别提她了。"

肖章听出我语气中的烦躁，坐到对面语重心长地说："做记者本来就是满天飞，最近她又参加选秀，多担当点。"

我嘲讽道："劝人倒是一套套，你担当过任珺没有？人家满怀希望找你，却被从头到脚泼了盆冷水。"

"那不一样，她跟别的男人好过，就像泼出去的水，永远也收不回了。"

"老古板！"

闷在家里躺了三天，其间公司职员们陆续登门看望，同行也有不少公司派人慰问，唯一让我犯嘀咕的是詹姆斯，居然送了一束洁白如雪的康乃馨。

哪有探视病人送白花的，难道咒我活不长？姬小倩安慰说这是东西方文化意识冲突，并非存心诅咒。我说你当然帮老板说话。她娇笑道要不我索性辞职，先到你家做保姆，反正我们同居过好几年，熟悉你的生活习惯。我说算了吧，单一个容小米就够我烦的，再加上你还不搅翻天？给我踏踏实实在诺贝伊顿呆到招标结束。她说当然，无功不受禄，不干点成绩也不好意思过去。

桃色Ⅱ号第二阶段满50天时，按要求入围公司到研究所开座谈会，交流心得，汇报进度，交换研发中碰到的问题。以前这种专业性强的会议一般由肖章或黄总参加，但这次有点不同，邮件上注明公司法人代表必须出席。

罗主任又要玩什么花招？

打了几个电话都说不知道，但应该没什么大事，因为他前一阵子到海南参加高新技术研讨会，昨天夜里才回来。

带着疑忖来到研究所，陆续遇到其他四家参会人员，免不了寒暄一番车祸的事，再含沙射影扯到男女关系上，说什么开车要集中精力，不能乱摸乱动之类的话，肖章在旁边听了颇不自在，好像我占了他便宜似的，真是自寻烦恼。

出人意料的是罗主任居然带着招标办工作人员等候在第五会议室门口，见了我们——亲切握手。这可是从来没有过的事，受宠之余头脑中又打了个大大的问号。

谜底很快揭开，落座后蒋副所长突然出现在会场，罗主任以前所未有的亲切口气介绍说："各位，这是我们研究所的蒋所长，直接负责桃色Ⅱ号项目，今天抽空与大家见面，彼此认识认识。"

罗主任说完依次介绍参会人员，所有人脸上都露出似笑非笑，煞为奇特的表情——蒋副所长的到来是一个信号，表明他要插手招标事务，这对入围公司来说并非好消息，意味着前期很多投入基本泡汤，而且级别越高，工作越不好做。

包括我在内。罗主任介绍我和肖章时蒋副所长表情淡漠，并未表现出与其他四家不同，仿佛那天傍晚雨中接送不过是一场梦，梦醒了无痕。

我暗暗沮丧，怀疑自己是不是太过乐观，像蒋副所长这种级别的领导，开车接送一趟算什么，搞不好他认为理所应当呢。

座谈会开始了，罗主任彻底沦为配角，讲了几句开场白后便干坐在一边。蒋副所长先是谦虚地表示对桃色Ⅱ号项目了解不多，主要是向我们请教云云，接着话锋一转，连续问了十多个技术方面的问题，每个问题都包含一大堆深奥古怪的专业术语，别说我们几个冒充内行的董事长，就连黄总等专家也穷于应付，不一会儿额头上就渗出汗来。

肖章在我耳边悄声说："他是有备而来，想给我们一个下马威。"

我耸耸肩，下马威是不错，但恐怕项庄舞剑意在沛公，这出戏是唱给罗主任看的。

座谈会一直开到将近中午，散会时罗主任热情邀请我们吃个便饭，大家均婉言谢绝，一来蒋所长的空降使招标形势发生根本性变化，必须尽快搜集资料进行评估，二来罗主任肯定不甘心到嘴的鸭子飞走，不可避免要展开反击，在形势尚不明朗前千万不能搅进去。

回公司路上肖章愤愤不平说姓蒋的不够意思，那天不是我们冒雨送他，没准得在高速路上呆到晚上，说声谢谢总应该吧。我说他通过唐雪漫转达过谢意，再说人家道行多深，怎可能在这种敏感场合表现出倾向性？

那倒也是。肖章说。

黄总附和说何况我们不过开车送了一趟，其他公司不晓得暗地里下了多少功夫呢。

这句话说得大家心头都有些沉重，快快不乐回到公司。容小米正坐在办公室电脑上津津有味看有关"炫采人生"的报道，见了我赶紧宣布一个利好消息：栏目总监找她谈过了，透露栏目组意向性让她进4强。

喔，天上还会掉馅饼？我沉住气问："什么条件？"

"哪有什么条件，无非让你做广告呗，反正德文平时也要做广告，放到'炫采人生'节目中插播收视率更高。"

"我通过两家皮包公司赞助还不够？"

"是啊，他说还要40万。"容小米天真无邪地说，对从小就没有金钱观念的她来说，40万跟4万、4千没什么区别。

我差点跳起来："40万……你每个月工资是多少？"

"不知道……"

我指着从门口路过的方芳说："就拿她来说，公司财总，资深职工，算大半个白领，一个月才拿一万八，扣除养老金、住房公积金、医保、房贷，到手只剩五六千元，要多少年才能攒到40万？还只是4强，鬼知道后面怎么个狮子大开口。"

容小米撇撇嘴眼圈微红："这是人家最有希望的一次，以后……我不再玩了。"

我长长叹了口气，坐到椅子上不吭声。

她双臂环绕我脖子，脸颊贴住我撒娇道："等节目做完我就安心当家庭主妇，每天烧菜、做饭、洗衣、拖地，还陪你上床，好不好？"

"万一取得前三名，接踵而来的是拍广告、做宣传、开演唱会，你闲得下来？"

"你想那么远干嘛？人生就是走一步算一步，计划不如变化快嘛。"

两人正纠缠不休，肖章神色紧张地闯进来，嘴里叫道："薄仕，大事不好！"他抬头看到容小米，稍稍犹豫一下，还是一口气说下去，"有人在网上传播小米的……艳照！"

我脑中"轰"地一声，转头看她。容小米也懵了，忙不迭扑到电脑面前："怎么回事，在哪儿？"

"搜索关键词，容小米，艳照。"

"叭叭叭"在键盘上敲了会儿，屏幕上跳出一张图片：仅穿三点的容小米伏在沙发上，娇艳无限地捧着一只红扑扑的大苹果。

见鬼，小米平时根本不吃苹果！

没等肖章通过技术鉴定看是否 PS，容小米泪眼涟涟承认了一切。

事情发生在 16 进 8 前夕，一位自称曾在湖南卫视为"超级女生"拍过写真的李姓摄影师来到电视台，说能最大限度展示她们最美的一面。架不住他反复劝说，包括容小米在内共有 6 名女孩同意聘请他拍宣传照。

本来是桩很正常的事，谁知拍摄时出了个小小的插曲。李摄影师一再赞美容小米的身材，建议她趁年轻时留下最本色最美好的倩影，说白了就是拍写真集。小米起初坚决不肯，但他拿出几张超级女生的写真照展示，还说其他几个女孩都拍了。小米又动了心，反复权衡后提出不露点，只拍泳装照，于是拍了一套共 27 张照片，也就是网上疯传的艳照。

"这套照片除了你、姓李的，其他有谁看过？"我问。

"没有。"

"这就好，我们可以直接起诉他，"肖章分析道，"也许他跟电视台穿一条裤子，把照片传到网上压根为了炒作。"

"如果其他女孩子也拍了写真，为何网上只有小米？"我沉思道，"事情恐怕没这么简单。"

容小米惊恐地瞪大眼："还要复杂到什么程度？你别吓我。"

我没好气说："吓你对我有什么好处？我是就事论事，从香港'艳照门'总结的经验，网络黑手不可能为了让大家饱眼福，而是为钱……"

肖章突然想起什么，郑重其事问："你确定没拍过露点照？这里只有我和薄仕，你必须实话实说，我们也好研究相应对策。"

"没有，不过……"她欲言又止。

"不过什么？"

我简直被这个不长脑子的女朋友气疯了，正要追问手机响了，一看号码便知是网络电话，没法知道来自何处，心里一沉，定定神按下接听键："你好。"

"你叫薄仕，薄董事长吗？"

"不敢，小作坊，混几口饭吃。"

"嗬，蛮谦虚，大概猜到我的用意吧，大家都是聪明人，不妨挑明了说，你马子还有几十张照片在我手上，要想不继续丢人，拿钱来换。"

"你已把所有照片都传到网上了，还换什么？"

"嘿嘿嘿，那是限制级，骗小孩玩的，真正轰动的是露点照，要不要我发一张到你手机上？"

"可以，你现在就发，"我断然挂掉电话，怒道："你说没有拍，他说手里有，到底怎么回事？"

容小米"哇"地放声大哭，抽抽答答说她想起来了，拍摄过程中到更衣室换衣服时曾看到天花板上有红点一闪一闪，可能是偷装的摄像头。

我一屁股瘫到椅子上，一个字都说不出来。

"叮"，手机收到彩信，果然是容小米，果然脱得一丝不挂，肖章想凑过来看，被我以最快速度删除。

手机又响了。

"效果不错吧？如果不过瘾可以再发几张。"

我冷冷说："我天天在家里看真人秀，早就过足瘾了。"

"打开天窗说亮话，想不想买回去？"

"万一我花了钱，你过一阵子再勒索怎么办？数码照片不同于胶片，可以无限复制。"

"请相信我们的职业道德，再说你根本没有选择。"

"我有选择，她只是我的女朋友，不是老婆。老婆只有一个，女朋友甩掉还能再找。"

我的声音更加冰冷，容小米听了张嘴欲叫，被肖章一把捂住，在她耳边轻轻说："这是谈判砝码！"

对方一窒，过了几秒钟说："如果薄董事长是这个态度，也没必要谈下去了，等着在网上看裸照吧。"说完挂断电话。

"我完了！"

容小米号啕大哭，全然没了舞台上的淑女风范。肖章安慰说别担心，既然对方以勒索为目的，就不会中途而废，把裸照放到网上对他没有半点好处，挂电话跟薄仕刚才说那番话一样，只是一种谈判策略。

期间唐雪漫正好进来送文件，见此混乱的场面不免吃了一惊，我想起她能娴熟运用高科技产品，想必精于电脑和网络，让她设法追查艳照源头。她也不推辞，坐到电脑前手指上下乱飞，聚精会神操作起来。

手机第三度响起，唐雪漫将号码抄下来后示意我接听。

"你说。"

"薄董事长一定非常生气，不过此刻不是生气的时候，而是要解决问题，我们很有诚意的。"

"在网上发艳照是诚意的表现？"

"不那样做你肯跟我谈判？艳照会让你女朋友名声更响，对接下来的比赛也有好处，但裸照就不同了，嘿嘿嘿嘿……"

"开个价吧。"

"200万，一次性铲除，好像没有发生过这件事。"

"朋友，你胃口太大了，我把德文公司卖了也凑不到200万。"

"薄董事长，过分谦虚就是虚伪，关于德文的经营情况，我们事先调查得很清楚，不然也不会轻易动手，上海滩被我们动过的人太多了，还从没走过眼，明白吗？"

唐雪漫竖起大拇指，她已找出对方所在位置，就在上海市区！

我打着手势问她怎么处理，她比划着我尽量拖延时间，以缩小搜索范围。

我漫声应道："不错，从经营实绩上讲德文日子过得还可以，但你不知道的是，德文有7个股东，我只是其中之一，承蒙他们信任推举我出面负责……"

对方似已失去耐心，怒道："200万不带还价，否则一小时后我们将在网上发布第一批裸照！"

我针锋相对："只要网络上出现一张，谈判立即终止，相比200万，我姓薄的丢得起人！"

"去你妈的！"对方急了，啪地挂断电话。

我也冲着手机大骂："去你妈的！"

"冷静，冷静！"肖章连连劝阻，又忙着安慰嘤嘤哭泣的容小米，累得满头大汗。

"找到了！"唐雪漫猛一敲键盘，"普陀区塘家街小朵巷189号，好像是幢老居民楼，"她站起身，"再有电话来千万要拖住，我现在过去。"

"我陪你一起去。"肖章说。

唐雪漫眼睛在我和容小米身上扫了扫："不必，你负责这里。"说着匆匆出门。

接下来的时间格外漫长，对方仿佛跟我玩心理游戏，迟迟不来电话，肖章一遍遍刷新网页，喃喃道他们该不会真翻脸吧，不可能的，不可能的。

转眼一个小时过去了，网上真出现一张标题为"裸体容小米"的新照片，打开一看，还好，只裸后背，不过身无寸缕，给人无限遐想。

手机第四度响起。

"考虑得怎样？"

"20万，我给现金。"

"哼，20万一张还差不多，薄董事长未免太抠了。"

我不紧不慢道："德文是正规企业，现金往来受税务、银行等方面监控，一旦有大额现金去向不明会立即遭到调查，我不想惹麻烦，所以自己出这笔钱……"

"你的身家何止20万？单那辆奔驰就60多万了。"

"我去年投资买房，今年股票又亏了不少……你应该知道，股市一蹶不振，绝大多数散户都被套牢……"

"是啊，中国股市真是头大狗熊……"对方说了一半悟出被我牵着鼻子走，怒道，"别兜圈子，200万不准还价！"

"40万，这是我的底线。"

对方愣了会儿终于让步："180万，我从来不跟人讲价钱的，你是第一个。"

"40万。"

"薄董事长，我已经很给你面子了，别给脸不要脸，40万还不够我们投的本钱，当然不可能接受，哼，看来谈判要破裂了。"

"我承认出钱，还没有诚意？问题是你狮子大开口，让人承受不了，"我语速越来越慢，"你看过美国大片吗，索要赎金是漫长的拉锯战……"

正说得词穷，不知怎么拖下去才好，陡然听到话筒里"咚"一声巨响，紧接着里面传来断断续续的声音：

"你……是谁……啊！救命啊……啊哟，饶命……我投降，我投降……啊——"

"咔……"断线了。

我们听得目瞪口呆，弄不清那边发生了什么，经过难熬的几分钟后，手机响了，这回是唐雪漫打来的，平平淡淡地说："搞定了。"

"照片都删了?"

"我把硬盘拆下带回去斩草除根，还编了个批处理文件，把他藏在海外服务器上的数据包以及若干群发邮件全部删除，另外，"她顿了顿，"他卧室里有本通讯录，每个姓名后面都有数字，估计是遭受他勒索的苦主，我已经按照电话一个个打过去，将他的地址告诉他们……"说到最后她话中有隐隐笑意。

我沉吟片刻："你不打算让警方介入? 勒索金额巨大且情节严重，可以判三年以上十年以下有期徒刑，够他受的了。"

"勒索罪需要人证、物证，遭受勒索的苦主哪个不是为了名声才忍气吞声给钱，怎么肯把物证作为呈堂证供，又怎么肯出庭作证，比如你薄董事长愿意吗?"

"是这个道理，然而眼看这种人渣逍遥法外，实在……"

"放心，我把他五花大绑在床脚上，通讯录挂在胸口，还打印了几张老照片摊在旁边，苦主们上门后自然明白，也知道该怎么做。"

原来如此，我会心一笑挂了电话。

"没事了?"肖章和容小米不约而同问。

我点点头："这回多亏了她……"

肖章趁机将我的军："幸好没把她赶出德文吧?"

"哼，"我别过脸转向容小米，"现在你可是网络红人了。"

她低头看看表："哎呀，我要到电视台录播了!"

"什么，你还去?"

我简直气打不从一处来，肖章赶紧说："我送你。"遂拉着她匆匆出门。

在搜索栏打上"容小米"，居然跳出几十万条信息，什么淫词猥语都有，我和德文的资料也被人肉搜索出来，并扯到正在进行的桃色Ⅱ号招标。这些无聊的网友全凭七鳞八爪的信息臆测编造，无中生有地把容小米参与选秀跟招标联系在一起，说我为了提高知名度不惜牺牲女朋友肉体……

"砰！"我无名火起，一掌狠狠拍在桌上，怒气冲冲收拾东西出门。

我已下定决心，现在就到电视台把容小米拖回家，退出选秀，如果她拒绝宁可分手，我不能再忍下去了！

走到电梯口，门敞开，唐雪漫出现在眼前，上下扫了扫我，道："你没事吧？"

"嗯，今天的事……谢谢你。"

"不客气，"她下了电梯从我身边经过，突然停下来又问，"真的没事？"

我当时不知怎么了，一句没经大脑考虑的话脱口而出："走，一起吃晚饭，我请客。"

话一出口我后悔不迭，以唐雪漫的冷淡和孤僻，岂非自讨没趣？

"好啊，"她出乎意料爽快，"一顿晚餐换 200 万，你赚了。"

第十六章　河塘月色

订座位花了 40 多分钟，大上海就这么奇怪，越高档的餐厅越牛，明明空着许多座位，非要提前预订，否则门都不让进。有几家商务会所环境还不错，但里面闹哄哄全是喝得满脸通红的醉汉，我厌恶地放弃了。最后还是凭一张不知什么时候办的贵宾卡才解决问题，来到一家以土耳其冰激凌和法国香槟闻名的西餐厅。

"其实不必这么麻烦，我在饮食上并不讲究。"唐雪漫说。

我端起酒杯喝了口开胃酒，道："做人最要紧的是不能亏待自己，特别是胃，胃乃人体最懂得享受的器官，喝点酒浑身舒畅，喝点咖啡精神焕发，吃点美食心满意足……把它伺候好了，人体才能保持最佳状态。"

"你做任何事好像都有一套理论。"

侍者送来罗兰百悦香槟，"嘭"一声脆响，替我们各斟半杯。

我举杯与她碰了一下："但理智常被冲动淹没……怎么制伏那个恶人的？他好像不是你的对手，整个过程毫无抵挡，只听到他不停地惨叫、呻吟，要不是知道原委，还以为里面放 A 片呢。"

她不太习惯开这种玩笑，微微低头，过了会儿道："没什么，典型的网虫加胆小鬼，惯用的套路是凭一手还不错的摄影技术到各家电视台转悠，看到合适目标就上前蛊惑，最后以裸照要挟，我查过他的笔记本，短短两年时间获利 100 多万。他利用精湛的网络技术，把裸照存到海外服务器，分批打包成隐匿邮件，以定时炸弹的方式自动向网络发布，这样既安全又给对方震慑，再通过网络电话、变声器与苦主谈价钱，即使报警一时半刻也查不到他。"

"那你用什么办法查到的地址，莫非掌握特殊技巧？"我追问。

唐雪漫纤长的手指转动酒杯，出神地看着晶莹醇厚的香槟，答非所

089

问道："我管得太多，已经违反了初衷，这样下去对我来说很危险。"

"同伙警告过你？"

"难道我感觉不出来？"她反问道。

我半开玩笑半当真道："或许你可以弃暗投明，我代表德文收留你。"

"德文太小，容不下我。"

"哪方面小？规模，财力，还是与你的目标相比？"

她摇摇头，主动举杯道："别自寻烦恼，我说过，这件事对你有益无害，干杯！"

我一饮而尽，然后问："为什么选择德文，选择我？"

她似笑非笑："你可以理解为缘分。"

"此时此刻说这个词并未让我感受到浪漫气息，相反有点毛骨悚然。"

唐雪漫终于绷不住，咭咭笑了起来，脸上宛如鲜花绽放，娇艳的红唇衬着洁白整齐的牙齿，眼波流动间折射出万般风情，整个人仿佛亮了十倍、二十倍。

这惊艳一笑使我看呆了，眼睛定定盯在她脸上。

"你笑起来很漂亮，所以平时应该多笑才对。"我真诚地说。

她眼眸中的晶亮一点点黯淡下去，沉默良久道："我与你不同，你在阳光下，随心所欲，无牵无挂；而我像阴暗角落里的小老鼠，恐惧光明，抗拒温暖，随时防范有猫扑过来。"

我试探道："是不是受别人挟制？为了父母？爱人？孩子？"

侍者将吱吱响的牛排端上来，中断了我们的谈话。

"好香，"她趁机打岔，"按你的要求，先把胃伺候好。"

吃了会儿我忍不住挑起话题："谈谈你的过去吧，我很好奇。"

"你好像不生气了。"

"跟谁生气？"

"容小米，她惹了那么大的祸，网上把你的资料都翻出来了，还爆料说你出身于离异家庭，缺乏安全感。"

我冷冷道："确实缺乏安全感，自从你进入德文后。"

她双手托腮认真地看着我："上次我就劝你跟她分手，我研究过面相，她的脸型无助于你的事业和家庭。"

"你还会相命？真是集传统技巧与高科技于一身。"

"信不信由你。"

"分了手我怎么办？要不你做候补。"我笑道。

她垂下眼睑低低说："我有男朋友。"

"什么？"

一盆凉水从头浇到脚，浇得心里拔凉拔凉——这盆水本应该浇给肖章，不知为何我反而先凑到前面。

"哦，以前从没听你说过，有空一起吃个便饭？"我故作轻松。

她似乎很吃惊，过了好一会儿才说："你最好别碰到他。"

"嗯？"

"他……就是制造车祸，想杀你的人。"

"也是上回在你家杀我的蒙面人？"

她不说话，显然是默认了。

我一时不知说什么才好，两人默默相对，直到侍者送来餐后甜点。

"从目前情况看，你们之间有了分歧，"我打破沉默道，"因为我的缘故？"

"他认为你处处主动出击，表现得太活跃，有可能影响整个行动，相比之下肖章老实本分，容易受控制，他想……"

"杀了我，由肖章取而代之，反正他对你一往情深，操纵起来更加简单，他一定是这么分析的，对不对？"

她局促不安地挪了挪身体："我否决了，然后他很生气，背着我一个人动手，没想到我也在车上……"

我瞅瞅她，悄无声息地笑了笑。

她歪着头看我："干什么？笑得这么古怪。"

"我在想，他是不是产生误会，认为我们坐一辆车没干好事？"

她脸唰地红了，咬着嘴，眼中掩饰不住窘迫和某种说不出来的东西。

"难道他是具体负责人，有权决定行动细节，包括杀人？"

"对不起，我……我已说得太多。"

我叹了口气："老天，这到底是怎样一个阴谋，有杀人如草芥的蒙面人，有无所不能的高手，将堂堂几大药剂企业视为棋子玩于股掌之间，让人发疯的是我根本猜出不到你们想干什么，唉，我猜幕后指挥者一定是天才中的天才。"

"未必，有些事做起来并不复杂，关键是敢想不敢想，"说到这里她又戛然而止，抿了一口香槟道，"谢谢你的晚餐，我该回去了。"

"是啊，"我怅然若失，"我该谢谢你才对，替我挽回了 200 万损失和一大堆无休止的麻烦，也许是到认真考虑你那个建议的时候了。"

她罕有地小女儿态般吐吐舌头："不管你作出什么决定都别出卖我，须知女人的报复心是很强的。"

"你也一样？"

"我？"她哑然失笑，"很多时候我都忘了自己的性别，仅仅是个工具而已。"

这句话隐隐透出几分沧桑和悲凉，似乎蕴涵着一股被压抑的无奈，我心一动正待询问，她已快步走出餐厅。

驱车上了主干道，右拐向东，她蹙眉道："方向错了，我住潼运大厦，应该向南从罗湖路走。"

"我知道，但你太闷了，活得很压抑，今晚陪你放松一下。"

"我，我不可以到娱乐场所……"瞬间她有些惊慌。

"放心，我自有分寸。"

车子穿过闹市区向东沿着江滨大道一路急驶，随着路面变宽、车辆稀少，车速越来越快。

"停一下。"她突然说。

我以为她担心安全，边减速边说："我是赛车俱乐部会员，受过专业辅导，这点速度是小儿科。"

"借我开会儿。"

新学车的人都这样，看到方向盘手就痒，遂让到副驾驶位上，道："前面十字路左拐直开，大约还有十多公里，目的地叫养心亭公园，我很喜欢'养心'两个字。"

"请系好安全带。"她说。

我心里直打鼓："喂，别告诉我你是第一次上路。"

她无声地笑了，露出洁白整齐的牙齿："不至于，不过你最好有心理准备。"

没等我反应过来，车子剧烈抖了一下便箭一般蹿出去，时速 80、100、120、140、160……我不敢再看，身体始终后仰，以奇怪的姿势贴在座位上，双手紧紧拉着车窗上的保险杠，心里暗暗保佑救生气囊好使——这段路即使在白天车辆最少的时段我也只敢开 120 码，而她好像在 F1 赛场一样，根本不考虑突发情况。

怕什么来什么，脑子里刚闪过"突发情况"四个字，真遇到突发情况！前面四五十米远的岔道上突然冒出一辆宝马，车主大概是新手，拐弯后乍地见到我的车呼啸而至，竟然呆在那儿，浑然忘了闪避。

真是没头脑碰上糊涂蛋，坏事全揽一块儿了！

我边拉手刹边大吼："快打方向，刹车！"

她打掉我的手，左手将方向盘转至10点钟方向，右手握住手刹拉杆，按着释放钮，同时踩下离合器，突然将方向盘快速打至12点钟方向，车体因为反作用力往左晃，又将方向盘快速打到6点钟方向，在反作用下车身剧烈向右晃，这时她用力拉起手刹！

"嘎吱！！！"

汽车因后轮锁死，车尾向外甩出，她死死拉紧手刹，车身原地飞旋180度，瞬间我魂飞魄散，脑中一片空白，仿佛灵魂脱离身体似的，坐在座位上半晌反应不过来。

"董事长，董事长……薄仕！"

"嗯！"我这才回过神，发现车头正对着来时的方向，那辆宝马呆呆停在原处，车主也被刚才的一幕刺激得头昏脑胀。

飘移！

唐雪漫居然玩了一出飘移！这是众多车迷梦寐以求却很少能做到的特技！我所在的赛车俱乐部虽有不少牛人、强人，但能在事先没有准备的情况下，把飘移技术处理得如此干净利落又分毫不差的，大概只有教练。

"刚才你说去哪儿？"她若无其事问。

我茫然道："刚才……刚才我说话了吗？"

她扑哧一笑："带我放松。"

我的记忆一点点解冻，勉强拼凑到飘移前的场景，道："养心亭公园。"

倒回去经过宝马车时，车主伸出头叫住我们，是个年轻的女孩："哎，请问你的飘移术在哪个俱乐部学的？"

唐雪漫看看我："你在哪家俱乐部？"

"蒙多利克……喂，下次开车小心点，别这么冒失。"我教训道。

小女孩做了个鬼脸："明白了，88。"宝马车扬长而去。

车子停在公园外草坪上，下车时脑中一阵阵晕眩，差点栽倒在地，她迅速关上车门绕过来扶住我。

"见笑了。"我有些羞惭，明明说好带她来散心，却变成她照顾我。

"第一次飘移后我的反应比你严重，像喝醉了酒，分不清东南西北，回宿舍睡了半天。"她安慰我道。

安慰之词，我才不信她会像我这样没出息。

夜已深，公园没了白天的喧嚣，宛如卸了妆的少妇，素淡而安静，从容而内敛。青翠的竹林下一条曲径通向深处，三两位老人在草坪上舒张有致地打着太极拳。远处是几十亩大的人工湖，朦胧的月光映在幽暗清澈的湖面上，泛出银白色光晕，淡淡的风吹得人心旷神怡。

"经常来这儿?"她问。

我倚在树上，看着湖水悠悠道："大学毕业那年我参加公务员考试，笔试第二，面试第三，最后却因体检不合格被淘汰，得到通知后我把自己关在宿舍两天没吃一粒米，没喝一口水。有位朋友得知后把我拖出宿舍，骑着自行车来到这儿，没说一句劝慰的话，拉着我围着湖边走了一圈又一圈，直到精疲力竭瘫倒在草丛里，第二天我孤身一人来到上海，开始了闯荡之路。"

"那位朋友现在在哪儿?"

"他就是肖章。"

"真是好人，"她笑笑说，"不过只能做朋友，不能做情人。"

"从此以后每当我心烦意乱时就会来这儿，坐在草丛里闻闻草香，看看月亮，劝自己遇到困难没什么了不起，就当几年前一无所有地坐在这儿。"

"那今天呢，什么事让你烦乱?"

"头晕。"

"感觉你心里有事，"唐雪漫道，"你的特点是每逢大事反而沉得住气，而且越冷静说明心里越有底。"

"你也有特点。"

"嗯，你说。"

"你并非天生冷淡，而是怕控制不住自己，因为距离你越近越容易有危险。"

她喟叹一声："也许吧……我想在湖边走走，你呢?"

两人一口气走了 14 圈，最后坐在松软芬香的草丛里歇了好半天，才懒洋洋回去。

照例还是她开，车子直抵潼运大厦楼下，两人同时下车，我道了声晚安走向驾驶室。

"等等，"她突然叫道，转到我面前，月光下她的眼睛格外妩媚动人，秀丽的脸庞折射出淡淡的光晕，她看了我好久，道，"闭上眼睛。"

刚依言闭眼，一阵馨香扑面而来，紧接着柔软的嘴唇印上我的额头。她的唇清冷冰凉，吻得含蓄而有分寸，仿佛一股清泉缓缓沁入我的心田。没等我有所反应，她已莞尔一笑闪身进了大厦。

第十七章　捷足先登

竞标第二阶段进入倒计时，我在电梯旁边醒目处挂上日历牌，上面写着：离投标还有 30 天。

从情报看，德文在这场长跑中处于不利位置。诺贝伊顿、吉田秋都进入"合龙"——即完成各小组分项研究和技术攻关，开始进行药剂组合，通过电脑合成、效果模拟以及大量的实验筛选出最佳配方，德文、梵非、大陶则是难兄难弟，都遇到不同程度的困难，我问肖章还要多长时间，他说没准，科研攻关好比做奥数题，想通了立马能完成，想不通熬几天几夜都未必行。

看样子黄总处于想不通的状态了，我悲观地认为。第一反应是布置安插在几家公司的内线做点什么，转念又想，好钢要用在刀刃上，就算现在冒险偷到东西让黄总"合龙"，德文整体进度还是落后那两家，而且有可能使内线身份败露，得不偿失。不如在"合龙"接近尾声时干一锤子买卖，把整套数据都弄到手。

另一方面因为唐雪漫的暗示，我对德文前景还是持乐观态度，虽然这种乐观与我对唐雪漫的信任一样，都毫无理由。

承蒙裸照风波影响，尽管没掏 40 万元，容小米还是在争议声中挺进 4 强，我私下估摸观众都有种好奇心，想看看这位敢脱敢露的女孩长什么模样，难怪近几年动辄出现"××门"，大概都看中网络力量。

选出 4 强第二天夜里，"炫采人生"喻主任和我进行了一次严肃而坦诚的谈话，内容关于容小米。他说无论才艺还是综合能力，包括舞台效果、观众支持度，4 强中容小米都敬陪末座，唯一优势是人气，还是通过艳照门换来的，作为话题女孩，绯闻中心，电视台乐于渲染这一点，但冠军只能是亲切平民、健康清丽、多才多艺的女孩，才能有资格成为代表电视台形象的大使……

我打断他冗长的发言："你直接说怎么安排容小米。"

"现在的形势是这样，2号选手从预赛至今始终保持很高的竞技水平和人气，各项条件也符合内定标准，如果不出意外，她将是'炫采人生'冠军；6号选手曾参加过'超女'选秀，具有丰富的舞台经验、表演技巧，还有一帮忠心耿耿的粉丝团，最重要的是她舅舅是上海某集团老总，其他话不用我多说，因此小米最强劲的对手是4号选手陈甜甜……"

我又一次打断他："对容小米来说第二名都是失败，至于第三名，更不在考虑之中，如果喻主任还希望我为电视台作贡献，恐怕会很失望。"

他不慌不忙道："薄董事长，你要弄清一个问题，她为什么参加选秀？"

"想出人头地，进军影视圈。"

"这也是'炫采人生'比其他选秀栏目都吸引人的地方，根据竞赛规则，入选3强的选手将参加我们台与润鹏影视公司合作的30集电视剧《都市一家人》，冠军扮演女一号，亚军、季军将视剧情需要参演女二号和女三号，而第四名只能参加广告拍摄，明白吗？"

老狐狸，不放过任何榨取利益的机会，我装出漠不关心的样子，淡淡说："拍摄电影……对普通女孩而言是梦寐以求的机会，但容小米不稀罕，她已先后在两部电影中跑过龙套，感觉一般般。"

"嘿嘿嘿，小米跟我谈过，那是薄董事长拿钱砸出来的机会，之所以没取到好的效果，是导演根本不重视，安排的角色也不适合她，结果闹得大家都很别扭，但我们不同，润鹏影视有一支出色的策划包装团队，能根据各人的气质特征进行设计，统筹安排，使角色尽量贴近本色，这样演起来容易入戏，演员也容易出彩。"

傻丫头，早早把底牌亮给人家，叫我怎么谈？

我气得暗暗吐血，脸上却荡漾起笑意："喻主任怎么安排？"

"要看薄董事长对小米的爱有多深。"

爱能钱来衡量吗？然而此时此刻偏偏要服这个软，因为容小米说得很明白，"炫采人生"是她参加的最后一次选秀。说这句话时她表情之悲壮好像谭咏麟宣布告别歌坛——人家毕竟曾经辉煌过，而她则一无所有。

"既然到了这一步，我不妨坦明了说，"我拿出谈判的架势，"只要喻主任要求不离谱，开出的条件让人接受，我当然不会放弃向小米表明爱意的机会，否则，我宁可像以前那样把钱砸到剧组换角色。"

喻主任的头摇得像拨浪鼓："演艺圈太黑了，再多钱砸进去也没用，我有个朋友帮小情人争取女二号，给导演塞了120，满以为成功在握，谁知到了片场导演突然变卦，说制片方临时调整角色，结果女二号变成女三号，戏份少了近一半……你拿他有什么办法？除非送钱时把整个过程拍下来，也只影响那个导演一阵子而已，他不是公务员，套不上受贿罪。"

"所以我很希望跟喻主任合作，不过德文毕竟只是小作坊，规模不能跟那些大集团、大公司相比……"

他沉吟片刻，伸出三个指头。

我一见脸色大变，轻呼道："300万？"

他含笑，还竖着三个指头。

"三，三十万？"我难以置信，上次进4强还要40万呢，难道喻主任良心发现，或者，或者暗恋容小米？

他点了点头，又摇了摇头，脸上表情捉摸不定。

我薄仕是何等人，能在黑幕重重的医疗器械行业白手起家，早洞察人性丑恶和卑微，立即悟出他的潜台词，笑道："这样好不好，我以注册的两家广告公司赞助栏目组30万，同时为了表示谢意，再送30万现金给喻主任，敬请笑纳。"

喻主任浮起笑意，故作不屑的样子摆摆手："薄董事长太客气，我们是老朋友了，哪要这一套？不过陈甜甜真的很不错，台里也有领导点她的名，全是我顶着……"

"县官不如现管，再重要的事也要靠具体操作，"我笑道，"那就这样说定了？"

"一言为定。"

喻主任爽快地伸出手，两只手有力地握在一起。

回到家容小米还没睡，紧张地等消息，当听我说到双方达成协议，以60万换取第三名，参加《都市一家人》演出时欣喜若狂，激动地搂着我吻了又吻，吻得我喘不过气来。

是夜，小米格外温驯，如花般绽放，如水般温柔，如诗般激情，搂着她光滑柔嫩的胴体，我迷迷糊糊想，唐雪漫的话未必正确，小米其实是不错的女孩，起码今夜。

清晨尚在睡梦中，肖章打来电话，语气急促地说黄总发现桃色Ⅱ号主药剂合成时会产生一种叫核聚脯维纳米酸的化合物，它将是"合龙"能否成功的决定性因素。

"什么？你说清楚一点。"我一时没领会他的意思。

他又啰哩啰唆说了十多分钟，中间夹杂大量专业晦涩的术语，我梳理了一番，应该是这样：作为人工合成剂，配制过程不可避免会生成其他微量化合物，第二阶段竞标有将近一半时间就用在测算各种微量化合物的性质、作用，凡对人体有益或无害的留下，有害的则要设法分解、分离。这项任务的浩繁之处在于，是否有害没有固定标准，而且与相对环境有关。打个比方，当甲和乙同时存在时丙是有害物质；当丙被分解后，又影响到乙的活性，使甲产生有害元素；如此等等，环环相扣。正常情况下，多数微量化合物由于所占比重极小，发挥的作用有限，可以被忽视。

核聚脯维纳米酸就是容易被忽视的隐性活跃微量化合物，它在单性测试环境下表现很低调，属于难以唤起的"冷物质"，可一旦进入"合龙"，几十种、上百种微量化合物撞到一起时，它活跃的一面便表现出来，能以小博大不停地分解其它物质，并释放出三恶亚唑——一种典型的有害化合物，一旦进入胃部将稀释胃酸降低胃功能。

国内研究核聚脯维纳米酸的只有复旦大学徐教授，宁工正好是他的学生，他和黄总虽然没开始"合龙"，但看到它后立即断言诺贝伊顿和吉田秋"合龙"时肯定遇到麻烦，因为分离或分解核聚脯维纳米酸是项尖端技术，目前只有徐教授拥有专利。

我闭上眼紧张思索，肖章听不到声音，着急地喊："喂，喂，听见我说话吗？"

"这件事还有谁知道？"

"宁工，黄总，我，其他没人，我已关照宁工不得泄密。"

"我的理解是，除非徐教授亲自出马，否则没有一家公司能成功'合龙'。"

"理论上是这样，当然不排除诺贝伊顿和吉田秋通过国外渠道获得分离技术。"

"欧美专利费用更高，他们不可能多花冤枉钱，"我顿了顿说，"如果德文抢先买到专利，不就可以稳操胜券？"

"那倒未必，专利是指大规模商业生产而言，作为处于研发过程的商业开发，专利拥有人有义务提供技术帮助，换而言之徐教授乐见五家入围公司都采用他的专利成功'合龙'，这样无论谁夺得桃色Ⅱ号项目，他的专利都能卖一大笔钱。"

"我可以与徐教授签保密协议，要求专利售出后必须采取技术堡垒，不得向德文的竞争对手提供帮助。"

容小米懒洋洋打了个呵欠，转过身继续酣睡。

肖章略一迟疑："保密协议是不正当竞争，专利拥有者有拒签的权利，不过据宁工介绍，徐教授爱憎分明，是不折不扣的爱国主义者，如果用保护民族产业打动他，或许能……"

我一跃而起，挥舞着手臂说："对，就用这一招！你跟宁工现在就去，把价格谈下来后通知我，我赶过去签合同，速战速决！"

"还有个问题……"

"先动身再说，事不宜迟，不然被其他公司抢先就麻烦了。"

"徐教授性格孤僻，除了每周四节课其他时间都躲在郊区别墅里做实验，没有电话、没有手机，院子里两条大狼狗把门，谁都不敢靠近。"

"宁工叫门也不行？"

"在他眼里从无师生之谊。"

"这可麻烦了……"我在屋里转了一圈，"叫唐雪漫去，她身手了得，脑子灵活，对付狼狗不在话下。"

"她……"

"你就说我请她去的，注意保密，上路后别一下子告诉她目的地，一段一段地说，而且途中不允许打电话、发短信。"我关照道。

放下电话，我兴奋地搓搓手，又找到久违的大战前紧张刺激的感觉，拍拍小米，她还沉睡不醒，便在她脸颊上亲了一口，兴冲冲开车出去。路上发短信给姬小倩和任珺，要求她们以最快速度查清老总的去向，过了会儿姬小倩回了条短信：我在浙江。又过了几分钟任珺也有短讯过来：武宫正雄刚刚和山城治、真知穗子一起出去，好像有急事。

我一惊。

山城治是桃色Ⅱ号项目组组长，真知穗子是财务主管，吉秋田高层同时外出，到底为了何事？

难道，难道……

一个可怕的念头浮出脑海：难道武官正雄听到风声，也赶到徐教授家购买专利？

想到这里我吓出一身冷汗，加快速度向浦东方向疾驰。

第十八章 魔术试管

路上我打电话问肖章的位置，他说路上堵车，还在三家桥附近，我急道你不会走高架？不是让你以最快速度吗？他辩解说雪漫认为从下面走距离近。

哼，倒会拉近乎，连雪漫都叫出口了，宁工就坐在旁边，也不注意影响。我沉声说她哪知道事情的紧迫性，下一个路口上高架，快！

吉田秋位于梁实路，离浦东只有40分钟路，就算肖章不堵车都未必能抢到前面，接下来只能指望两条大狼狗抵挡一阵了。

车子开到杨浦大桥，无意间从反光镜里看到一辆阿斯顿·马丁，97限量版，暗暗心惊，放慢车速再看车牌号，6966。不好，果然是诺贝伊顿总裁詹姆斯的车，车上人影幢幢，看来不止他一个。

相同的时间，相同的方向，事到如今无须再疑三惑四，看来詹姆斯、武宫正雄都和我一样，想赶到浦东郊区别墅购买徐教授的专利。

是谁走漏风声？

从肖章和我通电话到现在，应该只有四个半人知道，四个人是我、肖章、黄总、宁工，半个是唐雪漫。

然而种种迹象表明，出问题的很可能就是这位"半个"。

黄总、宁工是德文老员工，已经过无数次考验，就这件事来说，他们俩还在我之前知道，如果想泄密，詹姆斯和武宫正雄已抢到我前面，不会出现如今并驾齐驱的局面。因为从时间上分析，他们几乎与肖章同时动身。

唐雪漫，这回绝对是她泄的密。

与上次破坏我和陶郁的海岛之行一样，她的目的还是破坏，阻止我抢占桃色Ⅱ号竞标的制高点。

我拨通电话问："肖章，你出发时是否告诉唐雪漫去找徐教授？"

"……是。"

"不是让你分段说的吗？"

"唉，反正带她去，那么做多不好。"

这就是了，祸根还是肖章。我越想越怒不可遏，那个吻带来的温情，以及挽救容小米声誉的义举通通被抛到脑后，熊熊烈火中只有五个字：你这个贱人！

詹姆斯显然发现了我，不时想超车，这是中国的领土，我岂能让一个英国人骑在脖子上撒野？当即死死封住他的去路，并摆出一副不惜撞车的架势，他被震住了。他知道我的性格，当我决定玩命时真的会玩命，不可能退缩。

两辆车一路狂奔来到徐教授所在的旷达别墅区，远远便看到武宫正雄的丰田商务车停在路边，再往前是肖章的奥迪，唐雪漫则懒洋洋伏在方向盘上，看戏似的打量着前方的肖章和武宫正雄——他们正肩并肩与两条一米多高的大狼狗对峙。

我怒气冲冲停好车，大步来到奥迪车前，拉开车门大声说："是你耍的诡计！把这么多人叫到这里，你很喜欢热闹的场面是不是？你口口声声对德文好，这就是具体行动？你，你太让我失望了！"

"我没有。"她只说了三个字。

"不是你是谁？除了你还有谁会泄密？"

"这是你的问题，"她眼中抹过一丝淡淡的忧伤，"从头到尾，你始终没有真正信任过我，所以出了事首先把怀疑的目光投到我身上，因为我在你眼中就是坏女人，无药可救的坏女人。"

詹姆斯也匆匆下车，加入肖章和武宫正雄的行列，然后几个人同时大喊："徐教授！徐教授！徐教授！"

徐教授终于听到动静从屋里出来，喝住狼狗请他们进去，肖章回头向我招手，我摆摆手示意他全权处理，然后颓然说："你看看，原本只有肖章跟他谈，我们将以国家大义为主题换取徐教授的同情心，把专利卖给德文，并签下附属保密协议，这样诺贝伊顿和吉田秋只有两条路可走，一是花更高的价钱从国外引进分离技术，一是跟我秘密合作，但我握有主动权，现在完了，徐教授肯定会同时向我们三家提供分离技术支持，反正不管谁在竞标中获胜都会购买他的专利，价格绝对比我们抢先下手

103

高得多。"

唐雪漫冷静地说:"我不明白你在说什么,但有一点,我没有参与此事,从肖章叫我开车到现在,我没有向外打过一次电话,发过一个短信。"

"你掌握的高新技术太多了,谁知道你通过什么手段把消息传出去的?"

"信不信由你,我只说一遍,以后不再重复。"

"不要动辄跟我说这句话,我已经很厌烦了!"我暴怒道,"不管你本领有多高,来头有多大,势力有多强,只要做对不起德文的事,我就不会善罢甘休,请记住这一点!"

她目不转睛看着我,冷哼一声,突然发动车子掉头而去。

"停住!停住!停……"

奥迪很快驶出视线,我悻悻转身,恶狠狠一脚踢在阿斯顿·马丁上,"嘀嘀嘀"警报大作,我余怒未休,又一脚踹在丰田商务车上。

等了将近两个小时,肖章等人从徐教授家出来,谈判结果与预想中的一致:每家公司各付一万元技术咨询费,然后派专人把药剂试管送过来,由他亲自操作分离核聚脯维纳米酸。

"唔,几家公司药剂都经徐教授之手,倒是难得的机会。"我摸着下巴又动起了歪脑筋。

"詹姆斯和武宫正雄精明得很,当场意识到安全性问题,提出两个条件,一是操作时全程录像,二是与徐教授签定协议,如果有证据表明他们的研究成果从这里泄露,徐教授得负法律责任。"

我笑道:"录像、协议是骗外行玩的,防君子不防小人,真想下手,这两个条件有屁用……我想想从哪个角度……"

"唐小姐呢?"

"被我骂走了,"我看他一副怜香惜玉的模样,戳戳他的脑门道,"老肖,肖总,拜托你下回多长个心眼好不好?唐雪漫是带着阴谋进德文的,这一点有无数个事实来证明,只缺抓个正着而已,对于她我们要有防范地利用,充分发挥她的特殊技能,又保守公司核心机密,让她无机可乘。"

"可是,"他讪讪道,"从开车起我就紧紧盯着,她的手一直没离方向盘,手机也搁在我的视线范围内,碰都没碰过。"

"途中有没有聊天，或者制造话题分散你的注意力，比如突然叫一声'后面有车祸'，'咦，右边开了家什么店'，趁你们掉头通知同伙？"

他哭笑不得："老薄，董事长大人，我又不是三岁小孩，这点警惕性总是有的。"

"哼，我看你在唐雪漫面前智力还不如三岁小孩。"

回公司途中又琢磨出一整套行动方案，我没有告诉肖章，他是君子，倘若知道我的手段会急白脸，运用法律武器对我进行洗脑。

陶郁打来电话，他也知道了核聚脯维纳米酸和徐教授的事——可见几家公司之间盘枝错节，互有卧底，任何秘密都过不了夜。他说有个朋友与徐教授很熟，如果我、邰伟豪愿意，不妨三家联手花巨资买断专利，这样能延缓甚至中断诺贝伊顿和吉田秋的项目研发，然后我们三家公平竞争，认赌服输。我笑了笑，把皮球踢给邰伟豪，表示如果邰伟豪同意合作，我没问题；他不同意的话就玩不了，一是凭德文、大陶两家拿不出那么多钱，二是竞标至少要三家。

其实后半截话我没说出口，首先我有比买断专利更好的办法，其次以邰伟豪的为人肯定不同意，最后三家联手抗击另两家的做法容易引起业内人士和招标方反感，严格说也算不正当竞争，更有串标嫌疑，而且人多心难齐，后续工作很难开展。

行，我这就打给他。陶郁虽这么说，话语中已没了底气。邰伟豪是公子哥脾气，出了名的倔犟臭，有一说一，从来不知世上有"委婉"二字，有一则未经证实的笑话是，他跟女孩子约会，十句之内必定会问人家是不是处女。

到了公司，我一头钻进大厦地下室的货仓，里面堆放着许多废弃或使用甚少的仪器、器械，脱掉西装挽起袖子挨个翻箱倒柜乱找一气，保安要过来帮忙，我婉言谢绝。

这件事很重要，只能亲自动手。

40分钟后回到办公室，打电话叫来唐雪漫，她进来后也不说话，面无表情坐在对面。

"泄密的事我会追查到底，如果证明不是你，我会赔礼道歉，不过在此之前你仍是嫌疑者。"我说。

"董事长找我来，恐怕不单是为了说这句话。"

"猜对了，"我起身反锁上门，"现在我以个人名义请你做一桩非常重

105

要的事。"

她垂下眼睑："你想让我潜入徐教授别墅？"

"真聪明。"

"为什么以个人名义，而非董事长？"

"董事长从情理上怀疑你泄露秘密，但薄仕从个人情感上认定不是你。"

她淡淡道："别糊弄人，我很清楚，其实你跟某些人一样，只把我当作工具，当作干违法犯罪勾当的爪牙，不出事皆大欢喜，出了事我自己担当，是不是？"

我的脸一下子烧得烫人，赶紧转身避开她锐利的目光。说得不错，我真是这么想的，因为徐教授别墅墙高体固，门窗一律装了防盗栏，外面还有狼狗看守，活脱脱一地主老财，若非唐雪漫这种身手，根本无法越池一步。然而在我精心算计的同时，是否忽略了她的感受？她跟容小米、姬小倩一样，都是鲜活靓丽的年轻女孩，都爱笑爱玩爱唱，喜欢逛街、试衣、零食，而我却只考虑她精于高科技，擅长飞檐走壁。

回到座位，我斟字酌句道："我姓薄，血液中天生流淌着薄情寡义，或者说冷酷无情，德文是我的生命，是我这辈子的事业，凡对它有利的事我都会做，凡对它有害的东西我都会铲除，不管什么手段，明白吗？"

"你心目中永远是事业第一。"

"不，"我纠正道，"从某种意义讲，德文不仅仅是事业，更像我的孩子，我从两个人开始创业，一直做到今天这个程度，我与它已经血脉相连，彼此无法分离。"

她沉默片刻，淡淡道："要我做什么？"

我捧出个盒子，里面叠放着 20 多只试管，一律干净明亮，与普通试管并无两样。

"把它带进别墅，换掉他实验室里的试管。"

她随手拿了一只研究了好半天，道："我看不出它跟普通试管的区别……底部好像多了圈弧线。"

"玄机就在弧线上，这是日本人发明的魔术试管，弧线用尖端技术切成，内侧有个切口通向底部夹层，夹层非常小，而且采用磨砂和滤色原理，从外面看还是透明色，其实药剂已渗到里面，由于切口向内，液体流进去后倒不出来，无论用中和剂清洗还是将试管压碎报废，都对夹层无损，事后用特殊仪器将药剂吸出来就行了，"我介绍道，"六七十年代，日本商业间谍用这小小的试管在欧美各大企业疯狂窃取绝密情报，使日本工业、医药、基础研究等领域突飞猛进。"

"如果……几家公司要求使用自带试管怎么办？"

"没有这个先例，他们顶多把合成剂封在试管里带过去，但分离操作至少需要四只试管。"

"如果操作完成后他们要求把用过的试管带回去甚至销毁？"

"第一，试管夹层是毁不掉的，第二，我会另外安排人手把东西偷出来。"

唐雪漫默默想了会儿，将盒子封好装进档案袋，站起来道："你策划得很周密，我没问题……今晚就行动？"

"等你的好消息，"我伸出手，"预祝你成功。"

她对我悬在半空的手视而不见，抱着档案袋径直走出办公室。

第十九章 秘密会见

按照避规风险的原则，当晚我叫上肖章、黄总等人到对面的欧伦酒吧休闲——号称上海第一鸡尾酒酒吧，墙体以金属和玻璃为主，酒柜、桌椅、地板是未经加工的原木，墙壁上盘桓着真正的常春藤，很酷的样子，最酷的是它不卖啤酒，从而将大批伪酒吧爱好者拒之门外。旭晨大厦里的白领们都喜欢下班后过去喝一杯，带着微醺回家。这里能遇到不少熟面孔，这样万一唐雪漫行动失败，我能找出一打证人证明自己的清白。

当然她是不可能失败的。

"我喜欢欧伦这股西部牛仔的味道，最好竖块牌子在门口，写着'小男人和妇女不得入内'，那就更爽啦。"宁工两杯酒下去就开始指点江山。

黄总笑道："女孩子喝酒也有厉害的，上个月民生事务所的吉小姐把两个大男人喝得一个当场狂喷，一个倒在家门口睡了一夜。"

"她的酒故事多着呢，去年曾揪住客户，把酒倒进人家衣领里，幸好那家伙也是条汉子，认为自己酒量不行应该受惩罚，否则闹起来准没完。"我说。

"Long Island iced tea。"肖章叫了杯长岛冰茶后独自坐在一边自斟自饮，一副闷闷不乐的样子。

长岛冰茶并非我们平时喝的冰红茶，是由四五种烈酒混合而成，属于有名的烈性鸡尾酒，第一次接触者通常是一击而溃。肖章酒量并不出色，平时基本以柔和的 Melon liqueur 或水果鸡尾酒为主，今晚似乎有些异常。

我凑过去跟他碰了下杯："失恋者才寻醉。"

"下午我跟唐雪漫认真谈过，她明确拒绝了，说自己有男朋友，而且我并非她喜欢的类型。"他仰头喝了一大口酒，呛得连连咳嗽。

我叹息道："叫你别在一棵树上吊死，就是不听，不过对你来说，被唐雪漫拒绝应该成为习惯吧。"

他猛地抬头，双眼布满血丝："可她很快又溜进你办公室，还把门反锁上，两人躲在里面干什么？不会告诉我是谈工作吧？"

很不幸，我们就是谈工作。可此时不是解释真相的时候。

我正色道："容小米是我唯一的女朋友，如果不出意外，我们将在明年结婚。"

"那你不应该跟唐雪漫这么暧昧！"

天地良心，除了那个有点突然的吻，我和她之间真没有什么，何况她根本不是玩感情游戏的女孩。

我拍拍他的肩："暧昧这个词用在我身上不太妥当，很不妥当……来，干杯！"今晚跟这个醉醺醺的家伙无法沟通，不如索性把他喝醉了。

肖章倒也爽快，一饮而尽，一拍桌子喊道："再来一杯！"

我冲黄总挤挤眼，黄总和宁工过来一人陪他干掉半杯，接着一人搭一只胳臂，将烂醉如泥的肖章架回公司。看看表，晚上 10 点 40 分，唐雪漫应该还没得手，否则会发短信过来。宁工说徐教授有熬夜的习惯——这也是搞研究人的通病，可能夜里比较安静，不受打扰的缘故吧。徐教授的习惯是晚饭后看会儿电视，大约 10 点钟左右出去散步，拴条狼狗围别墅区走两圈，有人戏称他比保安还尽责，约 11 点钟时回家进实验室工作，研究时间没准，有时到凌晨两三点钟，有时一夜不睡。唐雪漫只能趁他散步的空隙行动。

顶多再等十五分钟她就能完成任务，这点事对她只是小菜一碟，我边看表边在街边踱步，急切地等待消息。

手机响了，是公用电话，我连忙按下接听键："搞定了？"

里面却传来一个浑厚的男声："嗯，薄董事长吗？"

我懵了，第一反应是糟糕，唐雪漫失手被擒，公安局来找我麻烦了！当下口干舌燥，声音都变了调："是，请问你……"

"我是蒋坤。"

"蒋坤……"我脑子像被浆糊黏成团了，老在公安局方面打转，"对不起，我，我……"

对方宽厚地笑了："我在西药康复研究所工作。"

天呐，蒋副所长！

我又懵了，半晌才镇定下来："抱歉，实在抱歉，今晚和员工联欢，喝了一点酒，你瞧，全糊涂了，真抱歉。"

"喔，没喝醉吧？"

"没有没有，蒋所长有事尽管指示。"

他对我喝酒的问题很关心："喝了多少？你平时酒量如何？"

"8 两左右，今晚只喝了 2 两多一点。"

"那就好，正好晚上没有安排，想跟薄董事长聊聊，有空吗？"

没空也得抽空，我一口答应："没问题，听蒋所长安排。"

他说了个地址，离公司只有 10 多分钟，并说自己已在那儿。我二话不说拦了辆出租赶过去，路上看看表，11 点 07 分，奇怪，唐雪漫还没有消息，我并未多想，思绪很快转到蒋副所长身上。

从上回雨中到高速接他至今已有一段时间了，其间我们只在座谈会上见过，握了下手，一个字都没说，弄得我和肖章心灰意冷，以为他根本不在意那段交情。不料他还是露面了，在这样一个夜晚，以鬼鬼祟祟的方式约见我，凭直觉我猜一定与桃色Ⅱ号有关。

他会对我说什么？提哪些条件？能帮德文做到哪一步？我思绪万千，一时有无从下手之感。因为蒋副所长距离我们太遥远，太高深莫测，我对他一无所知，又怎能摸到他的底牌？

见面地点是一个阴暗巷子里的老式茶楼，剥落的油漆、踩上去吱吱直响的木地板，还有落满灰尘的吊扇，无不显示它的生意与外表一样，衰落而冷清。

蒋副所长却好像很享受这种环境，独自坐在墙角木凳上喝着大麦茶，见了我并不起身，只微微点了下头就算招呼过了。

"蒋所长。"我低声叫道。

他摆摆手："今晚没有所长，也没有董事长，你叫我老蒋，我叫你小薄，好不好？"

"……好。"

同样是小薄，从蒋副所长和罗主任嘴里叫出来的含义大不相同，前者透着亲切，后者则是轻视。

"小薄啊，这种大麦茶喝得惯吧？"

"有点苦，想必能起到养身保健作用？"

"保健嘛可能有一点，不过主要还是怀旧，以前我到苏北下放过，当时最好的饮料就是大麦茶，尤其烈日下在田里摘棉桃，又累又渴，然后跑到田头舀一勺大麦茶一饮而尽，嗨，感觉别提多美了，后来回到上海，说也怪，不管喝什么都没劲，于是开车满街找，直到发现这家茶楼。"

"看得出蒋所长是性情中人。"我送上一顶高帽。

他咂咂嘴，品味唇齿间的麦香："我们这代人经历过'文革'，对苦难有种特殊的情感。"

"是啊，一笔宝贵的财富。"

我附和道，心中却直嘀咕，该不会把我叫来只谈大麦茶吧？他葫芦里到底卖的什么药？

手机响了，是唐雪漫打来的，此时显然不宜接她的电话，我赶紧掐断，没过几秒钟她又打进来，该死，难道看不出我有事？我再次掐断。

"晚上有约会？"他带着笑意，"像你这么年轻又有前途的企业家，肯定有大把女孩子盯在后面追。"

"没有，没有，都是生意场上的应酬。"我吃不准他对男女关系问题的尺度，不敢乱开玩笑。

"喔，研究所那边也做了不少工作吧？"

我尴尬一笑："都是外围，始终接触不到核心。"

"谁是核心，罗主任？"他一语道破。

"桃色Ⅱ号项目差不多是他一手负责，跟我们打交道也比较多，不过……怎么说呢，只能说德文面子不够，公关不到位，至今都没能请他吃顿饭。"说到这里我心里乐开了花，由于蒋副所长的插手，劣势反而成了优势。

蒋副所长扬扬眉毛，若有所思道："听你的口气，有公司邀请到他？"

"吉田秋的武宫正雄和他走得很近，据说与他儿子罗振有关，具体情况我也不太清楚……"

我虚虚实实不敢把话说得太满，防止他与罗主任暗通款曲，官场如商场，错综复杂，什么事都有可能发生。

"罗振在江苏做医药销售总代理，这几年以老子为靠山赚了不少钱，可是把手伸到桃色Ⅱ号这种国家重点项目就有点不妥了……其他还听到什么风声？"

机会来了。

以他的身份，很多事不可能说得太透、太细，点到为止，换而言之如果他的问题仅仅从字面理解，大可以在座谈会上提出来，根本无须像地下党接头似的跑到这儿喝大麦茶。

我干咳一声："罗主任负责招投标好些年了，经验丰富，我想桃色Ⅱ号项目也会做得很完美，令人无可挑剔，就算参与单位心不服，至少嘴上要服，这是招投标的潜规则，大家早已心知肚明。"

"什么潜规则，能否解释一下？"

"一般来说评标分三部分，价格、技术、综合评价，价格和技术各占40分，综合评价占20分，很多外行都认为价格和综合评价里面猫腻多，其实不是。按规定报价相差一个点才2分，如果两个亿的标的，报价顶多相差四五百万，也就是4分；综合评价包含完工时间、辅助报价和各项免费服务，更不能乱来，否则等于增加人工和成本，因此弹性反而在技术评标。"

蒋副所长紧皱眉头："技术评标由招标办随机抽选业内专家，打分完全在封闭而且互不通气的情况下进行，罗主任只是召集人，并不参加打分。"

"问题就在这里，药剂行业有多少专家？最多不超过30个，抽来抽去都是这些人，一旦被选中将有不菲的评审费以及日后被中标单位特聘为顾问的机会，这一切都建立在听话的基础上，如果不听招呼，将被打入'黑名单'，非但研究所，整个圈子里都会知道某某教授太固执，不听话，从此与评委无缘，所以……"

"所以只要罗主任作出暗示，专家们自然心领神会。"蒋副所长替我把话说完。

"确实如此，当然有个重要前提，那就是投标单位都完成了项目研发，而且水平相近。"

蒋副所长扶扶眼镜，盯着大麦茶想了会儿："小薄，你不妨坦率告诉我，单单衡量研发水平，不考虑外部因素，德文有多大胜算？"

"百分之……二十。"

"谁最有希望？"

"首先是诺贝伊顿，其次吉田秋，德文与他们的差距只在毫厘之间。"

他偏过头打量我："明知不敌，为何投入如此大的人力、物力？"

"只有把握每次机会，才能在竞争中壮大自己，"我说，"何况桃色Ⅱ

112

号是项系统工程，如果德文中标，将会有脱胎换骨的发展。"

蒋副所长点点头："我个人很欣赏你的执著，年轻人有创业意识和危机感是好事，就怕知足常乐，取得一点成绩就沾沾自喜，那种人不会走得更远。"

"是啊，但小薄的力量终究有限，还需要蒋所长……不，老蒋大力提携。"我趁机说出埋在心头很久的话。

巷子里起了一阵风，冷风从门缝吹进来，蒋副所长似乎畏寒，裹了裹外套，把老板叫过来换点热茶。

他半倚在墙壁木板上，厚厚的镜片上反射着白炽灯光，使我无法琢磨他的眼神，他一动不动，好像即将宣布一项重要决定。

手机又响了，还是唐雪漫打来的，我迅速掐断。

"小薄，"他终于开口了，"桃色Ⅱ号从立项伊始，我就反对把诺贝伊顿和吉田秋纳入招标范围，无他，我是担心研究成果外泄，中国在肾医学理论研究方面走在世界前列，可国产药剂即使在国内市场占有率也不到10％，原因就是大量研究成果外流到国外，被迅速破译、抢注专利、批量生产，结果药剂研究国反而成为药物进口国，简直滑天下之大稽！"

"胡教授也谈过这个忧虑，所以提出把桃色Ⅱ号分为两部分……"

"核心技术小组是个怪胎，是多方力量博弈的产物，四不像，什么作用都没有！"他愤愤道，很快意识到自己情绪过激，啜了口热茶继续说，"我个人希望由民营企业做这个项目，一是保证数据安全，二是培养我们自己的人才，然而通过前段时间观察发现局势并没有按我的意愿发展，相反似乎受到某种势力操纵，越来越偏向两家外资企业，因此不惜打破官场约定俗成的规矩插手这个项目……"

我听得豁然开朗，怪不得唐雪漫送他回上海时毫无征兆叫出我的名字，其实他一直暗中关注桃色Ⅱ号项目。

"……提携是理所应当的，民营企业先天不足，政策面、技术、人员素质都不能跟财大气粗的外企相比，扶上马、送一程是研究所的分内事，不过诚如你所说，前提是完成项目研发，如果技术方面没有明显劣势，我会设法……这不是承诺，我的意思是尽自己的力量，能否成功不敢保证，我会在适当时机促成一些限制性条款或鼓励性政策出台，让德文从中获益。"

我激动得呼地站起来，连连说："谢谢，谢谢，我和德文非常感谢蒋

113

所长⋯⋯"

"叫我老蒋，"他微笑着纠正道，"坐下，来杯水果茶，我发现你不太喜欢大麦茶。"

他好像还有话要说。

没等我开口试探，他很随意地说："认识一位叫陈甜甜的女孩吗?"

陈甜甜?

我脑子一闪："炫采人生四强。"她是容小米的竞争对手，就因为她，我多花了60万。

蒋副所长说得更随意了："喔，她是我外甥女。"

我大惊失色，差点再次站起来。

第二十章　临阵脱逃

深夜的上海街头萧瑟而冷清，除了偶尔呼啸而过的汽车，行人寥寥无几。路边酒吧、茶座依然高朋满座，或点着幽幽的蜡烛，或闪动着暗淡而暧昧的灯光。

灌了一肚子的饮料，我失魂落魄独自在街头徜徉。

关于陈甜甜的话题，蒋副所长并没有展开，更没有提到容小米，他喝完茶就离开了。

但潜台词不明而喻，容小米必须给陈甜甜让位！

怎么对容小米说这件事？

怎么向她解释让位才能换取蒋副所长对德文的支持，只有他支持，德文才有希望在这场招标大战中胜出？

容小米能否理解其中微妙而又残酷的利益关系？

我不知道，我的直觉是她听了肯定要发疯。她对影视圈的追求相当于我对德文的执著，我能理解她，她未必理解我。

对蒋副所长而言不过是件无足轻重的小事，即使成功也不无所谓，然而我若让他没面子，他就会在意，他会认为你这点小事都不肯帮忙，将来怎么合作？

想到小米听说我和喻主任达成协议后欣喜若狂的表情；想到那一夜她的柔情似水；想到我们约定明年结婚并生个聪明可爱的小宝宝……我的头快爆炸了，我觉得陷入前所未有的两难境地。

走出茶楼的那一刻起，我就犹豫是否回家，因为我没勇气面对容小米。

手机在兜里响了若干遍，拿出来一看，还是唐雪漫，她已打了不下30个电话，以她的性格如果没有突发事故不可能如此，我打起精神接通。

115

"喂，唐小姐……"

手机里传来她微弱的声音："快过来，我受伤了。"

"你在哪儿？伤势是否严重？附近有无医院？"我连珠炮问。

她好像很难受，微微喘息会儿才说出大致方向——徐教授别墅区南侧200米远的河边。我一听便知晚上行动出了意外，说不定是与大狼狗搏斗时受的伤，当下打电话给小杨，让他接我一起过去。

路上小杨唠唠叨叨说个没完，大意是天下最毒妇人心，对待她千万不能有菩萨心肠，要穷追猛打。然后又猛夸容小米，说她心地善良，待人热情，是打着灯笼都难找的好女孩。听得我心烦意乱，忍不住大吼一声："闭嘴！"

车子沿着别墅区来到河边，边开边找，不久岸边柳树下有个人影朝我们挥手，下车跑过去一看，唐雪漫已瘫倒在地，脸色惨白如纸，胸口一大片全被鲜血染红，呼吸断断续续，眼看快支持不住了。

我赶紧把她抱上车，命令道："快，到最靠近的医院！"

"别……别……"她在我怀里挣扎道。

都什么时候了还怕暴露身份，我只得问小杨附近有没有熟悉的地下诊所，他撇撇嘴，一脸不情愿的样子，但还是七拐八弯开进一家四合院。主人姓连，据说原是赤脚医生，为广大贫下中农服务，除了给人治病，猪、牛、羊、马也一概包办，有时还客串一把配种和骟镶，可谓全才。落实政策回城后由于年龄偏大，又没有文凭，被各大医院拒之门外，为糊口只得在家里开地下诊所，接受出于种种原因不愿去医院的患者，如打胎、流产、性病之类。

连医生帮我将唐雪漫抬入内室，剪开衣服一看，吃惊地说："怎么搞的？居然被5公分口径的钢条扎着了，而且是正面平刺。"

"什么意思？"我和小杨齐声问。

"你到车上等，"连医生知道小杨多嘴多舌，把他推出去后边消毒做准备工作边说，"很明显女娃子触动了机关，钢条'嗖'地从暗处射出来，她躲闪不及被扎个正着。"

"可是……"

我还要追问，连医生已打开手术灯、戴上口罩，挥手命令我出去。

在院子里转了上百圈，度过漫长而难熬的两个小时，连医生疲惫不堪从里面出来。

"怎么样?"

"还好,她已经睡了,你先回去吧,明晚再过来看望。"

"伤势是否严重?"

连医生答非所问:"休息一阵子就会好的。"

他不肯多说,催促我上车离开。

回程途中小杨憋了半个多小时,终于忍不住说:"董事长,有句话不知当不当讲?"

"不当讲。"

小杨噎了一下还是说下去:"我觉得你对这娘儿们太关心了,不符合董事长的平时作风……别误会,我完全从公正立场出发,并非她逼我吃毒药就说她的坏话。"

"哦,说说看我平时是什么作风?"

他搔搔头:"具体嘛倒也说不上来,反正,反正除了容小米,你没对哪个女孩子这么好过,或者比对容小米好,我觉得——我也是想到什么说什么,如果错了别介意,我觉得你跟唐小姐有某种相似之处。"

"哪儿像?"我被他越说越感兴趣。

"唐小姐固然很冷,其实你身上也有一种冷,不过她冷在表面,你却冷在无形之中,好像,"他又搔搔头,"好像是冰山,只能远看,不能靠近。"

"你不如说我是一块拒绝融化的冰好啦。"我故作亲热地捶了他一拳,心里却浮起一种朦朦胧胧而又说不清的情绪。

回到家,蹑手蹑脚推开卧室门,床上没人,再到客房,也没人。我"咦"了一声,却见客厅桌上有张纸条:在电视台拍定妆照,时间很长,勿等。吻你小米。

定妆照,老天!我抱着头呻吟一声,如鸵鸟般一头钻进被子里。

上午正在路上等没完没了的红灯,肖章打电话说准备和黄总、宁工去徐教授家,问我有何指示。我想唐雪漫已经失手,德文又跟其他几家在同一个起跑线,我再天纵英明也没辙了,遂懒懒说速去速回,注意安全。

"唐雪漫没来,手机也关机,是否又向你请了假?"这才是肖章真正想说的,否则到徐教授家也专门请示,一天才要打多少个电话。

我半开玩笑说:"肖总最近好像热衷于考勤,是不是想整顿员工纪律？"

"她，她平时都提前一刻钟来扫地、打开水，今天……会不会又生病了？"

"肖总，要沉住气，天大的事起码也等到明天吧？要不按照劳动纪律，无故旷工三天算自动离职，把她开掉算了。"

他冷笑道："三个月前说这话我信，现在可就难说了。"

好小子，反将我一军。

我道："只要你舍得，我这会儿就通知行政部开通知，你回来后一签发就生效。"

他被我一吓又软下来："你刚才还说等明天……唉，真是不近人情，有什么事打个电话说一下也好啊，我又不会不批假。"

"这像是公司总经理说的话吗？毫无原则性！"我批评说，"有事请假是员工应该遵守的最起码的纪律，至于批不批，批几天，要看她的理由是否充分，一碗水端不平可不利于领导啊。"

"当然，当然。"他被训得没脾气。

放下电话我叹了口气，以唐雪漫的伤势恐怕没十天半个月起不了床，不过没关系，只要我装糊涂，肖章也不可能说什么。公司董事长和总经理都不开口，谁没事找事儿？

刚到公司打开电脑就收到喻主任的留言：薄董事长，上回说的事考虑好了？

果然，就知道姓喻的在里面搞鬼。他找我谈的时候还不知道陈甜甜与蒋副所长的关系，蒋副所长也没有出面，因此毫无顾忌地与我谈价钱。然而陈甜甜抬出蒋副所长后形势急转而下，一方面他不想得罪蒋副所长，另一方面又与我有约在先，不好毁诺，于是透露我和容小米的关系，让蒋副所长直接施压。

我略一思索道：我和容小米的关系只有喻主任知道，对不对？

世上没有不透风的墙，薄董事长，电视台、栏目组也非铁板一块，希望你谅解。

陈甜甜的舅舅找过我了，你说怎么办？

你认为呢？我尊重你的意见。

该死的老狐狸真是滑不溜手，弄到最后他倒一点事没有。我咬咬牙打出一行字：我不敢惹蒋所长，但不代表不敢惹其他人，谁让我不舒服，我就让大家都不舒服，办法很多的，要不要我随便说几种？

喻主任僵了会儿，连续送来几张笑脸，然后说：我们也有难处，选秀就是这样，越到最后越像在火上烤，要不……我再跟剧组方面商量商量，把第四名也塞进去做个配角？

可以，女配一号。

对不起，最多女配二号，一号已确定，昨天刚订了合同。

这恐怕是唯一的解决途径，凭心而论以容小米的才艺连8强都进不了，若要当冠军、亚军，我都不好意思开口。蒋副所长亲自出马则是给我机会，诺贝伊顿和吉田秋钻破头还享受不到这种待遇呢，何况他亲口答应为德文创造环境，岂能给脸不要脸？

只是，容小米能接受吗？

对她来说从冠军降到第三名已经够委屈了，主要还是看在女二号的分上，如果换成女配二号，她……

喻主任见我不说话，迅速隐身，头像变成灰色。

闲着没事到研发中心转了转，里面气氛紧张得有点压抑，技术人员们有的伏在显微镜前，有的在实验台上忙碌，有的跪在地上配制试剂。前天肖章通报了诺贝伊顿和吉田秋的进度，他们压力很大，立誓三天之内攻克难关进入"合龙"，可科技不是喊口号，光靠决心不行，需要扎实的功底和浑厚的底蕴。

正想到其他办公室，突然收到任珺发来的短讯，说是有急事商量，希望尽快见面。我很快定了个地点，然后驱车过去。

她比我还快，已经坐在座位上并点好了茶，脸上掩饰不住焦急和不安。

"你向来说话做事都是慢吞吞，今天怎么太阳从西边出了?"我开了玩笑来缓和她的情绪。

她从包里取出个纸包，手一摸竟是试管，她压低声音说："里面是吉秋田'合龙'前的原始试剂，相信对德文大有用处。"

我激动得一把握住她的手："你可帮了大忙，坦率说这些天我就为这个睡不着觉。"

任珺腼腆地抽回手："冒的风险很大，我直接在山城治办公室的试剂档案库偷的，因为他早上和武宫正雄出去了……"

我一惊：试剂档案库说白了就是试管架，上面封存着所有项目各阶段的原始试剂，架子底部是电子秤，每当有新试剂入库，就会自动将重量计入总数，早晚各自动核对一次，倘若发现总重量不符说明有人动过，系统便发出警报，只须调阅监控查看哪些人出入即可查出作案者。

任珺潜伏的责任重大，我指望她等到吉田秋"合龙"全面完成后猝然出手，而不是就干一锤子买卖。

"你有把握能混过今晚的重量核对？"我急切地问。

"没有，"她垂下脸，"我的计划是……不回公司。"

晴天霹雳！

我镇定如恒，问："为什么？"

"我不想再等下去，因为肖章不可能回心转意。"

"你说过坚持到他步入婚礼殿堂。"

"那是一相情愿的自虐，对肖章没有任何意义，几天前我们谈过，他明确告诉我过去的已经过去了，初恋不可复制。"

唉，这个肖章，成事不足败事有余。就算摊牌也得等到桃色Ⅱ号招标结束再说，现在猴急什么？把好端端的一盘棋局全搅了。

我深吸一口气："任珺，你听我说，现在还有挽回的余地，我以最快速度把试管送回公司，换上同等重量的药剂让你带回去，找机会放回原位……"

她凄然一笑，摇摇头说："可我真的不想在上海待下去，多一分钟也不行，对不起了，薄董事长。"说完起身头也不回地走出去。

我怔怔看着她的背影，大脑完全停止思考。

第二十一章 冷酷摊牌

　　紧急将肖章召回公司后，我们爆发了有史以来最激烈的争吵。

　　首先他并不感谢我为任珺安排工作，在上海站稳脚跟，其次他非常震惊任珺居然是德文的卧底，正是她源源不断把吉田秋的情报传回德文；最后他断然拒绝出面说服她留下，更遑提动用所谓真情。

　　"你就这点不好，什么事都喜欢耍阴谋，连感情都不例外，"他脸红脖子粗地说，"当初任珺找我时就不该告诉你——当然她也不应该找我，早干什么去了，对不对？她跟那个蠢得像猪的男人结婚前，我恨不得跪下来哀求，可她比公主还骄傲，看都不看我一眼就摔门而去，既然如此还找我干嘛？婚姻又不是做买卖，一次不行再来第二次，错就是错了，永远不会再有机会。"

　　"就算她已不是你心目中的女神，人家失魂落魄时投奔你，你却将她拒之门外，说得过去吗？"

　　"你以为自己在做好事？你叫她当卧底，是陷我于不仁不义，把事情搅得一团糟！"他手指差点戳到我鼻子，"本来我无愧于她，这一来好啦，她认为有恩于德文，有恩于我，有权开口提条件……"

　　"她不过需要几句抚慰、体贴的话而已，你连这起码的要求都不肯答应？"

　　"我是不想让她抱有幻想，别在上海耽搁下去，你倒好，利用任珺对我的幻想叫她当卧底，说到底你才是冷酷自私，铁石心肠！"

　　我失笑："自私？任珺又不是为我一个人工作，说白了还不是为了德文的发展，就拿今天她送来的药剂来说，研发中心说等分析出成分和组成，最多 6 个小时就能进行'合龙'，你看看她的贡献有多大？"

　　"很好，就凭这管试剂她已对得起你，放她回去吧，让她在家乡找个男人嫁了，过舒心安逸的生活。"

我恼火道："你搞清楚状况好不好？眼下'桃色Ⅱ号'已进入冲刺阶段，更重要的工作等着她去做，否则我也不会煞费苦心弄个双面间谍掩护她，事成之后她将得到一大笔钱，随便做什么，留在上海也好，回老家也罢。作为德文总经理，你要做的是配合我的行动，劝她留下来。"

"她不要钱，要的是情，可我已经不爱她，不想她受到伤害。"

"你的感情值几个钱？你太瞧得起自己了，"我骂道，"与德文相比简直一文不值！告诉你肖章，今天别说用真情，就是她要你上床也得答应——一切都要以德文的利益为核心！"

他摇晃着坐下，颓然道："以德文的利益为核心，就意味着可以牺牲个人空间？你要知道一点，请神容易送神难，今天劝她留下容易，日后劝她走就难了。"

我坐到他对面，揪起他的头发道："你觉得委屈是不是？那我朝谁哭？实话告诉你，我和容小米的关系即将面临巨大考验……"

我原原本本将蒋副所长谈话的内容说了一遍，他越听越惊，听到最后嘴巴张得几乎合不上，呆呆道："怎么会这样？怎么会有这种巧事？小米能接受吗？她的梦想就是在银幕上展示自己啊。"

"我也不知道，"我拍拍他的肩道，"总之陈甜甜必须是第三名，至于其他……但愿小米能理解吧……研发中心已把试管准备好了，快拿着它找任珺，争取下班前把它放归原位。"

他闷闷应了一声，走到门口又停住，没头没脑道："我们的做法是不是很卑鄙？为了公司利益一个虚情假义色诱前女友，一个出卖女朋友的前途向领导献媚。"

我嗓子都吵哑了："别废话，抓紧时间！"

接下来的过程浑如美国大片，肖章街头飞车赶到火车站，任珺正拎着行李箱通过检票口，肖章将她拦住，临时编了若干个要她留下的理由，最终任珺坐上了回程的车。到了公司，她先从武宫正雄办公室收回辞职信——他和山城治还在徐教授家，然后借口送材料进了山城治办公室，趁四下无人将试管放归原处。当她做完一切到洗手间时，武宫正雄和山城治正好出现在走廊上。

真是千钧一发！任珺差点瘫倒到洗面池上。

德文研发中心，在黄总督阵下仅两个半小时就完成了吉田秋药剂解析，然后抽调公司所有技术力量分成四个小组同步研究，黄总乐观地说天亮前肯定能开始"合龙"。

天黑了，肖章还没有回公司，打手机也不接，我知道他还在生我的气，有什么办法呢？姬小倩和任珺是我的两只眼睛，一旦她们俩不在，我就成了瞎子，看不到德文的光明。

晚上7点半，小杨准时来接我。路上容小米打来电话，兴奋地叫我早点回家，定妆照样片出来了，效果比想象中还要好。我干咳一声说是啊，我也有事跟你谈谈。她还沉浸在激动中，随口说好啊好啊，你看了保证会吓一跳。

挂断电话我长长叹了口气，过了半晌又叹了口气，小杨看看我的脸色，嘴张了张没敢说什么，两人一路无言直抵连医生家。

唐雪漫半倚在床上，脸色虽很不好看，精神却好了许多。连医生说上午输了两袋血，傍晚吃了点红枣莲子粥，总体看恢复情况很好，我点点头，眼睛朝门外看了看，连医生知趣地说你们谈，你们谈，便拉着小杨出去了。

门一关上，我就迫不及待问："昨晚怎么回事？"

她闭上眼歇息了会儿，然后说："实验室里布满机关，有红外装置，有重力警报，还有差点让我丧命的弹射钢钎——这是日本进口的防暴机关，价格昂贵。"

"据我所知徐教授并没有承揽国家重点科研项目，目前他主攻的碳化硅分子在超低温状态下撞击合成研究也很冷门，属于基础科学探索，并无商业开发价值，他要把小小的私人实验室搞得如此复杂干嘛？"我惊疑道。

"我也没想到，所以才吃这么大的亏。"

我来回踱了几步："噢，你发个短信给肖总，就说身体不好，需要请十天假。"

她点点头，突然说："徐教授研究的东西与桃色Ⅱ号有关。"

"什么？"我震惊地反问，"有什么依据？"

"味道，他的实验室与德文研发中心的气味差不多，都是淡淡的、带点酸黄瓜味和甜面包圈的药味。"

"你确定吗？"

"我的嗅觉经过特殊训练，有很强的辨析和记忆能力。"

这倒是新问题。

德文与其他四家的招标大战激战正酣，中途又杀出个程咬金，然而他没有参与竞标，从目前情况看也未与五家公司中的一家结盟，那么，徐教授出于什么目的进行同步研发？

"你同伴——或者说男朋友，知道你受伤吗？"

她黯然摇摇头。

"连续几天不联系，他会不会有疑心？"

她苦笑一声："你明知我现在处境很不好，像夜潜别墅这种事，我根本应该予以拒绝。"

"那你为何答应？"

她又闭上眼，一言不发。

当她不想说话时，别指望撬掉任何信息，我早已熟知她的脾气，又扯了些无关痛痒的话，然后把连医生叫进来，关照他用最好的药和营养物，要确保她尽快恢复。他已从小杨嘴里隐约知道我是大款，连连点头。

小杨将我送回家，打开车门向上看，客厅灯火辉煌，想必容小米为了展示定妆照把所有灯都打开了，想到这一点我全身力道像被抽空似的，竟迈不开下车的脚步。

"怎么了？董事长。"

小杨要跑过来搀扶，我摇摇头表示不需要，该来的总要来，与其逡巡不行，逃避观望，不如勇敢地面对。

踏上台阶瞬间我脑子闪过一个念头，停下来道："别离开，再等会儿。"

"夜里还有活动？"小杨很惊讶。

"不是……你看着我家客厅的灯，等灯全熄了再走。"

"这……"

小杨丈二和尚摸不着头脑，我也懒得解释，直接乘电梯上楼，打开门，迎面竖着一排巨幅照片，色彩鲜艳夺目，画面美轮美奂，不知是光线太强还是别的原因，我觉得格外刺眼。容小米从门后扑到我身上，双臂环绕着我的腰，脸挨着我的面颊，甜滋滋问："好不好看？"

"好。"

"不行，人家辛苦整整一夜就换了你一个字？重说。"她抱着我直撒娇。

"……非常……非常好看。"老天，我脑海中的词汇从来没有这么贫乏过。

她还处于亢奋中，没有注意到我的异样，兴致勃勃站到一幅照片旁说："瞧，这幅侧影照效果怎么样？摄影师说我右侧面最漂亮，尤其是鼻子，本来我还不信，照片洗出来一看，绝了！大家都夸我这幅照片像李嘉欣呢。"

我勉强一笑："是吗？"

"要是我有她一半演技就好了，"她又扯到我最不想听的话题，"薄仕，你说如果我到外地拍电视剧，报社的工作怎么办？一下子请两三个月假，主任还不把我一口咬死？"

"那件事早着呢，从长计议吧。"

"谁说的？"她扳过我的脸，眼睛睁得浑圆，"再隔三天就要进行总决赛，决出前三名后就要签约，紧接着进摄制组，所以我在上海的时间只剩下七八天，你还不替我作出决定？"

她态度越认真我心里越痛，越觉得难以面对。

我想了想，道："小米，你想过没有，如果《都市一家人》拍完后播出效果达不到预想，并不能让你进入演艺圈，接下来怎么办？继续参加选秀？"

她咬咬嘴唇："薄仕，别试探我好不好，我早就说过这回是最后一搏，无论成败都将告别选秀比赛，老实说通过这段日子竞争我也不得不服老，长江后浪推前浪，现在的女孩子真是太厉害了，我自愧不如，所以《都市一家人》权当我告别演艺圈的谢幕吧。"

我强笑道："有这么良好的心态，自然不会跟那些小姑娘抢什么主角配角。"

"两码事，你不知道剧组里主角、配角的待遇相差有多大，主角有专门的化妆师、道具、剧务伺候着，而配角——哪怕是第一配角，都得老老实实在公用化妆间排队等待，至于导演重视程度、戏份、服装等等更是天壤之别，很多内部规定要把你气得吐血。"

我现在就恨不得要吐血。

主角与配角的差别，几年前我在剧组之间奔走时就知道了，因为价格不一样。我还知道所谓第一配角的说法完全是蒙人的，既然是配角，就不存在第一第二，配角的作用就是衬托主角、承上启下、烘托气氛，没有哪个编剧会在配角的台词上下工夫，即便如此，还经常发生导演、副导演现场改戏，删减配角戏份的情况。另一个角度讲，同样是配角固然存在戏份和台词多与少的现象，例如与男女一号配戏，出镜率相对高些，但观众的视线往往集中在主角身上，很少注意配角，因此未必讨巧。

容小米又捧出一本相册，里面是此次定妆照的所有照片，她一页页翻给我看，说："栏目组规定免费为每人做三幅海报照，其他若有合适的自费，大家都夸我拍的效果好，所以嘛我狠狠心做了 20 幅……"

"什么?"我瞪大眼，"多少钱?"

她难得叹了口气："有点贵，总共两万六。"

我压住火气迸出几声干笑："还好，只要能展示小米的靓丽风采，花再多钱也值，漫漫人生能有几个青春? 留住瞬间美丽才是真谛。"

此言一出她突然安静下来，跪在沙发上目不转睛盯着我，我被她看得发毛，咧嘴笑道："怎么了? 我是不是说错什么?"

"你有心事，"她语气肯定地说，"从进门起你就不对劲，快说，有什么事瞒着我?"

第二十二章　离家出走

　　毕竟同居这么长时间，彼此知根究底，原本是想营造相对温和的气氛说那件事，这样一来不得不仓促上阵，显得很被动。

　　我沉吟良久，让她的情绪渐渐冷却下来，然后慢慢说："如果让你演第一配角，你干不干？"

　　她的表情立即变得惨不忍睹，泪水如泉涌而出，颤抖着问："为……什么？不是说好了吗……"

　　"情况发生变化，陈甜甜被内定为第三名，作为补偿，喻主任向剧组推荐你为第一配……"

　　她打断了我，表情前所未有的冷："因为她舅舅？"

　　我脱口道："你怎么知道？"

　　她语气更冷："拍定妆照时，陈甜甜故意在我面前提到她有个舅舅是西药康复研究所副所长，还说你男朋友最近不是参与研究所项目招标吗，她可以帮忙打招呼，当时我满以为事情已办妥当，根本没往心里去，谁知你到底为了招标放弃我，是不是？"

　　最后三个字她声调陡然拔得又高又尖，把我吓了一跳，也击碎了我精心编织的谎言，瞬时我手足无措，完全失了分寸。

　　她泪水如雨中屋檐，大滴大滴直往下淌，一字一顿道："薄仕，我知道自己这几年折腾得过分，让你赔了大量的时间精力还有金钱，所以才声明是最后一次，不管成败都不再折腾，静下来安心过普普通通老百姓的日子……我已把话说到这一步了，你都不能满足我最后的请求？德文公司一年要参与几十次招标，而我是最后一次机会，你忍心为了一次招标就牺牲我的前途？"

　　"这是价值两个亿的标。"我说。

"那又怎样？它能给我带来幸福？"她痛苦地指着我道，"你整天就知道赚钱赚钱赚钱，难道不肯为了我放弃一次？"

"它关系到德文的未来。"

她神经质笑道："我明白了，在你心目中德文永远排在第一，然后才是我容小米，所以你宁可不管我的未来，也要保证德文的利益？"

"这是两个完全不同的概念，因为你根本不知道'桃色Ⅱ号'的分量和意义，它不仅仅是两个亿的问题，更关系到广阔的市场开发和商业利润，随便一算起码十几个亿，如果能熬到那一步，女一号、女二号算什么？我可以独立投资拍电影，请最好的导演，指定你做唯一主演……"

"我不听我不听，"她捂着耳朵拼命摇头，泪水四下飞溅，"我就想参演《都市一家人》，这是我辛辛苦苦争来的机会，是获得观众承认的……"

我不知说什么才好，以最诚恳的语气说："就演第一配角吧，我会疏通关系帮你争取更多戏份。"

她对我的话恍若未闻，呆呆看着窗外，身体如泥雕塑像似的一动不动，不知过了多久，用空洞而苍白的声音说："你不想改变决定？"

"小米，听我说一句好不好？只要赚到更多的钱，你就有更多机会，两者并不矛盾……"

"如果我要你在我和德文之间选择呢？"

我一时没听懂她的意思，愣愣问："怎么选择？"

"或者德文中标，或者和我结婚。"

她竟然以分手要挟！

我心里腾起一股无名火，冷冰冰道："小米，别过分，不要把商业跟感情混为一谈。"

她爆发似的大嚷道："你已经把它们混到一体了！薄仕，和你的德文过一辈子吧，以后别想再见到我！"

说完捂着脸摔门而出。

"小米……"

我赶紧追出去，却晚了一步，她已乘电梯下去了。我跺跺脚，拨通小杨的电话：

"小米下楼了，尽量劝她回来，或者坐你的车，如果都不肯你就一步不离跟着她，直到安排她住下，把费用结了带给我。"

"什么？你们……你们俩怎么了？"

"说来话长，以后再解释。"

"你总得给个底我才好劝……容小姐——"

小杨已看到容小米，匆匆挂断电话。

垂头丧气回到客厅，看着满屋子的照片，突然产生深深的失落和孤独，刚才凝聚的怒气也一丝丝消散在寂寞的空气中。慢慢从照片前踱过，画面上容小米或托腮沉思，或迎风舒展，或在秋千上长发飞扬，或娇立于鲜花丛中，摇曳生姿，风情万种。

原来容小米还这么好看。

我猛然悟醒很久没仔细打量她了，每次都是随便看一眼，或者根本不看，说一句"回来了""吃饭吧"，可以说熟视无睹。渐渐地她成为生活中不可缺少的一部分，却忽视了她的存在。

当我真正用欣赏的目光看她时，她却离我而去。

为什么总在失去时才学会珍惜？

为什么总在离别时才知道永恒？

我在照片前矗立良久，一步步退到卧室，里面也放满了照片，我逃避式地钻进被窝，孰料一闭上眼眼前全是她的倩影，睁开眼，黑暗中她的身影无所不在，在每个角落冲我冷笑。

完了。这样下去我会崩溃的。

我跌跌绊绊冲出卧室，下楼打开车门躺进去，还好，这里很舒适，至少没有恼人的照片味，还有无所不在的容小米……

第二天到公司，一头撞到同样哈欠连天的肖章，诧道："怎么了？桃色Ⅱ号开始'合龙'，还有什么让你烦恼的事？"

他把我拉进总经理办公室，恨恨道："瞧你干了什么好事，竟把容小米扫地出门！"

我处乱不惊道："原来她睡在你家，那我就放心了。"

"你这个……"他一时想不出形容词骂我，悻悻道，"薄情寡义的家伙，深更半夜的人家一个女孩子能到哪儿去？幸好小杨机灵，硬把她拖到我家，结果她哭了一夜，我也陪着听了一夜，直到天亮才挂着眼泪睡着了，我却要上班。"

"我跟你打过招呼，这件事与蒋副所长有关。"

他细细打量我，眉头紧锁道："没有桃色Ⅱ号，德文照样生存；讨好蒋副所长，德文未必中标，这笔账恐怕你得重新算算。"

"让出第三名，或许只能搏得蒋副所长一笑；若是不让，就等于得罪他，竞标的事可想而知，因此不是我应不应该做，而是必须这样做。"

"我们可以放弃，药剂市场广阔得很，何必在一棵树上吊死？"

我歪着头道："看来容小米对你的洗脑初步成功，不错，我可以放弃，德文公司不会有人因此指责我，但我对得起自己吗？德文从创办到现在，经历风风雨雨，起伏跌宕，哪一次不是知难而上、逆流勇进，才发展到今天的规模，若遇到困难就躲，碰到挫折就让，德文就不是德文，而是早已灭亡的名词，明白我的意思？"

"可是，"肖章艰难地说，"这样对小米太残酷了，她真的无法接受。"

"她需要认识到现实的残酷性，作为副刊版记者，她脱离社会太久太久，好像生活在童话世界，几十万换一个角色，几万块洗几张照片，在她看来理所当然，全然不知钱的意义，"我说，"她还坚持进4强是凭实力，笑话！若没有我前期投入，没有裸照风波中你和唐雪漫全力以赴，她早被刷了，怎会有今天？分手就分手吧，我不出那笔钱，她连配角都甭想！"

"好好好，你也少说两句，"肖章摆出和事老的姿态，"看来你们彼此的怨气都很大，这次不过是个爆发点，分开几天也好，大家都反思一下，等情绪平静了再坐下来谈。"

我掏出支票簿："小米在你家期间的费用全部由我出，包括食宿、洗浴、水电……"

他一把按住我的手，沉下脸道："我要发火了！老实告诉你，连续两天看不到唐雪漫我火气很大，也像你们一样要找宣泄口，别撞到我枪口上。"

我怔怔道："她没打电话或发短信请假？"

"没有，始终关机。"

唉，这个冰山女孩，明明要她发短信，就是不听。

我安慰道："她身手很高，人又聪明，不会有事，要不你抽空去她家看看，也许闭门养病呢。"

"昨天去过了，敲了半个小时，无人应答，问公寓保安，说她好几天没露面，不知去了哪儿。"

见他茫然无助的样子，我安慰道："家家有本难念的经，在感情问题上我们都是失败者，别想太多……黄总那边盯紧点，进入'合龙'不等于成功，人家还走在我们前面，不能什么事都指望我搞阴谋诡计，关键时刻还要凭实力说话。"

他应了一声，无精打采走出去。

回到办公室发了会儿呆，瞅准肖章不在，来到研发中心，让黄总把吉田秋药剂的分析文本拷给我，他很吃惊，期期艾艾不挪身。我不耐烦说上次我是说过如果问你要数据千万别给，那是和其他人一起来的情况下，今天不算。他松了口气，把文本拷到 U 盘上。

上网后找到他，我打出一连串问号：在不在？

过了会儿出现闪屏，他来了：什么好事？

把"合龙"前的分析文本发给你。

哪儿弄来的，吉田秋还是诺贝伊顿？

这事儿不能说得太细，你只管用就是。

听说你跟容小米吵翻了？

我一怔，好事不出门，坏事传千里，外面这么快就知道了？遂打道：别八卦，做好自己的事，88。

他的头像还在一闪一闪，显然想追问下去，我干脆断了网，不予理睬。

德文公司上下都知道我心情不好，尽管我将大门敞开，整整一天没人进来打扰，茶水喝了一开接一开，直至嘴里淡出鸟来，临近下班时想找肖章出去喝酒，一打听他早离开了，想想也是，容小米还在他家呢，只得晃悠悠一个人下楼。

快到家门口情绪不由自主低落起来，尽管来平时两人很少同时下班，一个月难得有几天共进晚餐，但回家总有种踏实感，觉得是两个人的家，而今成了孤家寡人，空荡荡无所倚仗。

掏钥匙，开门，刚踏入半步，一只铁钳般的手卡住我咽喉，将我拎进去撂倒在地，紧接着一张蒙着面纱的脸出现在我上方，嘶哑着嗓子问："她在哪儿？"

容小米不是在肖章家吗？

闪念间我迅速悟出他并非打听容小米，而是唐雪漫，他是几次三番想置我于死地的杀手！

亦是唐雪漫的男朋友。

我反而镇静下来，慢腾腾道："你找唐小姐？那得礼貌一点，毕竟我是她的上司。"

他劈手给我一个耳光，骂道："在我眼里你算个屁！快说，她在哪里？"

"放开我，不然你永远找不到她！"我强硬地说。

他一愣，随即将冰冷的枪口贴到我脑门上："别惹恼我，这是真枪。"

"随便你，最好一枪致命，让我少受点活罪。"

我依然如故，不肯退让。第一因为我情绪非常恶劣，真有一死了之的想法，第二他早就想杀我，而唐雪漫的下落是护身符，说了只有死路一条，不说或许还有一线生机。

他又愣了一下，环视客厅道："哼，女朋友跑了对你打击不小啊。"

我靠！

连职业杀手都知道我和容小米的事，这个世界哪有秘密可言？

我漠然道："彼此彼此，你不也在找唐雪漫吗？"

他松开手，枪口还抵住我脑门："再问最后一遍，她在哪里？"

"她很安全，不过有点琐事，关于德文公司的事，"我虚虚实实道，"请放心，她没有破坏你的大计，关于桃色Ⅱ号招标，德文不再做出头鸟。"

他手中一紧，阴森森道："你还知道什么？"

"别以为杀了我就能通过肖章控制德文，我是一颗很特别、很重要的棋子，我死了会导致招标局势大乱，甚至能导致桃色Ⅱ号流标。"

"你很自信。"

"所以我是董事长，而你只能永远躲在暗处，做藏头藏尾的杀手。"

他眼中烈芒大盛，急促眨动数下道："别惹恼我，否则你绝对没有好下场……她具体在哪儿？"

"我也不知道，因为她是单独行动，知道复旦大学徐教授吧？"

他眼中闪烁不定："继续说。"

"有人发现他也在研究桃色Ⅱ号，而且掌握至关重要的'合龙'技术，为弄清原委，唐雪漫埋伏在他别墅附近，监视他的一举一动。"

"手机怎么打不通？"

"换作你，敢在行动期间开手机？"

他被我说得半信半疑，思忖片刻道："你们怎么联系？"

"打探到情报自然会回来。"

132

"她为什么听你的派遣？"

我悠悠道："我是董事长，她是普通员工，我说话她能不听吗？"

他掉转枪口拿枪柄狠狠在我胸口砸了一下，骂道："少猖狂，只要一颗子弹你什么都不是！警告你，别跟我玩花样，不然会死得很惨！"

"我没有玩你，相反你一直找我的麻烦。"我辩道。

他冷冷一笑，突然单拳击在我后脑勺，"轰"一声，我立即失去知觉。

第二十三章　节外生枝

那天晚上职业杀手终究没有取我的性命，仅仅把我击昏而从容逃逸。考虑到他有可能躲在暗处跟踪，我不敢再去连医生家，委托小杨送了些营养品和水果过去，并转告说大哥正在找她。

聪明如她者，自然能猜出我已遭到威胁。

容小米在肖章家哭了两天两夜，哭得他心烦意乱，一个劲地劝我找蒋副所长打招呼，说成大事者肯定不在乎鸡毛蒜皮的小事，再者仅仅是第三名与第四名之分而已，以后可以补偿。我说蒋副所长这种级别的领导找我谈是给我机会，并非强求，他并没有要求什么，就是介绍了自己与陈甜甜的关系而已。我能说什么？不管怎么解释都无济于事。

可是她不吃不喝……肖章连连搓手，显然十分为难。

我说没关系，明天是"炫采人生"总决赛，她肯定会振作精神参加。

肖章唉声叹气外加咂嘴，烦恼无限，我也觉得过意不去，明明是自己的包袱却甩给人家。然而有什么办法？事关德文利益，我不可以作任何让步。

喻主任犹不知趣，在网上谈 60 万的事，我气呼呼说除非你有办法让她做主角，否则我一毛不拔，包括前面的余款也作废。他急了眼，说放弃第三名是你跟陈甜甜之间的协议，与栏目组无关，剧组已答应加第一女配角的戏份，很不容易的。我懒得理他，直接下网断线。

不到 3 秒钟，喻主任的电话就打过来，张嘴就说薄董事长，做人要厚道，容小米的事我们已经尽力了，你知道她的实力，别说 8 强、4 强，若论真功夫 16 强都进不了，好不容易抬到这一步，你可不能过河拆桥，"炫采人生"虽然是娱乐节目，不能拿你怎样，但我们背后有电视台做后盾，如果来个负面报道或者社会专栏，恐怕德文公司也没好日子过，我不希望看到鱼死网破的情况⋯⋯

我截住他的话，淡淡道有件事你还不知道，我跟容小米已经吹了，她不再是我的女朋友，想要钱直接找她谈！说完挂掉电话。

黄总到总经理办公室汇报"合龙"进度，我也踱过去听，虽然大部分内容听不懂，但一系列数据对比表明研发工作非常顺利，前段时间阻滞不前虽拖延了进度，却使得技术人员对药剂成分、化合物组成、药物特征吃得很透，从而为"合龙"打下深厚的基础，这也是事先没料到的。肖章让我提要求，我说了两点，一是要保证睡眠，每天必须有一名技术人员休息，防止都累趴下；二是要注意安全，"合龙"期间除了我、肖章和研发人员，取消其他人员的红牌资格，任何人不准踏入研发中心半步。

黄总离开后肖章想说什么，桌上电话响了，是派出所打来的，叫肖章代表公司去领人。

"领什么人？我们员工今天全部在岗。"肖章诧异道。

对方口气很冲："全部在岗？柏妮不是德文公司员工？出了事就想推卸责任不是？快过来，带上介绍信和公章！"

啪，电话挂了。

好拽！

肖章气呼呼道："冲他这口吻，别说柏妮已经离职，就是有员工被关着我也不去！"

柏妮，柏妮，柏妮！

正是她莫名其妙从德文离开导致唐雪漫乘虚而入，引发一系列事端，就在我怀疑她跟唐雪漫是一伙时，武宫正雄发现她与鲁晓军暗中勾结，有可能是双面间谍。这个行迹诡秘的女孩，为何被关进派出所，还打出德文公司作幌子？

我起身道："我过去一趟。"

"你是董事长，不可以随便露面，万一闹僵了没有退路，还是我去。"肖章说。

"她年龄虽小，背后的水却很深，可能⋯⋯涉及一张复杂的商业间谍网。"

肖章一震，烦恼地将将头发："唉，如果大家都凭实力做事，不搞阴谋活动多好，处理这种事是你的强项，我就不参与了。"

到了派出所，秦所长见到我拿出记录本慢条斯理问："姓名？年龄？

工作单位？"

我把身份证扔给他："全在上面。"

他看都不看继续问："民族？性别？"

我气极，拍拍桌子说："性别？哥们的事，你还不清楚……"

他绷不住扑哧笑起来，左右打量一下悄声说："例行公事嘛，干我们这一行就跟医生一样，不管三七二十一先开检查单，胸透、血常规、CT、肝功能做个全套。"

"我看你们所服务态度大有问题，刚才打电话通知肖总像训小孩似的，别忘了精神文明创先评比要我们投票呢。"

"那个小蔡，每次一失恋就恶声恶气，好像所有人都是杀人犯，"他压低声音说，"她的长相吧……偏偏要找英俊的有钱的，还说富二代优先，所以三天两头失恋，唉，我也没办法。"

"算了，好男不跟女斗，介绍案情吧，柏妮怎么回事？"

他双手撑着桌边，用同情的语气说："你说她是不是吃错药，丁栋根是什么人？别人躲还来不及，她却主动招惹，又在他地盘上，结果被打得脑袋肿成猪头，我从保护角度出发才派警察把她抓回来……"

红磨坊娱乐城是丁栋根出道后通过巧取豪夺，从另一个黑道大哥手中抢到的聚宝盆。一直以来以美女如云、特色服务多和高档豪华而著称，安全可靠则是它吸引贵宾的有力保证，据说它有 6 条秘密通道通往不同路口，就算警方封锁整个地区，红磨坊都能在 10 分钟内把所有客人转移到安全地带。因此尽管娱乐风月场所层出不穷，红磨坊始终屹立不倒，日进斗金，既为丁栋根带来源源不断的财富，又充分发挥桥梁纽带作用，通过它结识大批权贵豪强，使他在黑白两道游刃有余。

丁栋根对红磨坊非常重视，不管生意摊得多大，业务多忙，一有空就过来坐阵，敬敬酒，打打招呼，昨晚也是如此。

柏妮是和几个朋友一起去的，坐在 2 楼大厅东南角落，点了些花生、松子、话梅，还有 10 多瓶啤酒。喝到晚上 11 点多钟，柏妮突然与其中一名男子发生争执，吵到激动处她将一杯啤酒泼到他脸上，他则甩了她一个耳光。同行朋友赶紧拉劝，男子气呼呼离开了，柏妮情绪很坏，不停地抽烟、喝酒，但不怎么说话。

零点时分，大厅舞池出现高潮，灯光全部熄灭，接着是狂放而震耳欲聋的迪斯科舞曲，所有宾客都挤进舞池在一亮一暗的灯光下摇摆扭动身体，享受难得的狂欢一刻。

柏妮没跳，坐在那儿醉醺醺喝酒。有个无赖上前搭讪，想趁黑占点便宜。柏妮先没理他，挪了个位置继续喝，无赖不甘心，又贴着她的身体坐下，接着开始动手动脚。柏妮一声不吭，突然抄起酒瓶砸在他脑袋上！

这一来闯祸了！

音乐顿止，很多人围过来看热闹，柏妮的朋友与无赖的同伙自然而然分成两派，双方剑拔弩张，眼看就要爆发一场混战。丁栋根闻讯起来，见惯大场面的他自然知道如何应变，当即端起一杯酒微笑说来的都是客，我丁栋根来敬各位一杯，喝完这杯酒坐下来谈，天底下没有谈不成的事！

这话是给双方下台阶的，按说事情到此为止应该告一段落，可柏妮不知犯了什么邪，顺手抄起一个啤酒瓶砸在丁栋根脑袋上……

我听得心惊肉跳，埋怨道："她也真是，没事跑到红磨坊干嘛？那是良家女子玩的地方吗？"

秦所长耸耸肩："这就是'80后'，永远猜不到她们在想什么，来，在这几份材料上签字。"

"签什么字？"我警觉起来，"我是公司法人代表，签的字具备法律效力，除非律师到场，否则不可以随便签字。"

他哭笑不得："我又没叫你来，本来通知行政负责人嘛……柏妮说她在上海没有亲属，只能向单位下达拘留通知，还要签收丁栋根的诉状，告她蓄意伤人、破坏个人财产等6项罪名，喏，这是医院方面出具的体检报告和诊断书，伤势非常严重。"

我翻了翻怒笑道："别忘了铜山医院就是他开的，别说什么几级脑震荡、功能紊乱、悸惊心慌，就算证明他是植物人都行，不具有客观公正性。"

"薄董事长，凭丁栋根的场子，到哪家医院开不到证明？红磨坊有监控录像，现场有20多个证人，都证明此事错在柏妮，她要负全职，嗯，"秦所长敲敲桌子，"如果判刑，起码3到5年。"

我倒吸一口凉气，喃喃道："他娘的，她怎么这么糊涂……我要看录像，还有，我要见她。"

"按规定……"

我瞪着眼说："去你的按规定，我就是要见。"

秦所长态度倒软下来："好好好，谁叫我们是铁哥儿们，我陪你去。"

一夜囚禁，柏妮早没了昨夜的张牙舞爪，头发乱糟糟蓬成一团，脸上划了七八道伤痕，嘴角还有血迹，见到我像见到亲人，眼圈都红了，泪水直在眼中打转。

我温和地说："身体还好吧？有没有哪儿受伤？"

她哇地哭起来，抽抽答答道："我，我，我对不起德文，对不起董事长。"

有感而发，不过此时不是讨论那件事的时候，我佯装没听懂，道："放心，虽然你已离职，但德文还是你的娘家，我们会尽一切可能帮你，提供法律援助……昨夜和你吵架的是不是男朋友？"

她垂下脸："他要跟我分手。"

"为什么？"

"我，我已没有利用价值。"

"什么利用价值？"

她哭得更伤心："求求你别再问了，总有一天我会把所有一切都告诉你。"

"他在哪个单位？叫什么？"

"别找他，他，还有昨夜其他人是一伙的，他们不会帮我。"

我劝了一番，和秦所长离开拘留所。

"如果丁栋根撤诉，柏妮会不会有事？"

"可以免于追究刑事责任，不过我个人认为可能性不大，"秦所长说，"丁栋根这种人混的就是面子和威风，如果被个小女子砸了脑袋不吭声，以后怎么混？怎么看住他的地盘？又怎么指挥手下那些兄弟？今天有人拿啤酒瓶砸，明天就有人敢用刀砍，黑道就是斗狠玩命，他狠不过别人，就要被别人玩……听说他扬言要把她关10年。"

"10年？"我惊叫道，"那我再补两刀得了。"

秦所长谨慎地说："不能乱说，我们要用法律手段解决争端。"

"你刚才说可能性不大？"

他叹了口气："是啊，谁叫她惹到丁栋根呢？"

第二十四章 飞来艳福

经过打探，丁栋根并没有住进铜山医院，而在中山医院，可见性命与声誉孰轻孰重他还是拎得清的。我让方芳陪我一同前去，她毕竟与丁栋根打过交道，又擅长拉家常，嘘寒问暖，有她在能调和气氛。

结果根本没用上。

他住的特护病房前布了两道卡哨，"德文薄仕"四个字通报进去没多久就有答复，"不见，叫他们滚。"我试图挽回，让他手下把大包小包礼品送进去，没一会儿又拎出来，大哥说了"和人一起滚"。

灰头土脸回公司，民生律师事务所的钟律师正坐在肖章办公室看卷宗，见我只说了两个字，"铁案"。我不甘心问如果辩护得当，当事人认罪态度又好，最理想的结果是什么？钟律师说刑事案与腐败案不同，不存在认罪态度和揭发同伙，关键在于受害人伤势以及社会影响，而这两项都对她不利，论社会影响，她在广为熟知的娱乐场所行凶作恶；论受害人伤势，根据早报消息，丁栋根还未脱离危险，仍在抢救之中。明白我的意思？

我气急败坏道刚才他还叫我滚，精神好得很。

你有证据说明这一点吗？录音、录像，或者证人？钟律师敏锐地问，随即笑道没有吧？这家伙经常打官司，司法方面精得很，不会留下把柄。

如何扭转乾坤？你是名震上海滩的大律师，肯定有不少鬼点子。我追问道。

这种案子……

喂，你是不是怕惹恼丁栋根？

钟律师笑了，说丁栋根是聪明人，有三类人他从来不碰，分别是政府官员、司法界人士和外国人，我有幸算司法界人士，正常情况下他不可能主动招惹。

那你说说怎样打赢官司？

他摊开双手，办法只有一种，就是他撤诉，否则只是判几年的问题。

钟律师离开后，肖章与我面面相觑，然后说实在不行算了，她毕竟只是离职员工，帮她找律师，找受害人赔礼道歉，我们已经仁至义尽，不可能做得更多。我叹息道你有所不知，柏妮背后有张无形的大网掌控着德文、吉田秋，可能还有其他公司的商业机密，不把它挖出来我寝食难安。接着把武宫正雄找我的经过说了一遍，肖章拍案而起，骂道既然她是吃里扒外的双面间谍，我们更不应该出手相助。我劝道各人都有自己的苦衷，也许她是迫不得已，何况她一直对我、对德文抱有愧疚，说出真相只是时间问题，千万不能放弃。

肖章静默了半晌，粗声粗气道找她男朋友，他一定知道。

没用，第一，他们俩昨晚已经分手，柏妮就为此事失去理智，因为她真的爱他；第二，如果他是穿针引线的人物，找他反而会打草惊蛇，不如严密监视，观察他下一步动作。我说。

他点点头，叫小杨去，他跟德文没有瓜葛，出了事涉及不到我们，他最近很奇怪，老是找不到他，难道还接了别的生意？

我心一跳，强笑道每个人都有自己的秘密嘛……对了，小米怎么样？是否还在睡大觉？

肖章脸上露出奇特的表情，搪塞道没，没事。

那一定有事了，老实交代你又帮她做了什么？我步步紧逼。

他支吾了很久才吞吞吐吐说准备陪她直接找蒋副所长谈，劝他不要支持陈甜甜。

我大惊失色，痛心疾首道你跟她一样没有脑子么？我说得很清楚，蒋副所长在这个问题上没有作任何要求，一切尽在不言中，倘若把这层薄纸捅破，非但我处境尴尬，蒋副所长也下不了台——幸亏我多问一句，不然这个脸丢大了！

他讷讷说小米太……太难过了，我看了于心不忍。

我重重叹了口气，说这段时间辛苦你了，但你务必帮我陪她度过最难熬的时光，就像失恋，开始觉得天塌下来了，随着时光流逝，蓦然回首恍然做了场梦，为自己当初激烈的反应而好笑……我计划好了，就算桃色Ⅱ号竞标失败，我也会拿出一笔钱赞助电影拍摄，帮她争取女二号或女三号的机会，权当补偿。

肖章奇怪地看看我，说怎么评价你呢？有时冷酷如铁，有时温情脉脉，简直是双重性格。

我说我的主旨永远不变，那就是德文利益至上。

下午5点钟，离下班还有半个小时，我悄悄从大厦后门溜出去，穿过乱七八糟的巷子来到另一条街，随便叫了辆出租直奔连医生家，开至半途接到姬小倩的电话，说她发高烧，非常难受，叫我送点感冒药过去，我立即让司机掉转方向。

来到她住的公寓，门虚掩着，推门进去，她蜷缩在被子里，脸烧得红通通的，呼吸比平时粗重许多，睁开眼，眼睛黯淡无光，全无平时锐利睿智的明亮。我一探额头，滚烫滚烫，当下把药扔到一边，不容分说背她下楼，叫了辆出租来到医院急诊室，医生一量体温皱眉道怎么捱到现在才来？这么大的人难道掂不出病情轻重？又怪我关心女朋友不够，我唯唯诺诺只是点头，医生要求输液3天。接着我又拿着处方划价、缴费、取药，再背着她到输液室做皮试、输液，等两瓶水输完已是晚上10点钟。

把她背回家送回床上，我一屁股瘫在床边抱怨道："拜托你减减肥好不好？这么重的身子，快把我的腰折断了。"

她输液后精神好了不少，开玩笑说："男人的腰最金贵，容小米要找我算账了。"

"喂，你不是成天号称盯在后面追你的美男如云吗？怎么生了病一个都看不到，还劳驾老情人亲自出马？"

"给你机会呀。"她说。

"哪有用身体玩？说真的，你生了病干吗拖到现在，诺贝伊顿工作压力很大吗？"

她不说话，目光定定看着我，身体在被子里蠕动了一阵，突然说："把手给我。"

"什么？"我茫然问。

"手。"

我依言将手伸过去，她一把握住，然后不知哪来的力量将我的手硬是拖进被窝，按在一团软绵绵、温暖滑腻的部位。

她的乳房！

第二十四章 飞来艳福

我仿佛被烫着了，倏地抽回手，又惊又奇地看着她。

她闭上眼静静说："我把衣服都脱了，来吧。"

"你疯了！你在发高烧，需要静养！"

"我好多了，承受得起。"

"你……你在说胡话吧?"

"你明明知道我是清醒的，"她平静地说，"今天是你最后一次机会，别错过。"

我深深吸了口气："小倩，你明知我不是那种人，送你去医院、陪你输液是分内事，你不必为此感动。"

她轻轻摇了摇头："不，我说的与今天的事无关。"

"但在很大程度上让你冲动，"我坚决将她的手塞回被窝，"别胡思乱想，好好睡上一觉，明天会好起来的。"

她看着我，目光中充满哀伤："薄仕，我是说真的，如果今生有什么遗憾，那就怪我在同居的时候没把握住机会，现在我想重归从前，与你好好浪漫一回。"

我拍拍她："等你病好再说。"

我不敢逗留，匆匆道别离开，她始终闭着眼一声不吭。

来到连医生家，唐雪漫已经下床在院子里来回踱步，连医生将我拉到旁边说最好劝她别着急离开，以她的伤势起码还得卧床休息 5 天。唐雪漫远远听到，打断说不必，我明天就能上班。

我摆摆手，和她走上 2 楼平台，笑道我和肖章都不管，你着什么急?莫非怕杀手男友找我算账。她出乎意料地点点头，说把他惹急了什么事都干得出。我半开玩笑说找这样的男朋友，是不是让你很有安全感? 她坐到石阶上，双手抱膝，仰头看着星空，半晌才说想不想听我讲故事。

想。我预感她要讲述身世，忙不迭道。

她淡淡一笑，慢慢说起来:

很久很久以前的一个夜里，大雨引发山洪，山洪引发泥石流，瞬间吞没山腰间的小村庄，30 多户人家全部丧命，无一生还。事发当天，有个小女孩睡在山下同学家得以幸免，但她成了孤儿，从此不能上学，生活也没有着落，只能四处流浪，以乞讨为生，当时她只有 6 岁。

有一次她在火车站附近乞讨，连续儿天没有进食奄奄一息，倚在垃圾箱边听天由命。这时有个大眼睛男孩跑过来，递过半个烧饼和一碗水把她从死亡线拉了回来，从此她加入了他所在的帮派，在火车站一带活动。

他比她大两岁，也是父母双亡，4 岁开始就在外面乞讨。

她 10 岁那年，大眼睛男孩悄悄说我们不能这样下去，我们应该有更好的未来。未来？她不明白，在她心目中只要每天穿得暖和，吃得饱就足够，根本不奢望更多。他说我们应该读书，应该像那些等车的孩子一样，有好衣服穿，有好东西吃，睡漂亮的宾馆，有空还能到公园玩。他说我们没有爸爸妈妈——在她心里这一切只能由爸爸妈妈给予。他握住她的手，坚定地说我会做到的。

过了几个月，一个大雨滂沱的黄昏，他匆匆在人群中找到她，牵着她的手直往西侧停车场跑，靠墙边停着一辆灰不溜秋的面包车，车门敞着，两人上了车，"呼拉"，有人将门关上，车内一片漆黑。

我们去哪儿？她惊慌失措问。

有人不满地哼了一声，他贴近她耳边说记得我上次说的话吗？我们的理想就要实现了。

车子开了很长时间，具体多久她也记不清，反正饿了就有面包吃，渴了就有水喝，大小便随便在路边解决，昏昏沉沉间车子开进一座大山，然后下车步行。除了她和大眼睛男孩，另外还有两个年龄相仿的孩子，他们在两个孔武有力的中年汉子带领下爬山。山路，哦，其实没有路，完全是在陡峭的山坡上攀着野草山藤攀爬，汉子对他们压根不关心，即使最危险的路段也吝于伸手拉一把，几个孩子手脚并用，十指磨得鲜血淋漓。

"啊——"有个孩子稍微分了下神，翻滚着坠下深谷，山谷间回荡着他的惨叫。两个汉子连头都没回一下，只吩咐"快跟上"，这给剩下三个孩子一个强烈的印象，那就是在这里只有自己关心自己……

说到这儿唐雪漫的叙述戛然而止，她仰望着天边皎洁的月亮，脸颊边淡淡的茸毛在光晕映衬下纤毫毕现，脸上、脖子、裸露的手臂，好像涂了一层油脂，反射出象牙般的光芒。

"后来呢？"我忍不住问。

她没有说话。

我推测道："大眼睛男孩就是你现在的男朋友，你们是一群经过特殊训练的职业杀手，商业间谍，武林高手。"

她莞尔一笑："哪有这么过分。"

得到她的肯定我更有信心："他不仅救了你，而且改变了你的人生和命运，他是你的恩人、导师兼情人，因此你不敢背叛他。"

她吃惊地看着我："我什么时候说背叛他？"

"难道你没想过？"我冷静道，"其实你已经厌倦无休止的任务、圈套、阴谋，厌倦成天打打杀杀，游走在危险和死亡边缘的生活，但你早已习惯事事服从他的决定，按他的意志办事，因为没有他就不会有今天的你，你希望为他做一件大事，报完恩再远走高飞，桃色Ⅱ号就是机会，对不对？"

月光下她保持沉默，直到连医生气急败坏跑上来，说她身体依然虚弱，怕风畏寒，我才扶她下了楼。

回到室内她很快上床休息，没有跟我说一个字。

事
关
桃
色

第二十五章 决赛之夜

容小米到底还是参加了"炫采人生"总决赛，决赛那晚我也去了，门票早被抢购一空，外面还游荡着三三两两的孩子，眼巴巴守着有人退票，一群群粉丝团手举荧光棒，抱着支持者的照片大喊："×××，我爱你!"我注意到没人喊容小米的名字，难怪，她本来就非偶像派，也不算实力派。

我直闯入口，工作人员拦住我。

票呢?

没票。

没票到广场看大屏幕。

我是参赛选手家属。

哪一位?

容小米。

他们大惊失色，把我拉到一边悄声说你疯了? 进入8强的选手都宣传是单身，不然怎会吸引少男少女们支持? 你这样招摇会让大家很没面子的。

那你放我进去。

好好好，工作人员很快让步，将我从贵客通道送进去，还反复叮嘱千万不能暴露身份。

我在场边随便找了个位置坐下，身边全是10多岁、20多岁的少男少女，忽而声嘶力竭地呐喊，忽而挥臂跺脚，忽而手挽手做人浪，在他们催促下我不得不加入其中，没多会儿被折腾得大汗淋漓，腰酸背痛。

唉，到底老了，不再有年轻人的激情和活力。然而那又怎样? 放眼满屋子狂热的粉丝，有多少人知道名次早已在肮脏的幕后交易中内定，所谓决赛不过是一场"秀"。

决赛正式开始，两个头发染成怪异的黄色的主持人在震耳欲聋音乐声中出场，接着是冗长的主持词和介绍评委，评委们或正襟危坐，或故作亲民状挥挥手，又引起场内一阵阵热潮。这时我才发现自己犯了个错误，居然坐在音箱旁边！

人造雾、气泡、冷焰火突然爆发，4名选手从里面蹦蹦跳跳出来联唱，"呼啦"，我四周的少男少女全站起来喊个不停，激动兴奋中不时将手臂甩到我脸上，无奈之下我也站起身，跟着这帮莫名其妙的小屁孩做人浪。

容小米脸上荡漾着微笑，全然不见愤怒与哀伤，或许只有舞台才能使她全身心投入，忘却一切烦恼。看着她奔放的动作、柔美的舞姿和清亮的演唱，我突然理解她为何如此执著。相当于肖章、黄总对技术的钻研，我对德文的感情，唐雪漫对大眼睛男孩的依赖，都是发自内心，真正注入了灵魂，愿意付出一切以获得它的真谛。

轮到陈甜甜清唱了，不知为何，她笑得越甜我心里越不舒服，甚至晃动的腰肢都让我觉得眩晕，我实在坐不下去，起身从侧门出去，拉开走廊窗户深深吸了几口新鲜空气。

"薄董事长。"

喻主任悄无声息出现在我身后，皮笑肉不笑打了声招呼，我点点头："……上次你说增加配角戏份，能不能实现？"

他摇摇头："弄不了，上午小米找我谈过，自愿放弃参演《都市一家人》，不过许诺全力参加总决赛，不做坍台的事。"

我大感意外，呆呆重复道："放弃参演？"

喻主任表情复杂地对我笑了笑，然后走开了，我独自伫立在窗前，很久很久。

"欧——"

演播大厅突然传出一阵阵巨大的声浪，回到位上一打听，原来2号选手才艺展示时唱破了一个音，评委们代为掩饰，说她追求高境界、勇于挑战自我的精神值得嘉奖，唱破音不代表水平不行，相反证明她音域宽广，大有发展前途，然后不约而同亮出高分。这一来其他3名选手的粉丝们不干了，纷纷抗议评委不公，比赛一度被中止。

我表情漠然，因为无论怎么闹都不会改变结果，总决赛虽然号称现场直播，但实际时间比播出时间早一个小时，栏目组就利用这个空隙进行编辑，把负面东西剪掉，最终电视机前的观众们看到的是一场热热闹闹、和谐健康、始终洋溢着喜庆气氛的总决赛现场。

轮到容小米上场了，她款款走到离我不过两三米距离的舞台前沿，说我选唱的歌曲是《分手总在雨天》，谨把这首歌献给爱过我的以及伤害过我的人。现场气氛有点冷，一是刚刚发生过不愉快，二是没人听得懂她的意思，除了我。

"总要在雨天，躲避某段从前，但雨点偏偏促使这样遇见；总要在雨天，人便挂念从前，在痛哭拥抱告别后从没再见……"出人意料的是之前发挥平平的她，把这首难度颇高的歌演绎得相当出色，不仅唱出歌曲中的深度和韵味，更透出一种忧伤幽婉的意境，唱到最后一句时她脸上挂着两行清泪，深深鞠了一躬退下。演播大厅里静悄悄的，显然都沉浸在歌声营造的气氛里，隔了令人窒息的几秒钟，全场爆发出雷鸣般的掌声，她的粉丝团也趁机亮出海报和写有她名字的宣传板。

我泥塑似的僵在座位上，过了会儿感觉脸颊上有点湿，手一抹，全是泪水！

我已记不清上一次流泪是什么时候了，也许5年前，也许10年前。我狠狠掐了掐大腿，暗骂自己别这么没出息，然而泪水仍止不住地往下流，泪眼朦胧中与容小米在一起的点点滴滴浮现在眼前：寒风呼啸时我们在街头啃山芋，一个山芋我咬一口，她咬一口，吃得香甜无比；炎炎烈日时两人下河游泳，她总是游到一半就筋疲力尽，然后像章鱼般缠在我身上一动不动；金秋十月，我们漫步在黄浦江边，她丝丝秀发不时飘到我脸上，我捏起一根绕啊绕啊，一直绕到她脖子上，两人便吻在一起……

评委亮出分数，比2号选手低了很多，观众们又开始聒躁起来，大喊"换评委、换评委"，评委们也聚在一起窃窃私语，不时将埋怨的目光投向主持人。混乱中我猛地脑子一醒，疾风般冲到走廊，不顾工作人员阻挡直奔后台。

"容小米呢？"我顺着化妆间、候场室、休息室一间间找过去，逢人便打听她的下落。

陈甜甜好像有点认识我，说了句"她下台后没卸妆就走了"，我赶紧下楼，从后门绕到街上，外面行人寥寥，都是成双成对的，我又跑到前门，广场前粉丝团还在为偶像们呐喊助威，就是没有容小米的身影。

我在人群中来来回回寻觅，只要看到身材或衣服相近的就扑上去询问，还挨了几个耳光，被踢了两脚。从广场找到附近巷子，她仿佛凭空消失似的，连影子都没看到。

拨通肖章手机，问有没有看到容小米，他茫然说她不是参加总决赛吗？刚才还在电视里看到她唱《分手总在雨天》，唱得很投入。我摔掉手机，像饿昏头的野狼在广场跑来跑去，一直耗尽身体最后一丝力气。

坐在冰凉的石阶上，身边是欢欣雀跃的少男少女，天空中闪耀着礼花和焰火，这是粉丝团庆贺偶像夺冠，听议论"炫采人生"终于决出了名次，但我已无心听结果，因为对我来说失去容小米等于失去整个世界，这无关胜负。

我觉得自己是不是太固执了，也许蒋副所长并不在乎这场无足轻重的胜负，他提到陈甜甜不过是尽某种义务，如果我坚持一下或许结果完全不同，对他来说无所谓，可对容小米却是天壤之别。

肖章说得不错，即使让陈甜甜如愿以偿，德文也未必能夺标，蒋副所长没有承诺什么，只是"尽力"，换而言之他也可以不作为，尽力一词并没有明确的标准，汉文化文字游戏的奥妙就在于此，让你死不瞑目。

为什么我如此执著？除了对德文坚定不移的感情，是否隐隐包含着某种厌倦情绪？

大概从去年——容小米热衷于各种选秀节目开始，她花在排练的时间越来越多，两人缠绵浪漫的时间越来越少；我花在公司应酬的时间越来越多，两人共进晚餐或月下漫步的时间越来越少。我们几乎没有时间躺在床上看电视、做爱，偶尔兴起激情也是敷衍了事，根本找不到刚认识时甜蜜的感觉。结婚？好像是件大事，可在我们看来似乎可有可无，跟吃饭睡觉没什么区别，有时我们甚至奇怪人为什么要结婚，就这样快快乐乐、无牵无挂生活下去不是很好吗？殊不知产生这种想法的同时，危机已经潜伏于我们中间。

她买衣服不再勾着我的胳臂到处乱逛；我买衣服不必反复征询她的意见，两人虽同在一个屋檐下，却仿佛当初与姬小倩同居一样，偌大的房子只承载了睡觉、吃饭的功能，其他一无所有。

如果没有蒋副所长，没有令人烦恼的第三名与第四名之争，我和容小米会不会顺顺利利携手步入婚姻殿堂？

我……不知道。

我觉得我们之间已经潜伏了太多矛盾，太多危机，只等一个导火索而已，这与"炫采人生"无关，与唐雪漫意味深长的话无关，也与喻主任、蒋副所长无关。无论爱情还是婚姻，内因才是唯一决定成败的关键，其他都是借口。

然而……

然而此时此刻我后悔了。

我不该让容小米这么伤心，不管她做法对与错，一定有更好的解决办法，我的一意孤行毁了我、她、我们共同的努力。

不知坐了多久，广场上的人渐渐散去，只留下淡淡的烟火味和狂热的余烬，说到底胜利只属于胜利者本身，胜利后的骄傲与喜悦，以及登顶后莫名的惆怅，都是无法与别人分享的。

露水悄悄洒在我身上，伴着初秋的轻寒，从头到脚麻木了整个身体，我一动不动，宁愿将血肉之躯凝固在广场，永远回味我的失败，等她有朝一日故地重游，将看到忏悔和石化的我。

一双手轻轻按在我肩头，我木然侧过头，是唐雪漫，她脸色依旧苍白，眼眸中却闪动着前所未有的温情。

"夜深了，回去吧。"她说。

我惨然一笑："我毁了一切，我已没有家。"

"你毕竟有过，我从未知道家的概念，一样活到现在。"

"我做错了。"

"你没有错，我早劝过你跟容小米分手，现在不是正好遂愿了?"

我猛然抬头瞪着她："你在幸灾乐祸?"

她泰然自若："这是可以预见的结果，何必太在意?"

"我以为你从连医生家跑出来是安慰我，而非火上浇油。"

"跟我来。"

她一把将我拖起来，我本欲挣脱，她的手却如铁钳一般令我无法动弹，一直拖到身后出租车上，小杨正扶在方向盘上打瞌睡。

"养心亭公园。"

她命令道，小杨一声不吭发动车子，我有些好奇他为何如此温顺，眼睛瞥见他嘴角有块青肿，心中明白了大半，遂闭目养神。来到公园门口，唐雪漫简洁地说了句"等一下"，然后把我拉进公园。

"跑几圈？"

我无精打采道："求求你，让我坐会儿，我需要安静。"

她不容分说拖着我围着湖边大步流星行走，走到一半我忍不住说："拜托慢一点好不好，这是散步吗？简直是急行军。"

"就这样跑，累了回家舒舒服服睡一觉，明天起床又是一条好汉。"

"你……身子也单薄，需要休息。"

她笑了，笑得艳若桃花："好啊，说到现在才想起关心我，说明你真的分寸大乱，忘了平时的君子风度。"

我叹道："别开玩笑，我，我心里乱成一团麻，恨不得跳到湖里去。"

月光下她的眼睛分外明亮，停住脚步，拉我坐到湖边柔软的青草上，远远往湖里扔了块小石子，"咚"，湖面荡起一圈圈涟漪，水波中月亮碎了，星星却化作千万颗。

"我也想过死，在我 16 岁那年。"

我被她的话题所吸引："当时还在山里接受训练？"

"我们共有 7 个孩子，5 男 2 女，我发育比较早，已经长成大姑娘了，负责指导摔跤的是个特种兵，姓卢，眼睛成天在我胸口打转，有一天他借口我没有完成训练任务，叫我晚上过去单独辅导，然后趁机把我压在身下时撕扯衣服，我拼命反抗，两人在 40 米长的训练大厅搏斗了四五个来回，其间他用力掐我的脖子，打我的脸，还用膝盖顶我的腹部，尽管这样我还是反抗、反抗、反抗，扭打将近两个小时，最后我筋疲力尽躺在地上，他也没了力气，咬牙切齿说今晚放你一马，但你绝对逃不出我的手心！"

"你没有找大眼睛男孩求助？"

"男女寝室是分开的，离得很远，每天只有在训练场才能见到，再说这种事怎么好意思告诉他？"唐雪漫说，"卢教练离开后，我伏在地上哭了很长时间，头一次想到死，唯有死才能从无穷无尽的烦恼中解脱吧？那一夜我在悬崖边徘徊了上百圈，好几次几乎鼓足勇气跳下去了，却又缩回来，你猜我想到什么？就是大眼睛男孩说的话，我们应该像正常孩子一样有好衣服穿，有好东西吃，睡漂亮的宾馆，有空还能到公园……我吃了这么多苦，却没有享受到期盼中的一切，怎么甘心离开人世？所以我又回去睡觉了。"

"后来卢教练没有骚扰你？"

"他死了，被我骗到悬崖边，轻轻一推就掉下去。"她平淡地做了个手势，"相信吗，原来死也可以那么容易。"

　　我不禁打了个寒噤："是……是很容易。"

　　她粲然一笑——她的笑容明显多了起来，道："快回去休息，以后有机会再听我讲故事，保证比美国大片精彩得多。"

第二十六章 初见成效

事情并未如唐雪漫所说变得好起来，容小米没有回肖章的住处，打电话到报社询问也不在，再问了几个朋友也不知道，她仿佛阳光下的一滴水凭空蒸发了似的，音信全无。

过了两天，招标办发邮件通知入围公司开座谈会，没有写会议内容，但和上次一样要求法人代表、行政主管和总工程师出席。打电话给万主任了解详情，他说最近风声很紧，起因是研究所背后有个附属楼需要重新装修，傅所长不想招标，以议标的方式交给远房亲戚承包。若单单如此也罢了，偏偏远房亲戚是个皮包公司，签好合同后屁股一抬转给另一家工程队，那个工程队虽是草台班子，生意倒不错，居然抽不出空进场，又转给由农民工组成的工程队，这家倒实在，当晚就进驻工地日夜施工，然而他们一不看图纸——也看不懂，二不了解附属楼一带建筑结构，野蛮施工，一下子挖断煤气管道，导致研究所周边 3 个小区、19 家单位停了两天气，影响极其恶劣。

出了事当然要追究责任，傅所长推得一干二净，说他只在所办公会上布置了一下，至于议标还是招标，承包过程中有没有猫腻一概不知。蒋副所长也撇得很清，因为确定装修附属楼时他在外地开会，议标那天又恰好参加市里组织的学术会议，从头至尾都不知情。最后所有目光都投到罗主任身上，领导们都推卸得掉，唯独他不行——作为招标办主任，是他决定不招标，也是他出面议的标。虽然罗主任拿出会办纪要，上面有招标办 3 名工作人员签字，证明议标是公开、阳光、透明，没有暗箱操作，但已无济于事。研究所认为，罗主任"工作责任心不强，没有全程跟踪监督工程进度"，负有不可推卸的领导责任，经慎重研究，决定暂停他一切职务，专门负责处理附属楼装修工程事故善后工作。

不过傅所长还是讲良心的，知道罗主任替自己背了大黑锅，私底下表示这叫冷处理，主要是平息社会舆论和所里闲言碎语，知识分子成堆的地方人际关系复杂呀，等过一阵子还会官复原职。所以招标办没有任命新主任，由蒋副所长暂时兼管。

罗主任讨好领导不成反而吃了个大瘪子，很是消沉，成天泡在附属楼工地上，再也不过问招标上的事。

蒋副所长在这个节骨眼上召集开会，就很有些耐人寻味了。万主任并不知道我已与蒋副所长私下联系过，警告我多听少说，不要随便发表意见，防止卷入他与罗主任的是非圈。

在门口遇到陶郁、邰伟豪等人，他们已听说了我和容小米的事，都表示她在总决赛上表现很好，若非评委不公起码能拿第二名，我苦笑不已，暗想要是评委真公平公正，她连16强都进不了。

罗主任果然没有出席会议，蒋副所长稍微提了一句，说罗主任盯在附属楼装修工程上，一时脱不了身，然后又挨个儿询问研发进度。这是很难过的一道坎，蒋副所长不是罗主任，技术方面别想三言两语糊弄掉，若说不出真材实料他肯定不满意，非盯在后面追问。可眼下除了大陶其余四家都进入"合龙"的敏感时期，此刻多说一个字就有可能被竞争对手嗅出味道，进而泄露内情。因此黄总等几位总工程师如坐针毡，不知道怎样在"说与不说"中间找到最佳平衡点。

5家入围公司都通过"考试"后，蒋副所长很有兴致地逐一点评，认为诺贝伊顿的方案有大家风范，吉秋田的方案则体现了日本人特有的精细和节约，德文和梵非走的是传统路线，注重"补气养身"，同时委婉地批评了大陶，要求陶郁加强督促，向其他4家虚心请教，力争缩短差距。

陶郁脸涨得通红，我们4家并没有幸灾乐祸，因为从蒋副所长的评价看，这回大家都铆足了劲，鹿死谁手尤未可知。

又扯了些无关紧要的话题，如研发中要注意技术人员身体，不能打疲劳战，公司方面不能把宝都押在桃色Ⅱ号上，要综合发展，多头并举等等，都是老生常谈的话，罗主任以前也说过多次，大家有口无心地应着，做好散会准备。

这时招标办一名工作人员捧着一叠材料进来，放到蒋副所长桌前，他拿起一份，态度很随意地说："上周卫生部组织各省药剂研究所开了一次会，主题是振兴民族产业，努力提高中成药的地位，会上提了很多具体要求，因为是内部会议，我不便转达会议内容，但对桃色Ⅱ号之类强肾健体的药剂，基本要求是至少含有一味中成药，虽不是硬性要求，考虑到桃色Ⅱ号是国家财政拨款，现在不未雨绸缪打好基础，将来申报费用会节外生枝……我分析了一下，第二阶段主配方中需要用沙氟醚霉素，据我所知只有美国欣奇公司生产……"

欣奇是诺贝伊顿的股东之一，詹姆斯赶紧声明："蒋所长，沙氟醚霉素面向全球市场销售，到目前为止没有接到一桩价格垄断的投诉。"

"我并无暗示诺贝伊顿能获得成本优势的意思，但沙氟醚霉素市场价居高不下也是事实，根据可控换原则，我建议用菰苷素代替沙氟醚霉素，这是招标变更书，大家先看一下，如果没有异议就在上面签个字。"蒋副所长道。

菰苷素是从菰苷中提炼而成，功效与沙氟醚霉素大致相同，具有杀菌、镇痛和解毒的功能，不过它与所有中成药一样，药效慢，疗程长，虽然价格低廉、副作用略小，还是被药品生产商和医院所弃用。它代替沙氟醚霉素，并不是以一换一那么简单，就好像修建到一半的房屋中途抽掉根大梁，很多地方需要重新组合、调整，甚至涉及整体结构。

詹姆斯和武宫正雄拿着变更书一脸凝重，久久不语，对他们来说在此节骨眼上更换配方成分并非好事，一是他们"合龙"进度较快，这意味着调整的工作量也相应提高，相反大陶倒捡个现成便宜，能在"合龙"前彻底解决问题；二是外企擅长西药解析和研究，对中成药却知之甚少——中成药研发费用很小，他们往往不屑一顾，不像德文等从小到大的私营企业，有活就接，因此积累了丰富的中成药研发经验。

蒋副所长太厉害了，一招击中要害，我不由在心里为他喝彩。

"大家有意见不妨提出来，可以在协商的基础上融通嘛。"他微笑道。

陶郁第一个跳出来："中途变更招标内容，增加了研发工作量，时间肯定不够用，我提议推迟投标截止时间。"

大陶还未"合龙"，已急得火烧眉睫，自然特别在意时间问题。

"可以，推迟10天够不够？"蒋副所长当即拍板。

10天只多不少，对我们已经"合龙"的公司而言，占便宜的是大陶，他只需四五天就能摆平。

陶郁喜形于色："谢谢。"

"还有什么意见？"蒋副所长环视大家。

武宫正雄嘴唇蠕动一下，随即紧紧闭住，或许他事先跟罗主任通过气，罗主任也像万主任一样，叫他多听少说，不要急于发表意见。

詹姆斯脸扭成一团，斟字酌句道："只要达到招标书上列明的功效，我不认同更换药剂成分的必要性，我的意思是说，诺贝伊顿宁可用价格高的沙氟醚霉素，反正贵方只看最终综合报价，我们可以在其他方面降低成本。"

蒋副所长笑容可掬："詹姆斯先生没有理解我刚才的话，作为中国自主研制的新药，基本要求是尽可能减少对国外公司的依赖性，我不妨作个假设——仅仅是假设，如果使用沙氟醚霉素的桃色Ⅱ号开发非常成功，成为全世界肾病患者的首选，恰好欣奇公司也在开发同类产品，为了限制桃色Ⅱ号的冲击，你说欣奇会不会逐步提高沙氟醚霉素价格，甚至中断供应呢？"

"但菰苷素也有被收购商操纵价格的可能。"詹姆斯强辩道。

蒋副所长还在笑，但目光变得锐利起来："让本国同胞赚钱总比受制于外国人好，适当的保护是国际惯例，美国人如此，日本人也如此，詹姆斯先生应该清楚这一点吧？"

詹姆斯还待说什么，项目经理乔治拉拉他的袖子，他咕噜了两句不再说话。

蒋副所长用征询的目光看看其他人，我爽快地签好字交上前，接着陶郁、邰伟豪也签字确认。詹姆斯情绪极差，鼻子不停地吸气，盯着变更书一动不动，乔治在旁边轻声劝解，磨蹭好一会儿才勉强签字。

只剩下武宫正雄了，他始终埋头打电话，说到最后见所有人都在等他，连忙站起身鞠了一躬："对不起，给各位添麻烦了，我刚刚跟会长通过电话，他的意思是变更书需经过我方律师确认，否则我不能签字，对不起，对不起。"

大家都愣住了，没想到武宫正雄拖到最后玩这一手，真是狡猾。

蒋副所长笑笑道："我理解武宫先生，不过变更书与招标书不同，未得到入围公司签字确认前不能流出去，麻烦吉田秋的律师到研究所来一趟，我们都在这儿等……小陈，帮各位续点水，再送些糕点过来。"

这回武宫正雄愣住了，他的本意是采用拖延战术，等罗主任缓过劲来反扑，没想到蒋副所长以己之矛攻己之盾，以变更书不全部签字不能流出为理由把所有人都拖住坐等，给他形成巨大压力。

陶郁首先发难，敲敲桌子说："武宫先生，吉田秋家大业大，分工精细，大陶却是手工作坊，校长兼校工，上课兼打钟，很多事等我回去做呢。"

我半阴半阳道："急什么？今晚蒋所长请客，请大家品尝研究所工作餐。"

蒋副所长笑道："就这样说定了，工作餐嘛肯定拿不出手，总之让各位吃饱、喝足。"

包括我在内都有个心思，趁罗主任不在多与蒋副所长接触，套套近乎，加深彼此了解，即使拿不下桃色Ⅱ号以后来日方长，遂一口答应。武宫正雄更加尴尬，狼狈不堪地跑到角落打电话，催促律师早点过来。

蒋副所长看看表，吩咐工作人员拿扑克给我们玩"惯蛋"，他回办公室处理些事，晚上陪我们用餐。他离开后各家总工程师陆续撤离——更换药剂成分，他们手中的事千头万绪，要赶紧回去梳理思路讨论方案，德文、大陶、梵非、诺贝伊顿组合成两桌玩了起来，只有吉田秋的人坐立不安，不时跑到门口张望。

我与陶郁打对家，对手是邰伟豪跟肖章。玩了会儿陶郁说："肖总，听说还没摆平那个姓唐的妞？"

邰伟豪漫不经心道："乙醚加酒精，捂在鼻子上10秒钟，就能让她昏迷40分钟以上，这段时间你可以为所欲为，等她醒来生米已煮成熟饭，再也骄傲不起来了。"

"太粗暴，太粗暴。"肖章连连说。

"要温柔也可以，去年陶总不是配了一剂催情粉吗？下在茶水里让她喝，5分钟后她就主动跑进你办公室了。"邰伟豪道。

陶郁悻悻道："该死的催情粉，为这事被工商局罚了3万块，把我心疼死了。"

我们哈哈大笑。

"最近邰公子有什么艳遇？"我怕肖章难堪，也不想唐雪漫成为公共话题，岔开道。

"就那样，每天换不同的女孩子，第二天醒来都不知道人家姓什么。"陶郁抢先说。

"那是过去的邰伟豪，现在我很专一，守着唯一的一个。"

我心一动，瞟瞟旁边桌上的詹姆斯，暗想他不会真跟姬小倩发生什么吧？这可不是好消息，会在某种程度上改变原有格局。

当下试探道："怎么，郜公子居然想结婚？"

郜伟豪深沉地说："正在考虑中。"

陶郁惊讶万分："结婚？这可不是郜公子的风格，哪个女孩子能让你这么着迷？什么时候介绍给我们看看。"

我注意到郜伟豪飞快地扫了詹姆斯一眼，心一沉：果然如此！

整个下午我的情绪因此大受影响，脑中不时闪现那天晚上姬小倩将我的手拖进被窝的一幕。奇怪，真奇怪，如果她真心跟郜伟豪好，为何诱引我上床？我拒绝后她又为何说我会后悔？

女人啊女人，你永远弄不清她在想什么。

晚宴开在研究所招待所，豪华包厢，标准很高，香烟是 1000 多元一条的黄鹤楼，酒是 15 年窖藏的五粮液，不仅如此，蒋副所长还把神龙见首不见尾的傅所长请过来敬酒，大家都觉得很有面子，气氛非常热烈。

蒋副所长逐个敬酒时与每个人都单独交谈几句，包括被搞得灰头土脸的武宫正雄，虽然听不清他说的什么，但每个人脸上都荡漾着愉悦，大领导的风范可见一斑。敬到我时他意味深长笑了笑，说小薄，我是讲信用的人吧？我赶紧说是是是，以后要麻烦蒋所长的事还很多。他说当然，我一直看好你。

两人碰杯一饮而尽，一切尽在不言中。

第二十七章 柔情似钢

由于喝得太多，第二天直睡到将近中午才到公司，刚坐下来钟律师就皱着苦瓜脸进来，捧着卷宗说："薄董事长，告诉你一个消息。"

"等等，"我一挥手说，"好消息现在就说，坏消息等到傍晚再告诉我。"

"丁栋根撤诉了。"

"什么？"我简直不相信自己的耳朵，"你说什么？"

"丁栋根撤诉，柏妮后天就能释放。"

"他……他为什么撤诉？"

"是他律师办理手续的，具体情况我也不知道，总之柏妮没事了。"

"可他……"

"司法诉讼瞬息万变，什么事都有可能发生，不必深究，"钟律师掏出发票，"回头叫方芳把律师费打到这个账号。"

"不是说友情赞助吗？"

他的脸更苦得难看："最近受金融风暴影响，生意萧条，事务所都快发不出工资了，你就当支援非洲饥荒儿童好不好？"

"你长得肥头大耳，一个相当于他们四五个呢。"把钟律师骂走后我看着发票陷入深思。

丁栋根为何大发善心撤诉，难道与蒋副所长有关？

方芳送来当月财务费用列支清单，上面注明唐雪漫因病假扣5天奖金，皱眉道："唐小姐这个……肖总什么意见？"

"本来程控室记的私假，肖总改为病假，补足工资和福利。"

见鬼，唐雪漫因窃取试管而受伤，应该算工伤才对，我拿铅笔在上面画了个圈，道："她的病假事出有因，不能扣奖金。"

"可是……"

我沉着脸把清单往桌上一甩："就这样定了!"

方芳不敢多问，低头拿起清单匆匆出去。

过了会儿唐雪漫过来，掩上门说："太过分了吧，奖金一分钱不少，他们都在私下不服气，其实我又不在乎这点钱。"

"因公负伤，按说还要贴医药费和营养费。"

"非公开操作，祸福自担。"

我笑笑说："于理应该，于情不符，我自有道理，由他们说吧。"

"可让我处境很尴尬。"

"那你请我吃饭好了，"说到这里我脑中灵光一闪，"你有没有为柏妮的事出面?"

她嫣然一笑："晚上吃饭时再说，你等着，地点由我定。"

中午吃过快餐闲来无事，踱到各个办公室巡视，经过财务部时见几个人围在方芳身边窃窃私语，心中不悦，暗想不就是多了点奖金，怎会让一群白领妒忌成这样? 悄悄掩到背后，听了句"平时舍不得这么用"，员工们见了我大骇，一哄而散。

"什么情况?"我气冲冲问，劈手将方芳手中单据夺过来，看了之后顿时一呆:

肖章的借款收据，他以个人名义向公司借款 5 万元。

肖章的财务状况我是了解的，跟我一样在上海白手起家，一直过着紧日子，最近几年稍微宽裕些，年薪三四十多万元，另外还有分红，不过上海房价的上涨速度远远超过收入水平，就他的这种收入在内环也买不起房，挑挑拣拣在浦西买了套小高层，130 平米 240 万，他还笑着说不贵不贵，好像捡了块大元宝，真是贱骨头——说是如此，还是借了 120 万元住房组合按揭，成为彻彻底底的房奴。之后他一直贯彻省吃俭用的原则，很少在外面灯红酒绿，铺张浪费，也不参加公司员工之间的宴请——他担心要回请，是有名的铁公鸡。

这么勤俭节约的人居然借款 5 万元，着实罕见，难怪员工们议论纷纷，连我都有些吃惊。不过身为总经理，他有权批准 5 万元以下的借款，或许就是看中这一点，才不多不少正好借 5 万元。

他不想让我知道! 我脑中闪过这个念头。

作为出生入死，共同把德文打造成一流药剂研制公司的老伙伴，多年来我和肖章坦诚相待，经营决策、财务预算、市场拓展甚至私生活都不欺不瞒，因此才合作到现在。为把德文做大做强，我们研究过很多现代企业案例，制定了一系列规章制度，目的在于堵住财务漏洞。费用和借款是私营企业需要严防死守的两个重点，很多单位——开始还算成功的私营企业，并非败于市场竞争，而是祸起萧墙，被巨额费用和人情借款拖垮。鉴于此我和肖章约定原则上不同意员工借款，如果因为生活窘迫或周转问题确实需要，总经理只有5万元权限，董事长有10万元权限，10万元以上需经董事会研究——董事会还不是我说了算？说白了就是层层打坝，让借款人知难而退。

然而肖章自批自借倒是当初没想到的，倘若他每个月都借5万元，一年就是60万，也是笔不小的数目。

他借钱干什么？

想找肖章谈谈，他却身穿白大褂，脸戴消毒口罩泡在研发中心，跟黄总等人激烈辩论着什么，在门口转了好几个来回还是没进去，遂提前驱车离开公司。

"你迟到了，董事长。"

走进茶座包间，唐雪漫已意态闲悠坐在里面喝茶，我找碴道："没到下班时间，你早退了。"

她拎起小挎包道："方经理让我跑了两个单位，出外勤不受劳动纪律约束。"

这也是，自从她成功从丁栋根手里讨回欠款，所有往来账全部由她跑，目前为止效果显著。

"丁栋根撤诉了。"我说。

"我知道。"

"你出面摆平的？"

她转了转杯子："前天过去时他正在办住院手续，我拍拍他的肩膀说丁院长，得饶人处且饶人，明白吗？他说明白，然后我就走了，结果今天听到他撤诉的消息。"

"你非把惊心动魂的事描述得如此简单，除非受伤才说实话？"

"……你对我了解得够多了，早已超越应有的界限，其实你也猜到我进德文是个阴谋，我们之间应该是敌对关系，而不是坐在一起吃晚饭。"她显出少有的苦恼，"从明天起我们还恢复到开始时的敌意吧，那样让我

160

安心些。"

我饶有兴趣看着她："哦，你认为我们正滑向道德的深渊？"

"我有大眼睛男朋友，他既是我的人生导师，又是师兄、行动负责人，你有容小米，虽然暂时分手，终究还会回来跟你破镜重圆，我想，我们……世上根本不存在红颜知己，男女之间除了玩暧昧不可能有更清纯的事，忘了我吧，我是个危险的女孩。"

"我喜欢冒险，"我目光咄咄逼人，"你劝我跟容小米分手，得逞后却想全身而退？"

"我是就事论事，她任性，你霸道，你们不是一个好组合。你伤心难过并非因为她离开，而是她不打招呼就离开，让你有种被抛弃的感觉。"

"我经常被女孩子戏弄，这不是第一次，比如你不也设过圈套吗？"

唐雪漫似乎急着与我拉远距离："对不起，我不想再过问你的事……我管得太多了，处境越来越困难，我必须尽可能低调，在适当时候做自己的事。"

"等德文完成'合龙'那一刻猝然出手，抢走所有数据资料？凭你的身手，德文员工加起来都抵挡不住。"我冷笑道。

"事情不是你想象的，"她措辞谨慎，"我还是那句话，德文绝对是受益者，其他我不能透露更多。"

我叹了口气："我以为我们的关系——可以算生死之交吧，足以让你说真话。"

"对不起，这是我的底线，就像你为了德文可以牺牲一切，包括容小米。"

这话深深刺伤了我，我强按怒火瞪着她："就像大眼睛男友为了任务宁愿牺牲你，他明知让一个漂亮女孩执行任务会带来什么后果！"

"他不过是整个策划中的一颗棋子，身不由己。"她辩解道。

"如果他真的喜欢你，爱护你，早应该和你远走高飞过幸福的生活，而不是甘心做傀儡木偶，永远受别人操纵。"

她低下头沉默不语，黯然道："你想得太简单，其实……我们考虑的比你的复杂得多，那伙人势力非常强大，对付叛徒手段也异乎寻常地残忍，我们顾虑很多……你说得对，桃色Ⅱ号是个机会，但存在诸多不确定因素，我不想节外生枝，唉，这是我一个人的事，请你别掺进来好不好？"

"这几天跟他联系了？有没有大吵一场？"

"没有。"

"他没问你为什么突然失踪好几天？"

"除非我愿意说，否则问了也没用。"

我哑然失笑，唐雪漫打死不开口的脾气强如职业杀手也拗不过："你不在的时候他会不会找别的女人？"

这是我精心组织的带有三重意思的问题，一是试探两人是否保持性关系，二是试探大眼睛男友——职业杀手的人品，三是看他在她心目中处于什么位置。

她茫然眨眨眼："他在上海人地生疏，没有朋友。"

"我的意思是女人，男人总离不开女人。"

她耸耸肩，不发表意见。

菜已冷，茶已残，两人离开茶座，她想叫出租，我坚持要送，她踌躇一番还是答应了。到楼下后她下车道别，我非要陪她上楼。她有些惊慌，坚决不肯，我开玩笑说董事长参观员工宿舍都不行？放心，就算有企图也打不过你。她抿抿嘴，很勉强地说就坐一会儿，不准超过5分钟。

老天，还有这样要求客人，而且是自己的上司。然而偏偏就有这么冷漠的女孩，又偏偏遇到我这样的人。

进了门，客厅布置与上次进来时一样，简洁实用，没有多余的装饰，更看不到女孩子屋里常见的布艺玩具和花花绿绿的东西。

"拿什么招待客人？"我舒舒服服在沙发上坐下，笑着问。

她拉开冰箱，翻翻抽屉，又跑进卧室找了会儿，两手空空出来说："不好意思……要不你早点回去休息？"

我哂笑道："上回你指责容小米不懂得经营家庭，冰箱里没有内容，现在看来是宽以律己，严以待人。"

她俏脸微红，争辩道："之前我连续五六天不在家，哪有时间购物？"

我微微一笑，信步走进卧室，里面只有床、梳妆台和小小的书架。书架是三角铝合金架组成，上下4层，每层排列了10多本书，细细一看全是计算机应用和数码技术方面的书，深奥晦涩，暗想好端端的女孩子成天看这些东西，难怪变得不解风情，随手抽了一本说："借我看看。"

她惊讶道："你对这种内容感兴趣？"

一看原来是《妇科常见病预防及治疗》，急忙换了一本《微拓扑结构在局域网中的应用》，道："这本总行吧？"

她接过去翻了翻，蹙眉道："微拓扑是应用范围很窄的冷门技术，对你来说没太大作用，我也只是偶尔看两眼……"她翻了几页似乎被什么内容吸引住，盯着看起来，站的位置与我只有一拳之隔。虽然她从不用香水，还是有股隐隐的香味在空气中浮动。脱去外套的她曲线毕现，尤其是高耸的胸部，伴随她细不可闻的呼吸上下起伏。蓦地我腾起一股冲动，一把搂住她的腰。

"别——"她惊呼一声，捏住我手腕欲有所动作。

我贴在她耳边道："上回你偷袭吻了我，难道我不能报复一次？"

她表情放松下来，闭上眼道："一次还一次，我们互不相欠。"

"时间间隔太久了，要加利息。"我用力把她扳过来，两人的脸几乎贴到一起，她的呼吸急促而杂乱，全然没了平时的冷静淡然，词不达意道：

"我……你……别乱来。"

她双手按在我胸口向外推，却好像使不上劲，被我越勒越紧，最终身体紧紧贴在一起，香甜气息中我一口衔住她的樱桃小嘴，一接触她嘤咛一声无力瘫软在我怀里，目光充满迷乱和惘然。我单手摸到她腰间滑如凝脂的肌肤，瞬间她陡地清醒，迅速将我推开，跌跌撞撞坐到床边发了会儿呆，低声说："你走吧。"

"雪漫……"我上前两步。

她的态度渐渐坚定，表情恢复素日冷淡："别靠近我，快走，快！"她疾步从我身边过去，到客厅拉开门。

想不到局势急转直下，我试图挽回一下，慢吞吞道："太晚了，一个人开车很危险，我睡沙发如何？"

她不愿多说，摇摇头做了个请君出门的手势，无奈之下只得整整衣服，强装微笑地走出去。

第二十八章　阴谋背后

后来我以回请的名义邀请唐雪漫吃晚饭，她一概拒绝，说那是最后一次，以后不可能发生那种情况。

什么情况？我故意装糊涂。

她脸颊飘起两朵红晕，说我是个危险的女人，别靠近我。

拘留期满那天，我亲自开车去接柏妮，她感动得一塌糊涂，伏在我肩头哭得稀里哗啦，看守人员误以为我是她男朋友，私下议论说长得还可以，就是老了点。

"送你回家？"上车后我问。

她迷茫地看着前方沉默不语，车开出好久才说："我不想再在上海待下去，准备明天就回江西老家。"

跟任珺一样，受到挫折后对上海产生憎恨心理，这是一种情绪转移。

"先回去洗个澡，好好睡一觉，也许明天又有新想法。"

"薄董事长……你对我太好了，我真的、真的很感谢你，"她顿了顿，"本想临走前一刻说出真相，但明天我打算悄悄离开，不打扰任何人……"

我意识到最重要的时刻即将来临，遂放慢车速。

"其实我是坏女孩，我是武宫正雄在德文的卧底，"她低着头一口气表明真实身份，双手使劲绞着衣角，"我的男朋友叫吴越，在移动公司工作，因为好赌欠了一屁股债，其中还有高利贷，正当走投无路时武宫正雄不知怎么知道了，主动掏钱还掉赌债，条件只有一个，叫我伺机窃取德文研发数据，起初我不肯，吴越跪下来求我，还当我的面割腕自杀，我舍不得他，就……就答应了……"

难怪去年底今年初接连丢掉四个标，原来是柏妮在其中作祟，幸亏她是普通文员，没有红牌资格，不可以随意出入研发中心，不然麻烦更大。

她偷偷瞟我一眼，见我神色如常才继续说："后来我心理压力越来越大，特别是董事长……你对我们越好我心里越难受，好几次在你办公室门口徘徊，想主动交代，可，可武宫正雄说一旦做了卧底终生都洗不白，必须干下去！不仅如此，他给的钱也越来越少，我和吴越非常恨他，后来又有人找到吴越，开出大价钱购买情报，要求也很宽松，凡卖给武宫正雄的数据复制一份就行……"

"他是谁？"

"吴越不肯说，那个人很谨慎，只跟吴越单线联系，而且每次接头都换地点，搞得很复杂，"她叹了口气，"后来联系的人愈来愈多，吴越忙不过来，才让我跟鲁晓军接头，然后吴越再通过其他渠道送给上家……他知道我单纯，心里藏不住事，所以保留了很多秘密，说其实这是保护我，有些事知道得越少越安全。"

"确实如此，"我叹息道，"除了吴越，你没有跟其他人联系过？"我想到 Suring 酒吧的换包事件，如果她说没有，证明还没说实话。

"再后来情报网又作了调整，吴越作为圈外人搅在里面让人缺乏安全感，因此只负责外围活动，而我成了鲁晓军的上家，我的上家则是梵非的季敏……"

"嘎"，我一脚踩下刹车，后面一辆车差点追尾，绕上前骂了两句。

"怎么了，董事长？"她关切地问。

"没，没什么，你继续说。"我擦了擦额头上的冷汗。

"总之流程就是这样，鲁晓军把情报给我，我把我窃取的情报加上他的一起给季敏，季敏再给谁就不知道了。"

"从德文辞职也是计划中的一环？"

"当然不是，"她想了想，"大概 5 月中旬，吴越不在家，有一男一女借口推销保险骗我开门，然后拿出我跟鲁晓军、季敏接头的照片，我吓得六神无主，问你们想干什么？男的说很简单，你明天就辞职，什么事都没有，否则，将有三家公司找你麻烦，后果，嘿嘿嘿，无须我多说吧。女的则翻出法律条文，告诉我若被告上法庭要判多少年，我真被吓住了，稀里糊涂答应下来，第二天就办了离职手续。"

"是唐雪漫？"

"后来我才知道有个冷冰冰的女孩接替我的工作，偷偷跑过去一看，果然是她……董事长，唐小姐很厉害的，一定要提防她。"

嗯，是很厉害，寻常人等难以近身，就算近身也做不了什么。

"辞职后吴越对我日趋冷淡，每次打电话都借口工作忙，其实是怪我不跟他商量就辞职，导致上家不再信任他，同时鲁晓军、季敏等人也顾虑重重，担心我没有公司束缚，容易泄露秘密，因此上家开始运筹找人替代我，直到上个月正式通知说不需要我干了。再后来吴越约我到红磨坊娱乐城见面，提出分手。连续遭受打击我情绪失控，跟他大吵一场，还闹出那么大事……"

真相终于揭晓，季敏是潜伏在梵非的内鬼，而吴越则是需要重点关注的对象。另一个重要信息是，唐雪漫跟这个情报网无关，是横空杀出来的黑马，但她的背景仍是个谜。

将柏妮送到家，看得出她很伤感，对我也十分愧疚，上楼前主动拥抱了我一下，流泪满面跑开了。

车子开出一段后停到路边，我需要冷静下来慢慢理清混乱的头绪。

整件事中德文、吉田秋和梵非是受害者，对手高明之处在于以毒攻毒，除季敏的身份不太明确，柏妮和鲁晓军都是双面间谍，这样即使暴露一层身份，反而能掩护更深层次的秘密，而且事发后受害者有苦说不出，就像我和武宫正雄，只敢暗地里生气，不敢拿他们怎样。

剩下大陶和诺贝伊顿。

是大陶吗？不太像。倘若大陶拥有如此隐秘的情报网，早就进入"合龙"，无须至今还苦苦挣扎，更无须动辄找我和邰伟豪联手。

然而诺贝伊顿……在我设想中它是最不可能搞鬼的公司，一是雄厚的研发力量，一是严谨的财务制度。

眼前交替闪现陶郁和詹姆斯的面孔，还有徐教授，那个家伙不知什么来路，私人实验室里居然有桃色Ⅱ号药剂味道，再加上唐雪漫，冷艳而神秘的女孩，几个人把我搅得一团乱麻。

手机响了，是小杨打来的，报告说吴越在秦淮路月亮湾酒吧与某神秘女约会。

接到肖章委派后，他夜以继日盯在吴越住宅附近，所以稍有动静就能在第一时间掌握，我怀疑小杨如此敬业并不全为了钱，而是兴趣使然，他对盯梢、跟踪、刺探情报有种发自内心的热爱。

看看时间，已将近中午，从这边赶过去要穿过闹市区，路况不好加上交通高峰，快则40分钟慢则一个小时，黄花菜都凉了。当下拨打肖章的手机，无人应答，打到公司询问，说肖总半小时前就离开了，没交代去哪儿。

这家伙怎么也鬼鬼祟祟起来？我悻悻挂断电话，决定尽力而为，起码看看月亮湾酒吧装修得如何。

紧赶慢赶来到秦淮路，迎面看到小杨驱车返回，唉，还是迟了一步。会合后小杨调出数码相机里的图片，由于距离较远，吴越和接头女人又始终没有正面对着镜头，只能看个大概。那个女人比吴越矮半头，约一米六七左右，可能为了遮人耳目，她戴着宽沿边帽子和墨镜，外面罩着宽大的风衣，给人一种神秘感。我注意到她拎的包：佐丹妮黑色花边小拎包。

正是上回在 Suring 酒吧与柏妮交换的，她进去时带着苹果棕色拉丝褶皱包，后来换给了柏妮。

她不是季敏，季敏是辽宁人，具有东北女孩的典型特征，身高一米七，体型高挑匀称，看上去非常结实。

佐丹妮小拎包先由柏妮换给季敏，季敏又在后来的情报传递中换给这个女人，真是一次有意思的旅行。

"根据你的观察，他们俩熟不熟？"我问。

"嗯——"小杨想了想，"我跟踪吴越过来时为了防止暴露，车子向前开了一段才掉转过来，进酒吧后发现两人已躲在偏僻的角落里交谈，所以那个女人应该先一步就到了，从说话的神态看，两人以前打过交道，但不算太熟悉，表情都很严肃，由始至终没笑过，四五分钟后女人先离开，吴越叫了两瓶啤酒自斟自饮，几分钟前才结账走人，他情绪不太好，眼睛直勾勾盯着酒瓶，过会儿咕咚一口，再过会儿又咕咚一口，有借酒浇愁的味道。"

小杨已有专业侦探的水准，观察得细致入微，连对方心理都揣摩透了。

"这期间他有没有接打过电话？"

"没有。"

柏妮明天就离开上海，按说应该打电话告别一声；如果没打，吴越情绪又为何如此糟糕？

我想了想道："辛苦你一下继续盯着吴越，我有种预感，今晚柏妮会约他见面，最好能偷听到谈话内容，因为一激动会把很多见不得人的事情都抖出来。"

"就怕他们到迪厅或酒吧，这些地方人多嘈杂，不利于监听，"他凑近我悄声道，"我看中一款远距离无线窃听器，只有苍蝇那么大，能吸附到任何物体上，50米之内清晰得好像在耳边说话，就是价钱高得离谱……"

"买，现在就去买，回头找我报销，"我眼睛眨都不眨，"别虚报，网上可以查到价格。"

他笑道："当然，现在做什么事都要讲究诚信，我又是出了名的实诚人，心眼特实在，从来不懂得耍花招。"

我似笑非笑："是吗？上回为监视唐雪漫买的那套设备把肖章斩得血淋淋，至少有20％的水分吧？"

"那个……包括人工成本、安装费和辛苦费嘛……"他越说心越虚，声音也小了下来。

我笑道："反正是他买单，我才不管呢，但下回不可以这样了，人家日子也过得紧巴巴的，还向公司借钱呢。"

"不会吧，"小杨诧异道，"昨天夜里还看到他跟一个女的到普亚罗吃饭呢。"

我一怔。

普亚罗是上海滩顶级餐厅之一，排名绝对在前十名，以浪漫昂贵的法国大餐著称，里面侍者是清一色的意大利帅男，个个一米八以上，澄蓝忧郁的眼睛简直迷死人，不过小费也吓死人，据说守在洗手间门口递纸巾的一个晚上就有七八千。食物全是原产地当天空运，比如法国鹅肝、澳洲龙虾，绝对是当天早上从法国和澳洲机场起飞送达，对口味挑剔的人来说，多花点钱不算冤枉。

我吃东西也很挑剔，但从没踏入普亚罗半步，因为兜里的钱不足以支撑这种奢华。我想肖章也消费不起，总经理的年薪比董事长低1/3，还有雷打不动的房贷月供，前一段时间他嚷着油耗大，要把奥迪2.4卖了买辆奥拓1.4，说反正在上海市区速度上不去。我没好气说你干脆骑自行车好了，跟加油站断绝关系，还能健身。

连汽油都舍不得用的肖章居然到普亚罗潇洒，是不是哪根筋搭错了？

"女的是谁？"

"没看清楚，当时已是凌晨一点多钟，我正好从浦东机场载客回来，在普亚罗门前一闪而过，谁想到肖章跑到那儿嘛。"

"夜里一点多钟到那种地方消费，莫非他买彩票中了 500 万？真是吃饱了撑的……"我愈加疑惑，"前几天他借了 5 万元，难道就为吃这顿饭？"

小杨大笑："借钱请客吃饭，除非肖总泡了个富二代。"

"哼，富二代还要他买单？这件事不同寻常……"说到这里我遍体生寒，桃色Ⅱ号研发愈接近尾声，我身边发生的事愈发怪异，亿元大标，这个亿元大标会暴露多少人的丑陋嘴脸，又会揭示多少深度隐匿的秘密？

沉思良久，我深沉地说："眼下局势错综复杂，我能信任并依赖的只有你，如果你再背叛我，薄仕真成孤家寡人了。"

小杨没料到我竟然说出这样的话，激动得差点掉泪，连忙说："董事长……"

"你我兄弟一场，别叫得这么生分，以后直接叫薄仕，不然我跟你急。"

"唉……几年前我因交通事故赔掉一大笔钱，最困难的时候是你帮了我，不仅让德文员工全叫我的车，还推荐给旭晨大厦里所有公司，正因为你我才走出低谷，看到人生的希望，你说，你说我怎么可能……直说了吧，薄仕，从现在起，只要有用得着我的地方，哪怕干坐牢杀头的勾当小杨也在所不辞！"

我紧紧握住他的手："有兄弟这句话，薄仕不枉在世上走一遭。"

第二十九章　柏妮之死

没有女人的屋子冷冷清清，少了往日的温馨和安宁，处处觉得别扭。烧开水、拖地板、整理沙发上的杂物，拾掇了半天才坐下，边看新闻联播边吃方便面。这时小杨打来电话，说吴越去了柏妮家。我微一沉吟说我马上过去陪你一起监听。

并非不相信小杨，傍晚我设计的兄弟情感戏已深深打动了他，以后理应死心塌地成为我的得力助手，关键是担心吴越和柏妮年轻气盛，争执起来容易闹出事儿。

柏妮租在邻街的商务大厦四楼，赶过去时一眼看到小杨的车停在她窗户下面，钻进车里，他正戴着耳机听得津津有味。看来远距离无线窃听器已派上用场，而且效果不错。

我问道："什么情况？"

他递过一只耳机："柏妮主动打电话给吴越，说明天清早回江西，临走时想跟他谈谈。吴越一听主动过来了，这会儿还好，他抱定主意不开口，任凭她埋怨、发泄，暂时没什么有价值的东西。"

"柏妮离开对他、对这张情报网都有好处，吴越当然不敢节外生枝，生怕她突然改变主意。"

我说着戴上耳机，里面还是柏妮在说话。

"……别以为我不知道，你就是迷恋那个狐狸精，她一笑你骨头都酥了，所以才屁颠屁颠地跟在人家后面卖命，可惜人家根本瞧不上你，连话都懒得多说。"

"别乱说好不好？她没有搅进这桩事，两次在酒吧都是偶遇，再说她长得漂亮关我什么事？上海的漂亮女孩多得是，她不算特别出众。"吴越忍不住辩解。

"帮她掩饰是不是？其实她就是上家，也是情报网的源头，只不过身份特殊，你怕我乱说才一直瞒着，"柏妮冷笑道，"其实我早有察觉，只是懒得多问罢了，可她不该在我们之间插一杠子，挑唆你离开我……"

"分手是我自己的决定，关她什么事？不要乱想。"

"那天下午你们俩偷偷跑到雪莱雅茶座见面，晚上你就提出分手，不是她从中作祟么？"

吴越很镇定："那天我是跟上家见面，但不是她，而是另有其人，前后不到5分钟。"

"骗人！你分明受她蛊惑才甩了我，因为她妒忌我年轻，可以为所欲为，不像她明明坏到骨子深处，表面还装淑女……"

"柏妮！你都扯到哪去了，纯粹一派胡言！"吴越生气地说，"我再强调一遍，她不是上家，也不是这个圈子的人，你乱说的话人家会找你算账！"

柏妮轻蔑地说："我才无所谓，反正我现在一无所有，明天又要离开上海，说了又怕谁？等着瞧吧，一颗定时炸弹即将引爆，到时会把你们炸得粉身碎骨，死无葬身之地！"

我和小杨对视一眼，吴越也警觉起来，忙不迭问："你想干什么？既然离开就干干净净地走，别留尾巴，否则对大家都不好。"

"我是坐过牢的人，天王老子都不怕，就算同归于尽又怎么样？"

柏妮口气越来越强硬，吴越显然意识到问题的严重性，紧急寻思对策，耳机里暂时没了声音。

小杨悄悄道："莫非她往有关部门寄了举报信？"

我叹道："她毕竟还是任性幼稚，若只是吓吓吴越，这一招根本没有效果；若真的举报了何必说出来自讨苦吃？"

吴越突然开口说："就算你每次传递数据都录像录音，在法律上也构不成证据，因为传递时我们根本不提与数据有关的内容。"

柏妮得意扬扬道："但我把所有经手的数据都做了备份，随时可以作为呈堂证供！"

我身体一震，摘掉耳机道："快上楼，要出事！"

小杨也意识到不好，匆匆下车跑到我前面，嘴里嘀咕道："傻丫头，这不是摆明了找麻烦吗？真不知她怎么想的……"

大厅3部电梯都高高在上，看来一时半刻别想下来，我一跺脚，拉

171

着他从楼梯上去，咚咚咚爬到3楼拐弯，耳边隐约听到一声惨叫，我连忙问小杨听到没有，他摇头说没注意。气喘吁吁上了4楼，眼角瞥见有个人影拎着大包闪进对面安全通道，暗叫不好，连忙跑到柏妮的房间，门虚掩着，小杨一脚将门踹开，赫然见到柏妮仰面朝天躺在地上，胸口血肉模糊，身下汪着一大摊血。我想进去，小杨拦腰抱住，贴着耳朵说赶快报警，叫救护车，别留痕迹，否则让警方盯到浑身长嘴也说不清！

"追吴越，他是凶手！"

我醒过神来，小杨叹息说恐怕来不及了，两人跑到走廊向下看，只见吴越拎着包在街上狂奔，不一会儿便消失在夜幕中。

"完了，包里一定有备份数据。"小杨道。

我道："当然，她说明天离开上海，又说随时能提供证据，不等于告诉吴越备份数据放在旅行包里准备带走嘛，唉，傻丫头……"

想到她躺在血泊里的惨状，心中一阵恻然。

回到车上分头打电话，过了会儿警车和救护车先后呼啸而至，小杨连忙开动车子向相反方向开去，开了一阵才问："接下来怎么办？"

"人命关天，吴越必定会连夜出逃，这边的线索是断了，明天开始你负责监视肖章，弄清楚跟他一起的女人是谁，我有种奇特的预感，她或许就是柏妮嘴里的狐狸精。"

"监视肖总？"小杨眼珠快瞪出眼眶，显然十分意外。

"对。"我简洁应道，并不多加解释，由于经常用车，肖章与他相处得也不错，但我自信傍晚那出戏的效果，它实际上就是铺垫，为我此刻的要求打下伏笔。

小杨脸上阴晴不定，思想剧烈斗争了一阵道："没问题。"

我长叹一声，满脸倦容道："这段时间辛苦你了，没办法，两亿元的标诱惑实在太大，接下来还会上演很多闹剧，很多……"

经过一夜抢救，柏妮还是死了。她的死在药剂界引起轰动，网络上有流言说她是双面间谍，伙同他人窃取德文和吉秋田的研发数据卖给神秘上家。一时间电话不断，都是询问或打探内情的，记者也闻风而至，只要我一露面立即长枪短炮围上前，各种刁钻的问题扑面而至：

"请问柏妮是自愿辞职还是被迫，之前德文是否发现她行为异常？"

"她的死与窃取情报有无联系？"

"您认为诺贝伊顿、梵非和大陶三家谁最有可能是幕后黑手？"

"网上说她是双面间谍，是不是意味着德文也利用她窃取吉秋田的情报？"

"请问……"

警方也高度重视，专门把我和武宫正雄叫到刑警大队，我明知网络流言十有八九是武宫正雄所为，他不甘心吃暗亏，想把事情捅大以彻底清查，表面还得装出与他同病相怜的样子，在调查人员面前痛诉数据泄密带来的恶果，结束时警察取了我们的指纹和脚模。我暗暗心惊，幸亏那天晚上小杨阻止我进屋，否则真会成为重点嫌疑对象。

随着网络炒作和媒体关注，吉秋田的鲁晓军、梵非的季敏都顶不住心理压力相继失踪，从而反过来推波助澜，愈发引起外界关注——桃色Ⅱ号亿元大标究竟激活多少商业间谍前赴后继投身到这场激烈的竞争中？有人甚至提议暂时冻结这个项目，使阴谋诡计不能得逞。

虽说都是外行乱弹，形成的社会影响和舆论压力可想而知，过了几天蒋副所长召集5家入围公司负责人紧急磋商，说外界对桃色Ⅱ号高度关注，研究所招标办工作人员的工作生活，以及招投过程中的细节都无限放大在公众视线内，严重干扰研究所正常工作的开展，鉴于此，为淡化影响，保证桃色Ⅱ号研发质量，研究所向市委相关主管部门请示后决定，将第二阶段投标截止日期再延期一个月！

话音刚落，所有人的目光都投到陶郁身上，他尴尬一笑，自嘲道："大陶又是收益者，眼下成了龟兔赛跑，跑得快的等于跑得慢的，最终皆大欢喜。"

话虽如此，由于大陶实力最弱，连"合龙"准备工作都没做好，对其他4家基本没什么威胁，无人怀疑其中有猫腻。

"这是所里迫不得已采取的下下策，请各位谅解，"蒋副所长严肃地说，"再一点是安全问题，研发时间宽裕了，能让大家更好地推敲完善，把方案做到滴水不漏，但'合龙'后的氢氟铷醋酸试剂和数据保管是个难题，我不清楚柏妮的死是否与情报有关，联想到第一阶段时德文辅方数据失窃，大家要警钟长鸣，确保把研发秘密保留到最后一刻。"

散会后几家负责人罕有地没有谈笑，呆板着脸各自上车驶出研究所。可以想象——特别是詹姆斯和武宫正雄怨气有多大，据任珺透露吉秋田已进入"合龙"尾声，估计诺贝伊顿也差不多，德文和梵非顶多晚十天，研究所等于让大家把烫手山芋捧在手心，看谁挨到最后。

这当中变数太大了。

桃色Ⅱ号第二阶段竞标，说穿了不是考你会不会，而是比较药引——氢氟铊醋酸投资最少疗效最好，是智慧与技术的较量，好比奥数比赛，同样一道题目，有的学生用满满两页纸，画若干道辅助线，列几十道公式才求到结果，有的学生寥寥几行就解决问题，水平高低一看便知。我们5家入围公司差距虽没那么明显，但内行人，尤其像蒋副所长这种专家，眼睛一扫就能掂出分量，至于专家评审不过是走过场，把无形的差距数字化，让外行人看得懂。

由于大家都是在封闭状态下各自研发，除了极少数必需品和研究所指定药剂，如菰苷素，其他方面选择面相当广泛，有多达数百种药剂或化合物，出于时间关系，根本来不及一一配制、做实验、写分析报告，只能凭经验，结合理论知识作一个综合评估，意向性确定研发方向。这里面学问很大，直接取决于研发人员的素质和功力，好的配方令人拍案叫绝，差的配方乍一看也可以，可就是说不出的难受，好像隔靴搔痒，终究缺了一点什么。

刚才提到辅助线，是的，研发药剂就像做几何题，尽管你辛辛苦苦画了若干根辅助线才做完，可偷眼看同桌只用两根辅助线就OK，思路便豁然开朗，肯定能想到更好的解题办法。就像黄总等人迟迟进不了"合龙"，一瓶吉秋田实验试剂便打开思路。

因此对入围公司来说，其他公司的研发数据就等于同桌的辅助线，可以帮助自己拓展思维，撷取其精华，优化配制方案。

我想，恐怕没人愿意做这样的活雷锋。

车子开到一半时蒋副所长打来电话："小薄，你对今天的决定有什么看法？"

木已成舟，还能说什么？

我以轻松的语气说："大陶最开心，其他几家都差不多。"

"大陶不足为虑，从时间上讲德文和梵非占点便宜，当然最终得利的还是德文。"

我的心扑腾一跳，勉强笑道："为什么这么说？"

"不多说了，总之我答应的事一定做到，就像你一样，再见。"

第三十章　生死火拼

　　竞标日期延期的事我只跟肖章通了下气，没有告诉黄总，眼下是"合龙"关键时期，千万不能泄气，松懈下来再想紧就难了。肖章一如既往守在研发中心，跟一班技术人员做实验、探讨配方、研究方案。我注意到这段时间他很少纠缠唐雪漫，即使遇到也只简短地打声招呼，全无往日诌媚之态。

　　是不是因为夜里一起去普亚罗的女人？我打电话问小杨进展如何，他说暂时没发现新情况。

　　随着"合龙"日益进入尾声，各入围公司的气氛都紧张起来，不约而同采取全程封闭措施，在大厦里包下几间套房供研发人员吃住，除了卫生间，24小时全方位监控，手机全部上缴，只提供一部电话与家人交流，但谈话内容全部录音，互联网自然被封掉，他们所要做的就是研究、研究、再研究。

　　我暗下与姬小倩和任珺联系，指示她们不惜一切代价——反正到了鱼死网破的时候，成败在此一搏，就算被发现了也无所谓，要在第一时间把氢氟铷醋酸试剂和数据搞到手！

　　姬小倩爽快地答应了，还开玩笑地让我提前做好肖章的思想工作，免得他感情上接受不了。任珺则有点畏难情绪，说这些日子武宫正雄像疯狗一样，见谁咬谁。我安慰说没关系，这是他最后的疯狂。

　　肖章一直不肯交代上回挽留她时作过什么承诺，总之一定让任珺存在某种期盼，我不想让肖章难办，开诚布公说这件事一结束给你20万，迅速离开上海，以后随你干什么。任珺嗯了两声就把电话挂了。

　　9月8号，"合龙"进入倒计时，肖章宣布所有员工取消休假。

　　9月9号，肖章要求员工们中午统一在公司吃盒饭，不准擅自离开。

175

9月11号傍晚，肖章通知所有员工加班，实际上要等"合龙"结束后才能恢复自由，因为宁工已在黄总的指挥下合并数据。

相比之下我倒成了闲人，"合龙"阶段公司中止所有业务，无须我出面洽谈、公关，技术方面又插不上手。唐雪漫还是一如既往拒绝我，就像几个月前拒绝肖章一样，我怀疑这是不是她采取的一种策略，先诱引男人上钩，然后冷冰冰拉开距离，让人朝思暮想，因为得不到的东西才最好。

然而想到那个不太真实的吻，我又有些动摇。

两天前容小米工作的报社有位相熟的编辑给我打电话，说她悄悄去过单位，办理了离职手续，人事部经理说她精神还不错，而且透露找到一份新工作，但没有说更多细节。

这就好。我松了口气。

感情这个东西会随时间的推移而淡化，最终消为无痕。老实说倘若容小米突然回来，我都不知道该怎么面对。破镜重圆固然是好事，毕竟有道不可弥补的裂痕，何必勉强？我宁愿将那段感情尘封在最深的记忆中，等到老得走不动时对着夕阳重拾往事，回味生命中曾经出现过的女人。

肖章办公室成了主战场，员工们进进出出，或汇报工作，或让他在各种材料上签字，或请示技术上的处理细节，桌上、椅上、地上堆满了各种文件、资料和文档。闹哄哄中唐雪漫走到他桌前，声音不高不低说肖总，我想请假到医院输液。肖章正忙得焦头烂额，头也不抬说早去早回，保持通信畅通。唐雪漫应了一声出去了。

唐雪漫没看到我，我正坐在角落里看报纸，前面挡着两名整理档案的员工。

我当即警觉起来。

现在的情况与第一阶段辅方数据出笼何曾相似，"合龙"完成之际就是她行动之时，当然今晚她的目标也许不是德文，不过我更感兴趣的是她会挑选哪一家先下手。

从监控里看她出了大厦正门，我立即下电梯从后门出去，通知小杨把车开到后面——我早预料这几天要出事，让小杨守在楼下随时待命。车子拐出巷口时唐雪漫刚好叫了辆出租车向西驶去。

穿过两条街，出租车上了高架桥，在上面开了半个多小时后直插杨浦南面的大厂区。小杨很精细，下高架桥后找了同一家出租公司的朋友，掉换车子后继续追踪。他说唐雪漫有很强的反侦察反跟踪经验，同一辆车长时间盯在后面容易引起她警觉。我赞叹说马上推荐你到安全局跑外勤，他不以为然说所谓特工也是这样练出来的。

车子沿着大厂区最偏北的串场河边开了六七公里，前面出租车有减速趋势，小杨敏捷地将车拐入两幢厂房之间，下车后贴着墙边看，唐雪漫果然也下车，站在河边东张西望，好像在等人。

"是不是约了朋友见面?"小杨猜忖道，"地方未免荒了点，没什么情调。"

我也奇怪，遂道："小心点，别被她发现。"

天色越来越暗，这一带全是废弃厂房，没有路灯，没有正常生产，整个区域几乎一片漆黑。不久远处传来发动机的声音，又一辆出租车疾驰而至，车灯照到唐雪漫后停下，一个身穿黑色风衣的男子跳下来，大步走到她面前，两人低声交谈了几句，然后并肩朝我们这边走来。

"快撤!"

我和小杨急忙从巷子里向后退，在一堆废钢材中间藏匿好身形，不一会儿他们走了过来。

"哪一间?"唐雪漫问。

"由西向东数第 5 间。"男子说，我一听声音便醒悟过来，是大眼睛男朋友，多次欲置我于死地的职业杀手。

"你提前侦察过地形?"

"是。"

两人说话一个德行，简洁得不多说一个字，而且不带丝毫感情，简直没法想象他们怎么谈恋爱。等两人拐进右前方巷子，小杨急忙说："我们回去吧，我有点害怕。"

"有什么能把小杨同志吓住的?"我故作轻松说，心里却明白唐雪漫冒着被怀疑的风险溜出来，职业杀手又如此慎重，肯定有大事发生。

小杨一把抓住我紧张地说："我当然无所谓，不过你……你是董事长，德文公司大当家，眼下正是桃色Ⅱ号招标的关键时候，别轻易涉险啊。"

是这个道理，不过今晚若是错过机会，我会睡不好觉。也许唐雪漫要与职业杀手摊牌，也许他们要与幕后主使见面，也许会发生难以想象的事，总之必须追查到底。

我甩开他的手大步向前，他嘟囔了两句也追上来。顺着他们走的路线走了几分钟，前面横着一个长30多米、宽20多米的大厂房，里面有灯，依稀传来说话声。我正想沿着墙根向大门移动，小杨拉着我的衣角拼命向后拖，退了七八米悄声道："跟我来。"

他轻车熟路绕到厂房背后，漆黑里找到一个破旧得不成样子的铁门，轻轻一拉门便开了，露出个生锈的铁梯。

"上去，上面有个小阁楼。"小杨说。

我惊异地问："你来过？"

"这是杨浦最有名的打架斗殴的场所，叫大洞浦，上海开出租车的都知道，我经常送人过来打架，有时候也拉人上医院，这种场面见多了。"

两人蹑手蹑脚上了楼梯，越过白铁皮铺的平台，手脚并用爬过纵横交错的木栅栏，蜷进一块凸出的铁架里。这儿离地四五米高，伸出墙壁约3米多，等于悬在厂房中间的瞭望所，又相当于戏剧院VIP包厢。由于铁条之间焊得比较密，站在地面很难发现上面有人。

小心翼翼选好位置，从缝隙间向下看，厂房右侧贴墙堆着一溜儿水泥袋，左边是横七竖八的铁架、铁管，中间靠南孤零零站着职业杀手和唐雪漫，职业杀手模样很酷，两手插在风衣口袋，两脚呈八字岔开，表情冷峻而傲慢；唐雪漫比他内敛些，双臂交替抱在胸前，面无表情看着对面。

对面居然是——丁栋根！

莫非为了唐雪漫找他讨要欠款，后来又出头要他撤诉的事？两件事我都不知原委，但上门要账确实使丁栋根吃了大亏，身上的淤伤和头上的大包绝对是她的杰作。

正在胡思乱想，职业杀手说话了："丁老板孤身赴约吗？不像你的风格，叫你手下都出来吧。"

丁栋根哈哈大笑："好，明人不做暗事，兄弟们，出来跟邛哥见见。"

终于知道职业杀手姓邛，很少见的姓。

刹那间铁架后、水泥袋中间冒出七八个黑衣黑裤的壮汉，有的腰间缠着铁链铁索，有的手中转着钢球，有的肩上扛着铁棍，呈扇形围在丁栋根身后，气势顿为一壮。

唐雪漫道："丁老板叫我们来有何吩咐？"

丁栋根嘿嘿干笑几声："哦，唐美女，我们是老相识了，承蒙你手下留情，上回没把我这把老骨头揍扁，还能站在这儿跟你说话。"

邛哥显然不知道那段过节，诧异地瞟她一眼，她恍然不觉，冷然道："这么说丁老板想找我算账？"

"那倒不至于，赖德文的钱不给，又技不如人，挨打是天经地义，姓丁的若为这点小事纠缠不休就太小气了，"丁栋根道，"尽管你趁我受伤又杀上门逼我撤掉讼状，我还是没放在心上，混江湖饭嘛，多一事不如少一事，多个朋友多条路，唐美女，我说得对不对？"

邛哥更诧异了，又瞟了唐雪漫一眼。

"很对，接下来你想说什么？"她问。

丁栋根故作宽容地摆摆手："我吃了两次亏，无所谓，好男不跟女斗，也就算了，上海这么大，大概不太可能第三次碰到唐美女，唉，可惜前几天有个朋友拜托我一件小事，很小很小的事，跟两位商量，我想唐美女和邛哥都是明白人，不会不给丁某面子的。"

邛哥沉声道："我和唐师妹到上海讨生活，不想得罪道上的朋友，只要能办的一定照办，有困难的也可以商量，丁老板尽管说话。"

话说得四平八稳，一听就知道是老江湖。

"我那位朋友希望两位明天离开上海，作为补偿，他愿出 20 万，全是现金。"说着手一挥，一名壮汉捧着皮箱上前，"嘭"打开箱子，里面整整齐齐叠着 20 把百元大钞。

丁栋根笑意更浓："只要两位答应，现在就一起去锦江大酒店，丁某为两位送行。"

邛哥沉吟片刻："我能不能问几个问题。"

"可以，丁某知无不言。"

"能否透露一下这位朋友的姓名，干哪一行的？"

丁栋根狡黠一笑："如果能说，丁某一开始就指名道姓了。"

"他为何驱赶我和师妹离开？我们对他有何妨碍？"

"这个……其实丁某只是受人之托，有些事不好问得太多，"他推得一干二净，然后意味深长道，"不过我的朋友留了句话，说知道两位来上海的目的，有道是强龙不压地头蛇，希望两位知难而退，得放手时且放手。"

邛哥与唐雪漫对视一眼，以暇好整道："丁老板这么一说，我对这位

179

朋友的身份更感兴趣了。"

丁栋根摇摇头："我只想知道两位走还是不走。"

卬哥稳当当道："如果我回答不走会有什么后果?"

丁栋根对他的问题觉得奇怪，扭头看看身后杀气腾腾的阵容，又看看他们俩，言下之意还要我多说吗?

唐雪漫替他解读道："丁老板的意思是如果不走，就把我们扔进黄浦江。"

丁栋根笑眯眯道："这儿离黄浦江有点远，太费劲，不如拴块石头沉进旁边的串场河，你们看怎样?"

第三十一章 突降奇兵

我身体一颤，悄声道："他们要动手，快打110报警。"

小杨道："没用，等警察来到，早就结束了，顶多救个把人，收缴几件凶器而已。"

"总比没人管好，好汉难敌四拳，他们俩肯定不是对手。"

"我看未必。"

我霍地掉头严厉看着他，他吐吐舌头，慢腾腾退到后面打电话去了。

就在短短说话的工夫，下面已动起手来。混乱中丁栋根退到黑衣人后面，而唐雪漫身后突然冒出五六个壮汉，形成合围之势。圯哥解开裤带用力一抖，竟变成一根能软能硬的钢索，唐雪漫则从背后抽出一根钢棍，"格格格"拆成一根三截棍。

双方都是有备而来，幸好只用冷兵器，没有开枪，可能他们都有顾忌，担心招来警察，也可能怕事情闹大，棒打刀砍只是打架斗殴，用上枪性质就不同了，属于公安部督察的大案要案，这方面门道丁栋根倒拎得清。

"叮叮当当"，随着一阵令人心惊肉跳的撞击声，双方在偌大的厂房内展开厮杀，起初圯哥和唐雪漫背靠背作战，后来不知是他们觉得不便于施展，还是黑衣人有意分割，两人越战越远，逐渐形成两个包围圈。

由于双方均使用长兵器，间隔得比较远，场上只听到叱喝声和兵器击打声，并没有出现险情或火暴的场面。

丁栋根很不满意，叉着腰大喝道："精神点，往死里打！"

往死里打，就是叫手下拼命冲了，当下场面形势大变，黑衣人亡命似的猛打猛冲，全然不顾自身性命，尤其是唐雪漫这一边，两个身子比蛮牛还壮的汉子竟直挺挺往三截棍迎上去。须知三截棍尖端是带槽口的三角刀，棍子下半段则布满亮晶晶的碎尖，轻轻蹭一下都会留下深深的血痕，若狠狠砸中，皮开肉绽是最轻的。

唐雪漫没见过这样不要命的人，身形微滞，其他人趁机缩小包围圈，有几个索性扔掉兵器扑上去。然则贴身短打是唐雪漫的强项，她低叱一声，后退半步，右手疾如奔雷一拳打在身后黑衣人眼睛上，扬起左脚一下子踢飞正面壮汉手中的砍刀。身后黑衣人惨叫一声双手捂眼哆嗦着蹲下去，左右两人一个持刀刺向她腹部，一个飞脚朝她腰间狠狠踹下。唐雪漫身体一旋，右腿上屈挡住那一脚，顺势弹出踢在他裆部，那家伙发出闷哼如虾米般弯下腰。她左手抓住拿刀的手腕，往怀里一带右掌重重劈在那人腰间，随着一声惨叫又倒下一个。

壮汉手中刀被踢飞后愣神的工夫，三个同伙已瞬间全被放倒。这厮虽然凶悍也知其中厉害，知道今天是碰上高手了，连退两步欲捡起钢棍，唐雪漫抢先一步踩在钢棍上，膝盖顺势顶在他胸口，他惨叫着还未倒地又被她凌空抓住向后一扬，正好挡住两个偷袭者的钢索和砍刀，瞬间血流如注，飞溅的血珠喷了两个偷袭者一脸。

守在丁栋根身边的两个保镖见状赶紧冲上前，加上几个受伤的重新将她围在中间，但气势明显减弱，不敢像刚才那样嚣张。

卬哥这边战斗相对平稳，黑衣人知道他身手不凡，分割包围时特意留出几名好手，交手时也不像那边以欺负女孩子的心态冒险，而是谨慎小心，步步为营，等他穷于应付时猝然强攻。战至酣处一个壮汉用戴着钢圈的手臂缠住他的钢索，其他几个也不上前，守在四周往两人身上抛绳子，想把他们捆在一起。卬哥虎喝一声，弃索下蹲，以极其怪异的姿势左扭右突，水蛇般从重围中挤出来，然后一个鹞子翻身冲向唐雪漫那边。

黑衣人奋不顾身以身体相拦，因为以眼下的状况一旦让两人会合，很可能轻松杀出重围，丁栋根也大呼："挡住他，挡住他！"

卬哥摆脱包围后充分利用厂房的宽度和深度，奔跑路线飘忽不定，指东打西，忽左忽右，迫使七八个汉子盯在后面撵，形成奇特的追逐战。绕了两个回合，卬哥突然高速冲向丁栋根，丁栋根一凛，大叫："快来人！"

唐雪漫心领神会，催动身形将阵地向丁栋根方向靠近，黑衣人大幅度回撤，毕竟保护老大才是重中之重。谁知卬哥并不强行突破，接触之下立即掉转方向撂倒唐雪漫包围圈中的一名壮汉，这边攻击力原本脆弱，两名保镖又溜回去保护丁栋根，当下阵形大乱，被唐雪漫一阵猛攻又打倒两个，两人会合后不再恋战，肩并肩杀向厂房出口。

"快追，别让他们跑了！"丁栋根解除威胁又神气起来，大声发号施令，十多个黑衣人如乌云般紧紧压上去。

卭哥大踏步跑到门口，唐雪漫突转身回甩，三截棍正中最前面的壮汉。几乎同时，门楣上突然撒下一张大网，将两人网在中间。两人反应神速，掏出匕首拼命切割网绳，倏忽间黑衣人纷拥而至，铁棍、钢条、钢索劈头盖脸往他们身上招呼。两人情知眼下网是最致命的，其他最多是皮外伤，唯有用臂弯护住头部，用尽全身力量切割。

我看着热血贲张，手心都捏出汗来，心里不停地呐喊：快断，快断，快断！

大概过了两三秒钟——简直比几个小时还漫长，卭哥终于破网而出，虽然他几次三番想取我性命，此时却希望他长命百岁，因为他跟唐雪漫的命运息息相关。负伤之后的卭哥进攻完全没了章法，挥舞钢索四下狂舞，好歹吸引了大部分黑衣人，使唐雪漫也摆脱网绳束缚，翻滚到几米之外，虽侥幸脱困，却负伤累累，手臂、胳臂、后背、腿上全是伤痕，全身上下血迹斑斑，好像到处都在流血。几个汉子冲过去想扑住她，她鱼跃而起，踉踉跄跄跑了几步，扑通摔倒在地。

"啊！"我不由叫出声来，小杨赶紧捂住我的嘴，幸好声音不算高，厂房里又打斗声一片，无人注意。

唐雪漫再度挣扎起身，动作、身形、力道明显大不如前，即便一对一也占不了便宜，越打越往里移动，陷入重围之中。相比之下卭哥好得多，一是他抗打击力强，受点伤若无其事，二是先前他并未使出全力，因此防守之余还能反击。他注意到唐雪漫的处境，铆足劲往她那边冲，嘴里喊着："雪漫，向我靠拢！"

她仿佛没听到喊话，就算听到也无济于事，只能边打边跑，转眼间越过中线退到厂房内侧，"啪"，胸腹间又挨了一棍，闷哼一声摔倒在地，须臾间后背又挨了两下。

我急得浑身冒汗，腾地起身从楼梯边拖了根长长的铁链过来，小杨看穿我的意图，死死抱住我的腰轻声道："董事长，薄仕，大哥，求求你别发疯好不好，下面是一班亡命之徒，唐雪漫也非良家妇女，犯不着为他们冒险!"

我一把甩开他,喝道:"你让我见死不救吗?滚开!"

唐雪漫爬起身应付几下后又被打倒在地,再度站起来时身体摇摇晃晃,被活擒只是时间问题了。这时卬哥却做了桩出人意料的事:

他猛地发力打倒身边一名壮汉,突然急速后退,闪电般从三名黑衣人中间撞出个缺口,转眼逃出厂房。

卬哥居然抛下唐雪漫不管,一个人溜了!

这一跑断绝了唐雪漫仅存的一线生机,她颓然垂下三截棍准备放弃抵挡,因为抵挡也是徒劳的。

丁栋根骂骂咧咧过来,往地上啐了一口道:"抓一个总比抓不住好,把这娘儿们拿下,先让老子泄泄火气!"

我喝道:"动手!"

小杨抢起几块砖头甩出去,"咣咣",砸掉房梁上的两只白炽灯,厂房内顿时一片漆黑。我双手紧紧攀住铁索,瞅准位置跳下去,在空中划了个弧线正好荡到唐雪漫身前,拦腰一抱,小杨快速拉起铁索急升上去,匆忙将她背起来向楼梯方向跑。

"人在上面!"丁栋根点燃打火机嚷道,"一路爬上去,一路到外面搜查,不准把人放走!"

"噔噔噔"跑下楼梯,我在前面开路,小杨背着唐雪漫跟在后面,出了门直接拐进最靠近的巷子,紧接着厂房拐角传来杂乱的脚步声。我们放慢脚步,尽量不发出声音,遇到岔道就拐弯,但一直保持朝西的方向,因为印象中车子就停在那一带。

眼下找到车子是第一要务。

大厂区如同迷宫一般,尽管我们不停奔跑,总是甩不脱恼人的脚步声,有时明明声音离得很远,拐个弯后追兵又在附近。没头苍蝇似的在漆黑一团的巷道里转了几十分钟,我还不怎地,小杨毕竟背着人,唐雪漫身材又非娇小玲珑,累得他呼呼直喘气,我说让我背会儿,他坚决不让,说你这身板不行,背着也坚持不多久,反正曙光就在眼前,熬熬就过去了。

话虽如此,却怎么也摆脱不了追兵,也跑不出纵横交错的巷道。我说你不是常来这儿吗,怎么也像我一样迷路?他呸了一口道是经常来,可哪回这么狼狈?最不济也有手电筒啊。

又跑了一段,前面传来嘈杂声,接着传来骂骂咧咧的声音:

"妈的，到底藏哪儿去了？明明看到两个人跑，就是撵不上。"

"老七他们守在桥口，没看到有车子过去，肯定还猫在这一带。"

"大厂区足有上百亩地，随便钻个地方躲起来我们也没法找，唉，他奶奶的。"

"放心，他们不会躲很久，那个娘儿们受伤不轻，不及时治疗挨不到天亮，他们比我们着急。"

我和小杨霍然一惊，刚才光顾逃跑，倒忘了替她包扎伤口。我一探她的脉搏，弱如游丝，身子也冷得像揣了冰块。我做了个手势，两人慢慢往后退，想找个地方替她止血，正好歇息一下再一鼓作气冲出去。耳边犹听到黑衣人的交谈：

"那个男的够狠，说跑就跑，哪有半点师兄妹情分？"

"这就叫识时务，不然他哪有命在？早被咱们揍扁了。"

"话虽如此，能做到他这样的毕竟很少，怎么讲也是师兄妹，说不定还有一腿，把如花似玉的美女抛下，确实需要一点……杀心。"

"都说我们这些人心狠手辣，冷酷无情，看来他跟你我也是半斤八两，哈哈哈哈。"

黑暗中推开一处旧厂房大门，借着手机微弱的荧光一打量，小杨身上都被血染得透红，唐雪漫更成了血人，暗暗心惊，连忙撕下衣角包扎。她已陷入昏迷状态，软绵绵没一丝力气。

小杨又试试她的鼻息，愁眉不展道："她的情况很糟糕，顶多再撑个把小时……"

"你不是报警了吗？警察怎么还没到？"

"嗨，我早说过了不能指望，"他顿了顿，"再说我们的情况也不宜遇到警察，你说不清唐雪漫来这儿干什么。"

这倒是，我一咬牙站起身："闲话少说，继续闯！"

又摸黑走了一段，冷不丁看到车子静静停在前面，两人忙不迭钻进去，发动后打开车灯直往前闯，刚开出几十米就有黑衣人跳出来试图阻挡，被毫不客气撞飞出去，接着拐入河边大道高速狂奔。上桥时两辆110巡逻车呼啸而至，车上高音喇叭似乎叫我们停车，小杨眼睛眨都不眨就冲过去，说他们来不及刹车，就算转头也追不上。

车子一路疾驰直抵连医生家，将唐雪漫抱进去时连医生扶扶眼镜，脱口道："我靠，又是她！"

折腾到天亮才离开连医生家，揉着眼打着呵欠去公司，虽然我不能做什么，但身为董事长在"合龙"关键时期必须和员工们在一起，既表明领导高度重视，也起到稳定人心的作用。

在电梯口遇到肖章，他也呵欠连天，又是一个不眠之夜，好消息是"合龙"成功就在眼前，技术人员已有一半放了假，只剩下黄总、宁工几个核心技术骨干。他没问唐雪漫，我也没说。

来到研发中心，黄总伏在桌上鼾声大作，宁工还在实验台前忙碌。颜助理则蹲在地上泡方便面——自从当上总经理助理，这小伙子从未这样服务过，毕竟年轻气盛，总认为自己在德文地位很高，除了董事长和总经理就数他，不过这段日子表现还不错，鞍前马后做了不少后勤工作。见我进去，颜助理要叫醒黄总，我摆摆手，站在宁工身后看了会儿又退出去。

独自坐在办公室打了个盹，手机响了，是姬小倩打来的，问"合龙"进度怎样，我说最迟傍晚就有结果，她说今早已窃到诺贝伊顿"合龙"数据和氢氟铊醋酸试剂，不过白天脱不开身，须等到晚上，到时再联系。放下电话我一阵激动，暗想有诺贝伊顿数据、药剂作参考，德文如虎添翼，如果任珺再得手，加上蒋副所长暗中相助，桃色Ⅱ号简直唾手可得，谁能与我争锋？

正打着如意算盘，肖章一头闯进来，皱眉道："唐雪漫哪去了？一大早就没上班，直到现在还没出现，手机又打不通。"

我失笑道："我以为你把人家忘了呢，终于想起来了，还不算迟。"

他脸微红，强辩道："'合龙'即将成功，我们要重点盯防她，防止闹出笑话，这回再失窃就没人同情我们了。"

"上回也没人同情，有的只是冷眼看笑话，"我说，"想好怎么保管'合龙'数据和试剂?"

他不假思索："删除机要室指纹识别记录，只留我们俩和黄总的，三个人同时按下指纹才能进去，保险柜钥匙你我各拿一把，这样总行了吧?"

"如果有人破解指纹识别系统进入机要室，又擅长破译保险柜密码，数据不就被偷走了吗?"

肖章愣了好一会儿，嗫嚅道："世上哪有这么高明的窃贼?"

"你信不信，唐雪漫就有这个能耐。"

"你说她不会做对不起德文的事。"

"女人说话向来不算数，你很信任她吗?"

肖章似乎被什么问题困扰，想了好久才说："看来容小米出走对你打击并不大? 有没有新目标?"

"这算什么话?"我不满道，"难道终日以泪洗面才叫忠贞不渝?"

"不，不，我不是这个意思，我是说如果，假如……嗨，我不会打比方，不说了，"他简直有些语无伦次，"关于保管你有什么好主意?"

"很简单，放到银行金库，对手再厉害总不能到银行打劫。"

"你有银行的朋友?"

"别说外行话好不好，现在各大银行都有保险箱业务，只需把东西锁进保险箱，再办理保管手续就能连同保险箱放入金库，与几百万上千万的钞票享受顶级保安措施，投标日那天直接取出来送到研究所。"

他一拍桌子："好主意，既安全又省事，免得公司派人日夜值班，还提心吊胆怕唐雪漫那种身手的人过来滋事。"

接下来我们又商议起近期公司工作，"合龙"完成后桃色Ⅱ号项目暂告一段落，公司也要回归正常轨道，营销人员要全面出击继续招揽项目，技术人员则轮流休假，稍稍放松一下。我问他最近有没有与任珺联系，他眉头紧锁，说见过，她好像有些异常。

怎么个异常法?

我也说不清，总之……跟以前不一样，我几乎插不上话，就听她滔滔不绝回忆过去的事，越说越兴奋……那种眼神让我，有点害怕。

我揶揄说几年前恨她跟你不来电，等她兴奋起来你又退缩，真是叶公好龙。

他瞪我一眼说扯哪儿去了？你明明知道我不是这个意思。

我说现在万事都抛到一边，对外千方百计搞到竞争对手的情报，对内安抚员工，尽快弄出成果，明白吗？

总觉得她反常……肖章郁闷地起身走到门口，突然想起什么似的回头说，有没有容小米的线索？她是否离开了上海？

我不耐烦说应该没有，报社同事说她换了家单位，上海这么大，这辈子是无缘再见了。

临近中午时蒋副所长用公用电话打给我，约我到上回去的老茶楼喝大麦茶。我心中一凛，腾起大战前压抑不住的紧张情绪，投标即将来临，各入围公司开动所有机器完善自我，紧盯对手，蒋副所长在这当口冒险约我见面，一定有非常重要的事。

闭上眼想了会儿，乘电梯坐到二楼，从安全通道直抵后门，在曲折的巷子走了十多分钟随便挑个路口出去，一个箭步冲上刚停的公交车。老天，我都记不清什么时候挤过公交，也许三年前，不，四年前。坐了两站路混在乘客中下车，拦了辆出租坐到老茶楼附近的一条街，再步行十多分钟抵达。

蒋副所长还没到，以他的身份和地位，恐怕比我更谨慎，防范措施更严密。老板端来一碗大麦茶，啜了几口，起初还觉得余味有点苦涩，再细细品味，竟咂出一种别样的甘香，好像秋天田野里的气息。正品得入神，蒋副所长匆匆赶到，从他话中得知也乘的公交车，还步行了很长一段路。

"'合龙'完成了？"他问。

"下午肯定结束。"

他点点头，突兀问道："罗主任仅仅跟吉田秋有联系？"

我想了想，谨慎地说："从我掌握的情况看确实如此，蒋所长感觉哪儿不对劲？"

他眉头紧锁："罗主任在桃色Ⅱ号项目上花的心血很多，现在说放手就放手，偶尔叫他开会也推三阻四，钻在附属楼当起了隐士，委实令人费解，难道他手里还有其他牌……"

"武宫正雄没通过关系做您的工作吧？"我壮着胆子试探道。

"当然有，力度还很大，不过他知道我是爱国主义者，并不抱希望，只想通过这些动作表示尊重，詹姆斯和陶郁也没闲着，成天要请我吃饭，"他笑笑说，"其实我最讨厌喝酒应酬，有时间宁可跑到这儿喝大麦茶。"

我真诚地说："刚才我终于品尝出来大麦茶的香味。"

"先苦后甘，先低调后出类拔萃，符合孔孟中庸之道，做人也应当如此。"他一语双关道，然后从兜里掏出一张纸，"看看这个。"

这是一份名单，上面列了30多个名字，有上海各大院校的教授、学者，也有几位外地专家。

"他们都是药剂研究行业的权威人士，每次招标评审组成员大都出自这份名单。"

"这是今天下午招标办提供的，让我从里面随机挑选7位组成专家评审组。"他缓缓说。

我一时不清楚他说这句话的意思，只"嗯"了一声静听下文。

他掏出一支派克笔递给我："如果让你挑，你会选哪几位？"

我突然明白过来，激动得差点窒息，几乎伏到纸上将名单从头到尾细细看了一遍，才用颤抖的手在名单上画了几道杠。

他拿过去随意扫了一眼，笑道："都是朋友？"

"还可以，关键时候说得上话，"我含糊道，"不过有的比较狡猾，脚踩几条船，让你恨不得惹不起，有时又必须请他。"

他提笔在一个画了杠的名字后面打了个叉，想了想又将另一个叉掉，我不解地看着他。

"我跟第一个打过交道，水平很高，人品一般，属于见钱眼开不讲交情的人，不宜入选，第二个可能跟你不错，但他导师与我有点过节，万一顶着干会引起不必要的麻烦。"

"蒋所长为德文这样费尽心思，小薄真……真不知道怎么感谢才好。"我放出个探风球，同样是帮忙，有人顺水推舟，有人四两拨千斤，有人事必亲躬，以他的身份完全不必放下身段做这么细的工作。以我混迹商界多年的经验，早嗅出其中不寻常之处，一句简单的国家利益不可能让在官场沉浮多年的蒋副所长如此上心。

镜片后的眼光一闪，他露出会心的神色，却没接刚才的话茬儿："虽然做了这么多准备工作，但决定成败的关键还是研发质量，打个比方，如果大家都是95分以上，扶持民族产业就是合理的借口，我有这个权力拍板；如果人家95分以上，你只有85分，实力悬殊太大，想帮也帮不了。"

"我明白，实际上我已作了安排……"

他抬头阻止我说下去："投标前你做你该做的事，具体内容与我无关，我也不想知道。"

我心中一凛："是。"

说到这里谈话主题告一段落，他细心地将名单叠好放进兜里，喝了几口大麦茶，聊聊不相干的话题，什么伊拉克局势、全球经济衰退、房价飞涨等，就在我以为快结束时他随意说了句话：

"女儿快毕业了，基因工程是基础学科，在美国找工作很难。"

就这句没头没脑的话，让我琢磨了整整一个下午。

通过几次接触，我已大致摸透蒋副所长的脾气，他总是在最后关头，以随便的口吻说最重要的事。

找工作难，会不会想到德文做事？不可能，庙小菩萨大，就算我让出董事长位置也供不起留美博士，再说蒋副所长何等精明，怎会做这种没有深度、丢人现眼的事？

请我帮助？德文业务范围仅限于上海地区，与外省市打交道都少，更谈不上到国外发展，美国那边一个都不熟，倒是诺贝伊顿的总部在美国，或许有些门路，但蒋副所长自诩是爱国主义者，更不会让女儿成为他们勒索的"人质"。

或许她想单干，需要一笔启动资金，蒋副所长暗示我获得桃色Ⅱ号项目后有所表示。这个当然，姓薄的又不是第一天出来混，当然知晓"舍"与"得"的关系，只有舍得，才能获得。再说项目是分阶段实施的，即使中了标，后面还有桃色Ⅱ号药引、关键性研发和项目打包以及至关重要的验收工作，倘若研究所方面不配合甚至刁难、放冷箭，致使项目不能在规定期限内完成并通过验收，德文最多只能拿到60％资金，等于损失几千万。

因此我早就掂量好给蒋副所长的红包数额，包括罗主任、招标办工作人员，以及万主任、相关评委都要意思一下，桃色Ⅱ号不是德文在上海的最后一笔买卖，做生意讲究天长地久、细水长流。

从这个角度而言，现在就谈钱未免操之过急，也不像蒋副所长的风格，这种事变数很大，即便把每个关节都打点好也未必稳操胜券，要等合同签完才算数，届时只需一个眼神、一个微笑，或者握手时使点劲，一切尽在不言中。

　　这也不是，那也不是，蒋副所长到底想表达什么意思呢？我觉得当官尤其是当大官真累，非把简单的问题复杂化，两个人私下密谈还说得如此隐晦，可想而知平时工作中想揣摩他的心思有多难。

傍晚时分肖章和黄总喜滋滋冲进办公室，一左一右贴在我耳边悄声道："药剂出来了!"

我精神大振："走，看看去。"

进了机要室，宁工等人正围着工作台，像看宝贝似的盯着架子上的试管，试管里盛着桃红色试剂，颜色淡淡的，有点黏稠，像婴儿喝的奶粉。我围着工作台转了两圈，嘴里说了十几声"好"，然后不为人察觉地冲肖章使了个眼色，他会意，招呼宁工他们到旁边实验室整理档案。

机要室里只剩下我和黄总，我关上门问："数据呢?"

他从内衣口袋里掏出 U 盘："这是最终版本，之前有个版本肖总备份了一套，不过下午又有修改。"

"把数据发到这个邮箱，"我写了个邮箱地址给他，"另外搞 3 滴试剂封装起来给我。"

黄总吃惊地张大嘴："董事长……"

我打断他道："放心，我自有安排，一切尽在掌握中，你只管照办。"

"可这是我们辛辛苦苦……"

我沉着脸说："我是德文董事长，难道会把自己卖了? 这么做是为了更好地取胜!"

黄总低头不语，过了会儿摘下眼镜反复擦拭，像个受委屈的孩子。我心一软，温言道："记得上回遇到困难时去的那家宾馆?"

他霍然一惊："梵非?"

我点点头："此事说来话长，以后再详细讲给你听。"

黄总似乎有点明白，又不是太清楚，迷迷糊糊坐到电脑前将数据发过去，然后又封装了 3 滴试剂，递给我时神情惨不忍睹，简直比卖了自家儿子还难受。

"肖总说把东西送到银行保管，什么时候送？"此时他希望越快越好，免得我又想出新花样。

我微一沉吟："再等两天吧，你们利用这段时间完善完善，等定下来就送。"

他搔搔头，显然不理解"定下来"什么意思。

出门时我转头说："考虑一下，如果今晚有人杀进来怎么办？还像上次那样眼睁睁看着东西被抢走？"

"数据分为 3 截，你、肖总、我各一份；试剂放进双层保险柜，3 个人保管 4 把钥匙。"

我叹了口气："还是老一套，人家闭着眼睛都能猜到，就说数据吧，人家又不是完全抄袭，有多少看多少也能蒙到大概，保险柜在高手眼里跟普通弹子锁一样简单，不过是时间问题……再想想，要跳出常规思维，跟脑筋急转弯差不多，让窃贼短时间内琢磨不透。"

黄总点点头："我会尽力的，董事长。"

回到办公室拨了个电话，不出半小时有个小伙子过来取走试剂，这才松了口气，一心一意坐等姬小倩的电话。

窗外一点一点暗下来，5 点半、6 点、6 点半，手机始终保持沉默。我叹了口气，都说外企收入高、待遇好，在外人面前永远光彩照人，其实有苦自知。何谓都市白领？白领就是被高强度工作折磨得没有血色的白脸。外企从不强迫员工加班，但很少有员工不加班，因为你不可能在工作时间内完成所有任务。有关白领的另一种说法是，前半生用生命换金钱，后半生用金钱换生命。焦虑和压力已成为都市白领健康的杀手。

晚上 7 点多钟时黄总敲开门问我是否泡碗方便面，我拒绝了，想等姬小倩一起去茶座或咖啡厅坐会儿。我问今晚谁值班，他说值班室、实验室各安排两个人，他独自守在机要室。

"肖总呢？"我问。

他一迟疑："回，回去了。"

我有些不悦："这么大的事都溜回家，又不是已婚人士。"

他嘿嘿一笑："董事长还不知道？肖总跟女朋友同居了。"

"他什么时候找的女朋友？"我几乎跳起来，"凭他那两下子还能把女孩子骗上床？为何不告诉我？"

"肖总想保密嘛，问他也不承认，这阵子在研发中心时老有电话找他，接电话的声音前所未有地温柔，内容也是煲汤、养花、网上购物什么的，我们听都听腻了。"

"是吗？"我联想到 5 万元借款和普亚罗门口的神秘女人，暗想肖章果然有名堂，居然玩起金屋藏娇的勾当。那个女人行踪倒很诡秘，小杨盯了好几天都没发现痕迹。

一直等到晚上 9 点多钟，姬小倩终于来了电话，语气很急促："薄仕，在不在公司？"

"在……"

"我马上就到。"她说完就挂断电话，再打过去已经关机。

我不由忐忑起来，姬小倩的性格是大而化之，举重若轻，天大的事落到头上也不眨眼，很少——不，从未出现这样紧张严肃、而且有些惶惑的状态，说明一个问题：她遇到很大的麻烦！

或许这是她在诺贝伊顿最后一战吧，我想，虽然有些遗憾，因为形势有点变化，诺贝伊顿的东西对德文来说已非决定性因素，前几天我还考虑要与姬小倩深谈一次，建议她继续留在诺贝伊顿，等找到令人信服的理由再跳槽，否则贸贸然架空肖章，别说他不服，就是黄总、宁工等一班技术人员也要打抱不平。从领导层面讲我是公司老大，但肖章是技术派，经常和他们泡在一起，威信和友谊比我深得多。惹急了肖章真能带他们另起炉灶，把德文和我变成一个空架——这种事在技术至上的公司屡见不鲜。

不过倘若姬小倩落难而来，这席话倒有些说不出口，否则我真成了过河拆桥的卑鄙小人。

要不增设副总经理，肖章分管技术，姬小倩分管行政和财务，两人相互牵制，直接对我负责，也是不错的选择，只是不知道姬小倩对"副"字看得重不重。正胡思乱想之际，门轻轻打开，姬小倩来了。

"饿坏了吧？先到楼下喝点什么。"我迎上前说。

她右手插在兜里，左手徐徐理了下散乱的鬓发，环视办公室一眼，答非所问道："就你一个人？"

"值班人员都在研发中心。"

"'合龙'结束了？"

"嗯，终于结束了！诺贝伊顿比德文提前好几天吧？"

她笑了笑，但脸色依然很紧张："技高一筹嘛，没办法。"

我注意她一直站着——她的原则向来是能躺下绝不站着，便走到她身边，轻抚她的背道："选择题，到楼下吃饭或坐下来说话，二选一。"

她深深吸了口气："薄仕，记得我上次说的话吗？"

我莫名其妙："你说的话太多了，我不可能都记得住……放松点，要不给你倒杯水？"

她眼中突然浮出忧伤惆怅："那就算了。"

我觉得不能再云里雾里扯这些空话，否则一个晚上都说不完，遂直截了当道："东西带了吗？今晚黄总值班，交给他看看。"

"没带。"

我一滞，心里隐隐存在的不安感强烈起来，她从一开始起就反常，说的每句话都跟平时大相径庭，好像……好像包含着某种负面情绪。

"小倩，今天到底发生了什么？能不能详细告诉我。"我尽量用平缓温和的语气说。

她表情仿佛凝固了，呆呆出神，过了好一会儿才说："把手伸给我。"

"干什么？"

我更加不解，将手伸过去。她把我的衣袖捋高一些，突然问："现在几点？"

"很晚……我看看。"

我扭头看墙上的钟，就在这时她一直插在口袋里的右手捏着针管，闪电般扎入手臂并推了小半管药水，顷刻间肿起个紫红色的小包，灯光下红得十分妖艳。

我完全懵了，捂着小包吃惊地看着她："你……你……"

她向后退了半步，语气比唐雪漫还冰冷："我给过你机会，你没有接受；我说过你会后悔，可你不信，事到如今我也没办法。"

我脑中一片混乱，汗涔涔道："我不明白，这到底怎么回事？"

"因为你不可能让我做德文总经理，更因为我在乎的并不是总经理。"

"原来……从一开始就是圈套？"

"詹姆斯看准你对桃色Ⅱ号势在必得，把我抛出去作为诱饵——其实想想就知道了，财务总监是诺贝伊顿第三号人物，外企收入待遇又不错，何苦冒那么大风险挪到德文做老总？只有你们男人才对名利看得那么重。虽然如此，我还是抱有一丝幻想，因为打开始起我就很喜欢你，真的喜欢，我甚至想，如果你愿意和我在一起；我就毫不犹豫背叛詹姆斯！"

"和邰伟豪好也是阴谋的一部分?"

她鼻子里冷哼一声:"你下的棋很大,大到让詹姆斯无法理解,他是典型的西方思维,直来直去,不懂得中国人弯弯绕绕的花肠子,但我早看出来德文跟梵非暗通款曲,联手研发桃色Ⅱ号,为证实这一点,我与邰伟豪周旋了好几个月,终于听到他亲口证实。"

终日打鸟却被鹰啄了眼,想不到自诩"常在花间行,万花不沾身"的情场老手居然栽到姬小倩脚下。

豁然之间我想通了很多事。

我叹道:"德文从成立到现在还不足十年,人才积累和技术沉淀怎比得上诺贝伊顿这种跨国集团?它可以开展国际合作、区域交流、技术共享,德文呢,只凭几个技术人员猫在实验室泡方便面,喝矿泉水,面对强大的竞争,怎能不横向合作、互通有无,集中优势兵力进行对抗?"

她长长叹了口气:"薄仕,为了德文你真是煞费苦心,竭智积虑,哪怕牺牲容小米都无所谓,实际上经过发烧那个晚上和容小米出走两件事,我终于意识到德文在你心目中的重要性,任何人、任何事都无法改变这个事实,所以我决定放弃。"

"这是借口,"我冷峻地反驳,"第二阶段启动后你就以诺贝伊顿清查内奸为由中断提供情报,后来我为抢先赶到徐教授家打探两家外企的动静,任珺如实提供武宫正雄的行踪,你却骗我说在外地,当时我就奇怪,堂堂财务主管,即使出差难道查不到总经理的去向?任珺不过是普通文员,反而打听得清清楚楚。"

"你知不知道徐教授的事是谁传出去的?"

我斩钉截铁地说:"容小米!"

这回轮到她惊诧了:"什么时候想通的?"

"很简单,肖章打电话时其他几家根本不知此事,唯有他、我和宁工知道,然而车子上路后诺贝伊顿、吉田秋都闻风而动,很明显泄露消息是打电话后才发生,因此我才冤枉唐雪漫。事后想想,唐雪漫有天大的本领也不可能当着肖章的面同时通知两家,再说肖章并没有明确说到徐教授家干什么,想来想去只有一个人,一个潜意识里排除在外的人,那就是躺在我旁边装睡的容小米,是她泄露了秘密。"

她笑吟吟道:"为避免你怀疑她,我通过其他渠道放风给吉田秋,两大外企同时出动,你只能把怀疑的目光投向唐雪漫……再猜一下,容小

196

米为何通风报信？"

我不假思索："女人的忌妒心。她担心——或者是你从中挑唆，认为我喜欢唐雪漫，因此听说我让唐雪漫开车去就设下圈套，认为此举能破坏我和她的关系。唉，容小米还是太单纯，殊不知螳螂捕蝉黄雀在后，真正阴险的对手正是她误以为的朋友……丁栋根跟唐雪漫那场火拼也是你的杰作吧？"

姬小倩一口承认："是，虽然我到现在还没弄清唐雪漫想干什么，但她的存在对诺贝伊顿始终是个威胁，与其提心吊胆等它爆炸，不如先下手为强，所以请丁栋根出手，恰巧丁栋根与唐雪漫有点过节，因此全力以赴，唉，那帮没用的乌合之众，打了半天居然让他们跑了，丁栋根自己也觉得不好意思，事后绝口不提钱的事。"

"柏妮、鲁晓军和季敏的情报网虽然与你无关，但吴越也上了你的钩，柏妮说的狐狸精大概就是你？"

"是他自己不要脸，癞蛤蟆想吃天鹅肉，我岂有不利用之理？唉，只要涉及公司利益你的思维清晰无比，可情感问题却懵懂得一塌糊涂。"她幽幽道，"今天不妨坦明了说，难道你始终没注意我对你的爱？那天晚上你已快要跟容小米摊牌，为什么还不肯留下？难道我的身体对你没有一点点诱惑力？"

我真不知道怎么回答她，因为无论从哪个角度解释都会让她伤心。在同居的日子里，面对着活色生香若说没有一丝邪念或想法，那绝对虚伪透顶。但表面洒脱随便的我，却有着朴素而传统的婚姻观，总认为跟一个女孩子好，就得负责她的未来，也就是结婚。很显然，姬小倩并非我理想中的妻子，尽管她长得很漂亮，性格也不错，可总觉得对不上路。直到容小米出现我才醒悟过来，原来我喜欢漫无心机的小女人，姬小倩太好强太自立，与我不投缘。

"爱一个人是没有理由的，正如不爱一个人，难道你非要像分析药剂成分一样把感情掰得零零碎碎？"我反问道，"如果天底下所有喜欢我的人都要我解释，我岂非要开新闻发布会？"

她扑哧一笑，转瞬又寒下脸道："也罢，既然没有缘分，那就休怪我今晚的所作所为，商业竞争是无情的，谁先动手，谁敢于动手谁就赢，你认命吧。"

我微微颔首："终于回到正题了，接下来请讲解一下你在我臂上注射的是什么药？"

第三十四章 钩心斗角

姬小倩出神地看着针管："诺贝伊顿是老牌药剂研发集团，早在几十年前就秘密参与美国军方研制生化武器和化学武器，并且作为传统保留下来，因此诺贝伊顿核心技术骨干大都会两手制造毒药的绝活，凑巧的是，上海分公司就有一位。"

"所以……"我低头看着小包。

"它叫'激烈先锋'，主要成分是炭疽病毒的变种炭疽氰锏，是战争中审讯俘虏的极端手段之一，注入人体即产生过敏反应，冒出像你臂上的包包，两小时后奇痒无比，让人忍不住抓挠，包包一抓就破，脓水淌到哪儿溃烂到哪儿，更是痒得钻心，可怕的是你明知抓了之后蔓延面积会更大，还是无法控制……很多俘虏痒得在地上打滚，用头撞墙，最终还是不能自持，在痛苦和疯狂中走向死亡。"

我听得瞠目结舌："小倩，你这是把我往死里整啊！我们有这样的深仇大恨吗？"

她从容一笑，表情越来越放松，显得胜券在握："如果能在两小时内解决问题，我自会提供解药，附带说一句，解药效果相当好，一分钟内可消除所有不适而且没有副作用，唯一后遗症是解毒后三个小时内下身有点痒，"她眨眨眼，"多去几趟洗手间就好了。"

"什么问题？"我看着触目惊心的包包，自信心遭到前所未有的打击，"你在要挟我，对不对？"

"我说过，商业竞争是无情的。"

"这是犯罪行为！"

"只要和平解决，此事犹如蜻蜓点水雁过无痕；若不配合只好让你在鬼门关前转一圈，我呢连夜离开上海，反正诺贝伊顿在全球都有分支机构，随便找个山清水秀的城市好啦，我适应力很强的。"

我叹息道："看来你铁了心要为诺贝伊顿立功。"

"香港分公司总经理，年薪 50 万，一个月带薪假期，还可以吧？"她微笑道，"早就想无牵无挂到加勒比海享受阳光、红酒和帅哥，配合一下吧。"

"别忘了替我带张机票，我陪你躺在沙滩上晒日光浴，要是喜欢别的帅哥，我们可以分两个房间，不过我的房间没有锁，随时欢迎你进来。"

她眯着眼看我："这话如果早一个月，不，哪怕一周多好，女人耳根子软，容易改变主意，不过现在迟了，箭在弦上不得不发。"

"你想要德文'合龙'药剂？"

"还有实验数据。"

"凭你跟郜伟豪的关系，想弄到这些还不是小菜一碟？你明知我们之间互通有无，共享研究成果。"

她抿嘴一笑，拍拍肩上小挎包说："傍晚你不是让梵非的小董来取东西吗？他并没有回公司，而是去了欣悦咖啡厅，我和郜伟豪正在那儿休闲，然后找个借口诓开他，轻而易举把东西换到手，诺，就在我包里，想不想欣赏一下？"

我脑中灵光一闪，指着她道："你……你的用意不仅仅是拿回去研究，而是想它毁了？"

"你总是这么聪明，难怪詹姆斯最忌惮你，"她笑吟吟道，"诺贝伊顿对自己的实力足够自信，根本不屑于偷看别家的东西，不过詹姆斯知道中国人鬼点子多，喜欢耍阴谋诡计，薄董事长更是人中之龙，论玩心眼谁都斗不过你，所以索性来个斩草除根，让德文彻底丧失投标资格，这样诺贝伊顿岂非稳操胜券？"

"别忘了还有吉田秋和大陶。"我泼她的冷水。

"5 家里面大陶实力最弱，到昨天为止还没有'合龙'，纯粹陪公子读书，吉田秋嘛，整体技术水平还可以，可这回不行，众所周知武宫正雄跟罗主任是铁杆，一朝天子一朝臣，蒋副所长不可能让吉田秋中标。"

她知道武宫正雄与罗主任的关系，想必也察觉到我与蒋副所长之间不同寻常，所以詹姆斯不惜触犯法律也要铤而走险，他的算盘打得很精，出于安全考虑，"合龙"药剂和数据不可能做备份，只要销毁孤本就能构成致命打击。

我叹了口气："詹姆斯对局势把握得很好，你也出乎意料地狡猾，我认输。"

这时桌上手机响了，我正待去拿，她将我的手按住，然后用免提键接听，刚一接通里面就传来邰伟豪焦急的声音：

"哥们儿，你在哪里？我上当了！刚才姬小倩换走了药剂和数据，下一步肯定会找你，喂，喂……"

她挂断电话，又将手机关了，卸掉电池扔进垃圾桶，双手负在背后笑眯眯看着我："走吧。"

"去哪儿？"我有意装糊涂。

"研发中心机要室，"她打开监控看了会儿，"这会儿黄总一个人在，也好，缩小影响，免得大家都不好办。"

"什么不好办？"

她慢慢沉下脸："薄仕，再装佯就不像话了，接下来要做的事很简单，让黄总把药剂和数据给我，然后我把解药给你，这笔交易就宣告结束。"

"你不怕我报警并且向招标办申诉？机要室有监控的，可以清晰地看到你从黄总手中拿走东西。"

她又笑起来："没用的，得手后我立即离开上海，对了，途中把药剂扔进黄浦江，然后诺贝伊顿宣称这是我的个人行为，与公司毫无关系，作为证明，詹姆斯会拿出我的辞职信，是我今天上午刚写的。"

"真是完美的阴谋，"我彻底服气。

她从兜里取出打火机大小的喷剂藏在手里，警告道："别玩花样，这种喷剂能在瞬间激活炭疽病毒，如果你有任何让我不安的举动，只需轻轻一喷便可叫你立毙当场，信不信？"

我颓然道："不信也得信，我总不至于拿自己的性命开玩笑吧？"

两人进了机要室，黄总正伏在实验台上捣鼓什么，见我居然带诺贝伊顿的人进来，惊得不知所措，连招呼都忘了打。

接下来我说的话更让他抓狂："黄总，把'合龙'药剂和数据交给姬小姐。"

说话时姬小倩眼睛一眨不眨盯着我，防止我做眨眼、歪脸等小动作，我生怕她猝然翻脸，讲话的态度、语气尽可能与平时一样，免得造成误会。

黄总僵在实验台前，对我的话恍若未闻。

姬小倩瞟瞟我，又努努嘴，我会意，继续说："黄总，有问题吗？"

他这才醒过来，结结巴巴问："是取少量滴剂吗？"

"全部！"我威严地说，"快一点，别让姬小姐等太久。"

"这可是……是德文参加投标的孤本，万一——"他瞥她一眼，咽了口唾沫，"万一出什么差池，我们几个月的心血就全完了。"

姬小倩温言道："请放心，薄董事长这么做自有他的用意，我跟他是老朋友了，不会做对德文有害的事。"

跟唐雪漫的口吻一模一样，女人就有这种本事，能当面撒谎且面不改色。黄总压根不理她，只定定看着我。

言多必失，越说越容易露馅，我咬咬牙道："黄总，现在我命令你拿出来！"

他抹了把汗："薄董事长……"

"快！"我几乎怒吼道。

他又抹了把汗，慌慌张张道："我拿，我，我拿，"他颤抖着取出一大串钥匙，又颤抖着从中找出保险柜钥匙，蹲在保险柜前痛苦地看看我，"董事长，您再……再考虑一下。"

我手一挥："别废话。"

他低下头迟疑了几秒钟，又打开内层柜门，小心翼翼拿出封闭完好的试管，里面装着粉红色试剂，还有一个标有"绝密"字样的 U 盘，捏在手里好一会儿才不情不愿地送到我们面前，姬小倩一把夺过去揣进包里，甜蜜蜜笑道："谢谢。"

刚一转身，黄总在后面叫道："等等……什么时候把东西送回来？"

"嗯……明天吧。"姬小倩说。

出了机要室，我毫无表情伸出手："拿来。"

"什么？"这回轮到她装糊涂了。

我抑住火气："解药。"

她微笑着挽住我的手："还得麻烦你陪我下楼，不然你一个电话叫保安截住我影响多不好。"

我暗暗长叹，刚才确有这个念头，想不到被识破了。

两人情侣似的手挽手肩并肩下楼，一直走到大厦旁边巷子里，平时小杨都喜欢把车子停在这儿，若有他在跟踪她不成问题，可惜今晚他另有任务——送营养品和药品到连医生家，顺便探望唐雪漫。

姬小倩上了自己的车，发动起来就要离开，我赶紧叫道："解药！"

她一笑："你还真信了不是？那是一种浅度感染菌，扎入人体后轻度过敏反应，两小时后自然恢复，不过有一点我没骗你，后遗症就是下体比较痒，嘿嘿嘿嘿……"

她娇笑着扬尘而去。

"他×的！"

想不到虚惊一场，我恨恨不已，连续在墙上踹了十多脚才罢休。回到机要室，黄总还伏在实验台上，脸色平静。

"效果不错，"我夸奖道，"我觉得你比容小米有表演天赋，特别是最后那一句'什么时候把东西送回来'，快把我笑翻了。"

他笑道："主要是董事长未雨绸缪，早在几个月前就关照我，说'除了投标，如果有一天我带着人要你开保险柜拿数据，肯定是受到胁迫，你一定要在保证我安全的前提下妥善处理'，我一直记得很清楚，加上你下午提醒我要跳出常规思维，让窃贼短时间内反应不过来，两下一凑巧，就演成了刚才的戏。"

"知道我怎么猜出你给她的是赝品？"

"这个……想必董事长知道我对桃色Ⅱ号的特殊感情，宁可跟她玩命也不可能把东西交出来。"

我笑着摇摇头："因为你太紧张了，眼睛老是不由自主地朝实验台上的试管架看，你玩的是空城计，把药剂堂而皇之放在试管架上了吧？"

他脸腾地白了："确实如此，哎呀，真的好险，刚才要是被看穿就完了。"

"那倒不至于，她比你还紧张，眼睛始终盯在我脸上，哪有心思注意你的表情？"我在机要室踱了一圈，"开始进来时我也没把握，担心你忘了关照过的话，又怕你露出马脚，唉，幸好她在臂上注射的是假药，否则真有点危险……这几天真是杀机四伏，姬小倩虽然连夜逃走，难保没有其他公司打主意，今晚我索性不回家，就在这儿陪你。"

黄总到值班室找来躺椅，两人聊了会儿，他大概太疲劳了，嘟囔着就打起呼噜。鼾声中我下身开始痒起来，这一点姬小倩真没骗我，痒得钻心，抓呀挠呀，破了一大块皮也无济于事。打肖章的手机，提示关机，我不甘心又拨打他家电话，响了十多下才有人接通。

"喂，肖章吗？"我说。

对方不说话，但在静静听，话筒里可听到细微的气息，过了会儿肖章接过去："薄仕吗？深更半夜打什么电话？刚做了个好梦，梦见德文胜利中标。"

我明知他扯开话题是防止询问刚才接电话的人，也不点破，道："你倒睡得舒服，把黄总孤零零扔在机要室，差点被人家把药剂抢走。"

肖章大惊："怎么回事？现在什么情况？要不要我过去？"

听出他的焦急和意外，大为欣慰，因为我有些怀疑姬小倩就是深夜和他一起去普亚罗的女人，现在看来纯属胡思乱想。遂简要将事情的经过叙述了一遍，当听说容小米搅局把徐教授之事泄露出去时他大为震惊，连连感叹女人为了爱真是什么事都干得出来。说到最后两人意见一致，即使明天任珺搞不到情报我们也不再等，赶紧将东西送进银行保险箱，夜长梦多，不然真容易闹出事来。

通完电话，又将最近发生的事细细梳理了一遍，下体也渐渐不痒了，遂在地动山摇的鼾声中迷迷糊糊入睡。不过睡得很不踏实，总是梦到一个披头散发的女鬼缠在身边，忽儿张牙舞爪，忽儿咆哮如雷，忽儿半隐半现，恐惧惊惶中蓦然回首，赫然看到女鬼的真面目，居然是容小米！

我一惊，从睡梦中惊醒，起身一看黄总已经在做实验，他回头笑道："董事长早，你睡得可真香，打起呼噜惊天动地。"

我摸着头半晌没说出话来。

第三十五章　悬崖绝杀

肖章比上班时间早了半个小时，打开监控仔细研究一番，连连摇头说："这么好的女孩一念之差沦入魔道，肯定不敢再回上海，诺贝伊顿那边因为行动失败，也不可能给她安排什么好职位，到头来竹篮打水一场空，可惜啊可惜。"

我半真半假说："是很可惜，本来我还想把她介绍给你，顺便挖到德文弄个副总干干，现在计划泡汤了。"

"外企白领，我可不敢高攀。"他脸色有些不自然——最近他好像换了副面孔，说话躲躲闪闪的，不敢跟人对视。

我一把揪住他，恨恨道："真要我把话挑明吗？最近找了位女朋友是不是？她是何方神圣，把你弄得神魂颠倒，每天一下班就忙着溜回去，打电话还抢着接，又不敢说话，老实交代，不然跟你没完！"

他更加慌张，语无伦次道："没……没到时候，啊不，根本没有女朋友，接电话的是，是我，我正在喝水，没，没，没来得及讲话……"

我失望地松开他的衣襟，一屁股坐到椅子上说："算了，我本以为我们之间应该无话不谈……当初你对唐雪漫不过有一点点意思，就忙不迭告诉我，而今都跟人家上床了，却丝毫不肯透露，看来我要给你送一顶帽子，叫重色轻友。"

"不是的，绝对不是，"他脸涨得通红，憋了半天才说，"再给我一段时间，我会把事情说清楚的。"

我冷然说："最好说清楚，不然我不可能出现在你的婚宴。"

9：01，邰伟豪身穿昂贵的西装，脚上是意大利手工定做皮鞋，戴着墨镜昂首阔步走进办公室。我说邰老弟，我们是在秘密合作，低调一点好不好？他扶扶眼镜说我不是戴了这个吗？我没好气说你这叫耍酷，比不戴更引人注目。

天生潇洒，没办法。他耸耸肩说。

我嘲讽道，所以才惹来姬小倩，差点把德文和梵非同时打入十八层地狱。

一个标换来一个教训，值得。他一副无所谓的样子。

我说你在梵非是边做边玩，反正有庞大的产业等着你继承，我们不同，要靠它吃饭、付月供、泡马子，因此必须斤斤计较，力争在每一场竞争中取胜。

他哈哈大笑，拍拍我的肩说我也要设法赚钱，因为现在的女孩子越来越不好骗，代价也越来越大，老实说我有点吃不消了。

碰到姬小倩是够你喝一壶的。我冷冷说。

他坐到沙发上跷起二郎腿，说她确实是我命中魔星，不是吹牛，凭我对付女人的经验，摆平她应该绰绰有余，可不知怎地，谈了几个月连二垒都没攻下，嘿，这话说出口我都觉得丢人，本想这样也好，上完床新鲜感就没了，还是悠着点，谁知左一悠右一悠，把药剂忽悠没了。

我忍不住笑了，起身说我叫黄总再做一份给你。

别。他赶紧拦住我，诚恳地说我今天来就为了这事，既然德文已完成"合龙"，我们的合作就宣告结束，眼下各路商业间谍蠢蠢欲动，掌握机密的人越少越好。

这怎么行？我梗着脖子说，当初说好两家共同研发，数据共享，无论谁中标都要与对方分成，当然最理想的是合作研发，"合龙"虽已完成，还须梵非从旁观者角度挑刺，把方案做得更完美……

他紧紧握着我的手说，薄仕，倘若德文中标，梵非要人出人，要力出力，绝不推诿，但目前形势太恶劣，没必要节外生枝，再说昨天黄总不是发了份数据吗？我已让人连夜研究分析，药剂就不必了，真没必要，请相信我。

我定定看着他，百感交集，一时不知说什么才好。

德文、梵非秘密合作是桃色Ⅱ号发标后我和邰伟豪私下达成的协议，两班人马钻研同一个方向，暗符毛主席关于集中优势兵力打歼灭仗的战略思想，事实上这个做法也颇见成效，一加一远远大于二，因此才能在对抗中不落下风。

此刻他突然放弃对药剂的研究，实质上是不愿获得德文核心机密，

205

主动退出这场竞争。更直接点说，就是他根本不在乎从这次招标中获利。

在亿元大标面前，有人拼抢得头破血流，甚至闹出人命，邰伟豪却展现出特有的贵族气质和绅士风度。

我……代表德文感谢你，感谢梵非。我真诚地说。

他用力搂搂我，洒脱地笑道瞧你，这么正规干什么？大家是好兄弟，好朋友，相互帮忙而已，有时间替我找找姬小倩，我要狠狠打她的屁股。

我眨眨眼说她的屁股很大，打下去感觉一定不错。他放声大笑，在朗朗笑声中离去。

枯坐了会儿，从后门溜出去叫辆出租直奔连医生家，唐雪漫已经苏醒过来，半倚在床上，连医生正一勺一勺给她喂药，神态慈祥得令人生疑，好像服侍亲生女儿似的。

"你在笑什么？"我好奇地问。

连医生咧开大嘴："我在想，要是唐小姐多来几次，我家房子就能翻新了。"

"去你的，乌鸦嘴！"我骂道。

喂完药他知趣地退出去，随手关上门。

我坐到床边抓过她的手，她的手冰凉彻骨。

她看着我，眼中渐渐蒙上一层淡淡的雾气，如烟如幻，朦胧得有些不真实。

"怎么了？"我问。

"你又救了我一次。"

"总不至于想以身相许吧？"我开了个不像玩笑的玩笑。

她勉强一笑："或许。"

"有没有跟邝哥联系？"

"没有，以后再也不会了，我想，他大概也无颜找我，或亦认为我死了。"

"当时情况确实恶劣，他有他的难处。"我不禁为邝哥辩解。

"对，任务第一，这是我们第一堂课就被教导的，任何情况下都必须记住完成任务才是第一位，为了任务可以牺牲上级、牺牲同伴，乃至牺牲自己。"

我看出她难得有倾吐欲望，顺势问道："怎么训练？哪些人负责？目的就是把你们训练成职业杀手？"

"不，不是你想象的，但具体情况我也不是很清楚，"她闭眼回忆了会儿，"那是一处农场式的小山庄……"

里面有田野，也像普通农村一样种植庄稼、蔬菜、水果，每逢收获的季节，教官会宣布放几天假，让孩子们到田里帮忙，虽然很苦很累，却是他们最开心的时候，因为没有训练任务，没有教官无情的呵斥和暴打，没有你死我活的擒拿格斗。一条山涧从小山庄穿过，暴雨过后他们便在山涧中间拦起鱼网，短短半天能捉几筐活蹦乱跳的鱼，不过唐雪漫总会悄悄放走几条，她不喜欢看到鱼在砧板上拼死挣扎的样子。小山庄背后是千米深的悬崖绝壁，正面是片视野开阔的陡坡，方圆几百米一览无余，再往前是密密麻麻的野楝子树，楝子树的树枝和叶子都长有又尖又细的刺，扎在身上会肿起一大块，很长时间都消不掉。野楝子树林成为小山庄天然的防线，哪怕再勇敢的猎手，再调皮的孩子也没有勇气穿越刺的海洋。唯有小山庄几个首领才掌握一条出去的秘道。

负责训练的教官成分很杂，有的沉默寡言，一个月难得说十句话，甭想从嘴里挖出点什么；有的虽然滔滔不绝，但涉及自身便守口如瓶；仅有少数几个大概以过去的身份为自豪，有意无意亮出来炫耀，其中包括试图强奸唐雪漫的前特种兵，还有几个分别是警官学校教练、大学体育老师、某省射击队冠军。

开始两年训练的内容很杂，主要以拳脚功夫、各种武器的应用以及驾驶、游泳为主，后来根据各人的天赋进行分类，唐雪漫在电子技术和计算机方面悟性过人，而卬哥擅长格斗，小山庄便让相应的老师专门辅导。

小山庄里的孩子并不多，唐雪漫刚到时一共只有 7 个人，后来有人离开，又有人加入，始终保持在 6 至 8 个左右。接受这些训练干什么？这是所有受训孩子最关心的问题，私底下也有过交流，但谁也不敢问，因为那些教官才不管呢，他们只要保证完成教学任务，让所有孩子在测试中过关就 OK。卬哥到底大两岁，鬼机灵些，有一次悄悄告诉她，小山庄相当于一所学校，专门培养特殊人才，等到一定机会就卖给需要的人。

如果没人要呢？她问。

他诡秘一笑，小山庄本身也承接一些生意，同样需要人手，因此会把表现特别优秀的留下来，用山庄主人的话说这叫留校。

唐雪漫从未见过山庄主人的模样，他很少到山庄这边来，也不直接跟孩子们接触，所有指令都通过教官传达，即使除夕，小山庄里的人一起吃团圆饭他都不露面，或许是一种策略，在孩子们心中留下高不可攀的神秘感。关于他的资料，唐雪漫只掌握两条：第一，他是一家大集团的老总，第二，他很有钱。至于他为什么跑到山里开这所学校，一直是难解之谜。

平心而论，那些教官对孩子们还算不错，除了该死的卢教官。强奸未遂事件发生后他还不甘心，先后找了她好几次麻烦，唐雪漫终于忍无可忍，偷偷说给卯哥听，他却建议她向山庄主人报告。

报告？谈何容易，想见山庄主人必须经教官们层层转达，而且要说明什么事。首先她不好意思说出口，其次教官们相互袒护，不可能帮她说话。后来她琢磨出来了，卯哥担心给山庄主人留下不好的影响，压根不敢惹卢教官。

当时一起训练的还有个女孩子，叫花凡凡，进来前也是流浪儿，原是陕西神木人，是一场特大车祸的唯一生还者。花凡凡比唐雪漫小3岁，可胆子比唐雪漫起码大3倍，曾鼓动她夜里进野楝子树林查探密道，还经常溜进厨房偷东西吃。其实花凡凡的嘴很刁，很多东西不吃，但就是喜欢偷窃时紧张兴奋的感觉。

唐雪漫把卢教官的劣行告诉她，并暗示如果听之任之，他早晚也会向她下毒手。花凡凡很干脆，说与其任人宰割，不如先下手为强，做了他！

机会很快就来了。一天小山庄顾总管过小生日，晚上早早把孩子们打发了回屋睡觉，邀请几个教官喝酒庆贺。花凡凡便潜伏在餐厅外面，等卢教官醉熏熏出来撒尿时匆匆迎上去，小声说："报告教官，唐雪漫不肯回去睡觉，一个人躲在见思崖哭泣。"

见思崖处于小山庄最远最偏的角落，离餐厅足有五六里路，平时极少有人过去。卢教官听了眼睛一亮，声音同样很轻地问："还有谁知道？"

花凡凡瞪着迷死人不赔命的大眼睛，迷茫地反问："教官们不都在喝酒吗？"

卢教官心一颤，暗想这妮子倒也有几分姿色，以后逮着机会琢磨琢磨，今晚先摆平那个刚烈的女孩子再说。他让花凡凡回去睡觉，自己一个人摇摇晃晃向后山走去。

那天晚上月亮格外皎洁，银白色的月光水泻般洒在山崖上，山风不太大，如细丝柔线似的缠绕在空气中，让人既感受到无所不在的凉意，又不觉得冷，这样如歌如诗的夜晚适宜散步，最好是一个人，静静地欣赏夜景、山景和自己。

然而卢教官却有完全不同的想法，心中燃烧着熊熊烈火，他要征服，他要发泄！

爬上陡坡，远远看到唐雪漫纤细单薄的背影，她好像有点冷，双手抱在胸前，坐在悬崖边的大青石上，肩头微微耸动，似乎哭得很伤心。卢教官三步并作两步跨上前，大大咧咧道："唐雪漫，怎么还不回去睡觉？"

她没有回头，淡淡道："有点心事。"

"有心事跟我谈谈嘛，我能化解你的寂寞。"他暧昧地说着，悄悄隐到她背后，双臂张开悄悄抱向她腰际。

说时迟那时快，唐雪漫闪电般转身，双手各掣一把牛角尖刀，狠狠刺入他腹中！

第三十六章　欲盖弥彰

卢教官吓得魂飞魄散，酒意飞得无影无踪，单手向下一拍，使右刀仅扎了半公分左右便偏开，同时身体急挫，饶是如此左刀还是深深刺入肋部。唐雪漫并不指望一击得手，当下弃刀后退，从腰间抽出软鞭攻了上去。卢教官缓了口气，虎吼一声，血红的眼睛瞪得有铜钱大，伸出左臂硬捱了一下，铁钳般的巨掌狠狠扇在她脸上。

唐雪漫踉跄退后两步，右手一扬，撒出一大片白色粉末。卢教官猝然不及，眼睛一阵刺痛，原来是胡椒粉！趁他流泪不止拼命揉眼之际，唐雪漫迅疾无比冲过来连刺四五刀，每一刀都刺在胸腹间。卢教官毕竟是特种兵出身，虽然目不能视，居然听音辨形找到她的位置，冷不丁撩起一脚踹在她下身，唐雪漫惨叫一声凌空直飞到悬崖边缘，再有几十公分就要掉下去了。

卢教官狞笑着向前逼进，唐雪漫欲挣扎起身，然而那一脚委实厉害，踢破了她的气门，全身空荡荡无从聚力，丝毫不能动弹。卢教官恶狠狠骂道："小娘皮，老子要给你快活你不肯，偏要自寻死路，今儿个怪不得老子辣手摧花！"

唐雪漫突然扯开嗓子大喊："救——命——啦！"声音凄厉尖利，久久在山谷间回荡。此时卢教官身中数刀流血不止，体力急剧下降，不想过多纠缠，在救命声中大踏步上前想将她踢下悬崖！

蓦地腰间一凉，一柄匕首齐根刺了进去。卢教官一呆，正待有所反应，后心又一凉，然后便永远失去了知觉。原来唐雪漫放声嘶叫就是为了掩护花凡凡从背后偷袭。

两个女孩将尸体推下悬崖，然后溜回宿舍。当晚没人注意到卢教官失踪，因为大家都喝多了，只管随便找个地方睡觉。直到第二天午饭时才有人注意到这个问题，然后发动所有人将小山庄细细搜了一遍，结果当然是一无所获。最后结论定为可能酒后失足掉入悬崖。

过程不对，但结局相同。

卬哥一直怀疑是唐雪漫的杰作，偷偷问过好几次，她坚决否认。她觉得卬哥很自私，自私的人为了自己的利益什么事都干得出，不值得信任。倒是花凡凡因此成为她的密友，两人后来又合作干了几件胆大包天的事，不过没闹出人命。后来卬哥和唐雪漫因表现优异留在小山庄，花凡凡则早早满师去了广州，直到这回出来执行任务时才听教官们私下议论，说花凡凡真有两手，居然脱离山庄主人控制逃到澳洲去了。

说到这里，我忍不住岔道："你呢？从没产生过这个念头？"

她凄然一笑："跑到哪儿？我无亲无故无家，不管在哪个地方都是孤身一人，还不如回小山庄待着，身边毕竟有几个熟悉的人……卬哥不敢逃，一是怕山庄主人派人追杀，二是他相信山庄主人承诺的话，等到 35 岁会发一大笔养老金，让我们回归自由。"

"真到那个时候，恐怕是一枪解决扔下悬崖。"我冷冷说。

"所以我想好了，等这次任务结束……"

我忍不住打断道："卬哥已抛下你不管，还要完成什么任务？"

"那是他的事，作为我来说只要完成任务就能换到钱，然后远走高飞。"

"以牺牲我和德文为代价？"

"我早说过，这件事绝对不可能损害德文的利益，相反，对德文竞标很有帮助。"

我哂道："坦率说我不信，因为桃色Ⅱ号的获利者只有一个，不是你成功，就是竞标获胜者，生意场上不存在绝对的双赢。"

"但是……"

"别说了，我并没有以救命恩人自居逼你放弃任务，你也别想通过我或肖章轻而易举得手，总之我希望我们打一场漂亮的攻防战，无论胜负都不要伤了情分，行不行？"

她低下头良久，再抬头时眼中蕴涵着盈盈泪光，突然用力搂过我脖子，嘴唇重重印在我嘴唇上。一股久违的幸福感和晕眩感迅速笼罩全身，我也用力搂着她，左手从胳臂移到腰间，从腰间探入怀中，接着上下游走……她难得地没有拒绝，冰凉的胴体越来越热，大有烈火蔓延之势。

211

"笃笃笃",外面传来敲门声,连医生在外面叫道:"会客时间已到,让唐小姐休息吧!"

我悻悻松手,她脸腮绯红地白了我一眼,吱溜钻进被窝,任我怎么喊都不肯再露面。出了门,连医生看都不看我,装模作样在院子里打太极拳。经过他身边时我说:"房子是该翻修了。"

"什么?"

"隔音效果太差。"

他微微一笑,一副八风不动的样子。临出门时我问唐雪漫何时能痊愈,他说着急的话今晚就能,这回主要是皮外伤,又没有伤到要害,加之她体质好,恢复能力强,日后加强调养就行了。

回公司接到詹姆斯的电话,他终究忍不住好奇与疑惑。按常理分析,昨晚姬小倩大闹德文,抢走桃色Ⅱ号试剂孤本和实验数据,彻底断绝德文竞标机会,怎么说我也不可能咽下这口气,报案、向招标办投诉是免不了的,说不定还要在新闻媒体和网络上爆料,警方和研究所也少不了传召詹姆斯了解详情,他肯定精心准备了一套说辞,当然包括姬小倩的辞职报告。

然而德文方面偃旗息鼓,我也动静全无,倒让詹姆斯不安起来,弄不清我葫芦里卖的什么药,不得不冒险打电话试探。

"詹姆斯先生,好久不见,上海的交通是不是让你很不自在?"电话一接通我就打起了哈哈。

"有点堵,不过比北京好多了,薄董事长,听说德文已经'合龙'成功,是吗?"

"跟诺贝伊顿总是有差距的,所以我们还须努力。"

"太客气了,据我所知研究所对德文的辅方非常欣赏,认为符合中国国情。"

我大笑:"符合中国国情是句套话,正如夸奖诺贝伊顿领先国际潮流,诺贝伊顿本身就是跨国集团,它研制的东西本身就是国际潮流嘛,对不对?"

詹姆斯莫名其妙地陪我干笑一阵,终于忍不住道:"听说……薄董事长跟我们的财务总监是朋友?"

"不是朋友,是好朋友,"我纠正道,"不过放心,我不会把她挖过来的,她身份太高,德文负担不起。"

"是吗？那太有意思了……随便问问，其他没什么。"他随便扯了两句天气之类的话便挂掉电话。

我微笑着想，姬小倩不知自己扔进黄浦江的是赝品，詹姆斯不知德文吃亏后为何一声不吭，整件事只有我通盘掌握，嘿嘿嘿嘿。回到公司，肖章正像热锅上的蚂蚁，原来任珺不知怎么回事，突然不接他的电话，一打就挂，如此反复了十多次，他担心会出事。

我一听也试着打了一次，也被挂断，遂发了条短信："速回电话。"过了会儿她的回复来了："不方便接，敬请原谅。"

不方便？我和肖章面面相觑，表情均有些古怪。

"你跟她是好朋友，应该知道她每个月什么时候不方便吧？"我问。

"去你的，"他捣了我一拳，深思道，"依我看恐怕武宫正雄采取严厉的封闭措施，不允许员工与外界通电话，可能连互联网都掐断呢。"

"那是在'合龙'即将完成前后，我们还收缴员工手机呢，但吉田秋应该在德文之前就完成'合龙'，现在还维持高压政策就有点奇怪了……难道，武宫正雄开始怀疑到她？"

肖章断然道："不可能，除非你……"

"我也只和她通过一次电话，而且是晚上，主要想帮你解围，我告诉她事成之后给 20 万。"

肖章连连跺脚："为何不事先跟我商量？她最讨厌金钱交换！"

"怪不得那天她态度那么冷淡，"我忖道，"不过无关紧要，她不要金钱就给感情，反正你一大把一大把有的是。"

肖章又急得青筋毕露，恨不得要跟我吵架："别把每个人都想得跟你一样，任珺性格比较偏执，是认准一个道理不回头的人，跟她玩感情要……要出大事的。"

"能出什么事？大不了你辛苦一下收做二房。"我嘻嘻哈哈拍拍他，"估计任珺不会计较名分。"

"越扯越没影子。"肖章被我半真半假说得没办法，悻悻钻进了研发中心。临近中午时银行运钞车停到楼下，4 个身穿防弹衣、手执霰弹枪的押解员雄赳赳气昂昂上来，保护肖章和黄总带着保险箱离开。

安全问题解决了，任珺一时没有消息，梵非事实上已退出竞争，接下来好像没多少事可干了。想到这里我有些兴味索然，总觉得还有什么事放不下，又一时想不起来，遂独自坐在办公室听听音乐，上上网，尽量放松身心。

这段时间太累了，不仅仅是身体，更多是精神上的压力，还有紧张得几乎窒息的算计。

手机响了，是小杨打来的。

"薄董事长，大事不好，我被人追踪了！"

"谁？"

他几乎要哭出来："那个麻烦精的师兄，卬哥！"

"没关系，你就在市区多转几圈好啦，费用算我的，跑死他。"

"不是现在，"他说，"刚才我送药到连医生家，经过杨浦大桥时同行提醒说有人在后面跟踪，我拐到交通中队一调监控，那个人就是卬哥……"

我这才醒悟过来："糟糕，他要找唐雪漫！"

"是啊，我也刚刚想到，所以……我就在楼下。"

"好，我这就下去。"我不假思索道。

上了车，小杨边开车边拨打连医生的手机，不通，再打家里的电话，没人接，不由慌了神，连连擦拭额头上的冷汗，喃喃道："有情况，有情况，连医生家24小时都有人，不会不接电话。"

我试着打唐雪漫的手机，还是关机状态，遂定定神说："他跟踪到连医生家，如果要找唐雪漫麻烦应该悄悄躲在附近，而不是原路返回继续跟踪你，想想看，是不是这个道理？"

"我考虑过这个问题，或许他想知道谁救了唐雪漫，要顺藤摸瓜查到底，或许他是碰巧看到我，来不及准备，需要回藏身的地方拿武器，"他分析说，"他很清楚唐雪漫的实力，没有充分准备别想轻易得手。"

这么一说我倒宽了几分心，确实唐雪漫并非柔弱女子，尽管有伤在身，卬哥那天晚上也吃亏不小，两人勉强扯平，因此如果他没有杀心，甭想三下五除二收拾她。

似乎意识到自己闯下大祸，小杨将开出租锻炼出来的车技发挥到极致，在车流中七拐八弯，左冲右突，随时摆出一副不惜撞车的架势，结果一段平时要开40分钟的路居然只用了25分钟，我坐在旁边捏了把汗，总想问车子有没有气囊，又想问有没有办人身保险，但看他全神贯注的样子没敢开口。

离连医生家还有200多米时小杨突然急刹车，我差点撞到前车玻璃，不满地说："干什么？"

"不正常，"他沉声说，把车子拐到隐蔽处停住，"连医生家的门一年四季都敞开着，大年三十都是如此，就是方便患者进去，现在你看——"

大门紧锁，黑漆漆的门面传递着一个信息：里面有情况！

第三十七章　弹指神功

　　小杨带我掩至院子西北角，那儿有个隐蔽的小门，相当于紧急疏散通道——连医生没有医师资格证书和医师执业证书，也未办理医疗机构执业许可证，属于非法行医，即平时所说的黑诊所。有时免不了要打游击，卫生系统执法人员上门检查时一方面委与周旋，一方面将病人和医疗器械从小门转移。

　　小门装的内锁，只能从里面开，这难不倒小杨，从上衣口袋掏出一只轻薄如纸的铁片，顺着门缝一插一抽，"咔嗒"，门居然开了。两人悄悄进去，穿过楼梯与外墙夹道来到堂层背后，里面传来说话声，便一左一右伏到窗户边朝屋里张望。

　　卯哥，果然是卯哥，头上、手臂都裹着纱布，杀气腾腾站在屋子中间，双手执枪，左手枪对着连医生，右手对着唐雪漫。连医生可怜兮兮蜷缩在左墙角，手拢在袖里，很害怕的样子；唐雪漫则镇定自若坐在沙发上，脸色比昨天好了不少，怀里抱着热水袋，面无惧色。

　　"你到底什么意思，想退出？"卯哥道，"干与不干你得明确说一声，我也好告诉人家。"

　　唐雪漫平静道："你明明很清楚，非要我把话点破？"

　　"我承认那天晚上我做得不对，站在师兄妹的立场我不该抛下你临阵脱逃，将你置于死地，可站在任务角度想一想，就会发现那是唯一明智的抉择，对方毕竟人多势众，我们俩都受了伤——你看我的头、还有手臂，根本不能久战，因此能逃一个是一个。"

　　"我没有怪你，换了我也会这么做，人要活下去才能有作为，否则那么多钱留给谁用？"

　　卯哥脸上有些挂不住，干咳一声道："我不奢求你原谅我，但私人恩

216

怨是次要的，我们必须把任务放在第一位，事情还得一步步做下去，作为牵头人，你要定期向我报告进展情况。"

"你以为缺了你地球就不转？别忘了我还有备用渠道，我有权在特殊情况下不通过你直接与买家接头！"

"这么做等于告诉山庄我们关系决裂。"

"我们已经决裂。"

"雪漫！"卯哥脸色很难看，"恐怕你是想独吞那笔赏金吧。"

"你非要往那方面想我也没办法。"

屋内气氛越来越僵，我听得暗暗着急，不住埋怨唐雪漫不懂得权变，眼下人为刀俎，应该尽量缓和彼此情绪，争取和平解决问题。

卯哥冲唐雪漫怒目而视，她还以颜色毫不退让瞪着他，两人斗眼似的瞪了会儿，他突然叹了口气："雪漫，还记得十多年前的火车站吗？早上从垃圾箱里爬出来乞讨，中午溜进餐厅捡人家吃剩的饭菜，晚上混在盲流中间取暖，偶尔偷些水果啃啃，过着浑浑噩噩的日子，即使如此，我们总能把烧饼分成两份，半瓶饮料你一口我一口均着喝，好容易抢到根香蕉却舍不得下嘴，轮流用舌头舔来舔去……"

"别说了，"唐雪漫声音发涩，"我不会忘记是你改变了我的人生，若不是你把我拉上那辆车，也许我至今仍在火车站做乞丐，捡垃圾。"

"我并非拿过去的事打动你，而是思考一个问题，为什么我们拥有越多，心理反而越不满足？为什么过去顺理成章的事现在却无法做到？"

小杨竖竖大拇指，言下之意卯哥确实厉害，见硬来不行迅速改变策略，以情动人，而且说出这么有哲理的话，简直具备哲学家风度。

唐雪漫冰冷的表情微微松动，怔怔看着门外的院子，突然问："你打算干多久？真要等到 35 岁？"

"这是两码事，我希望首先完成目前的任务。"

"我刚才说过，你已与任务无关。"

卯哥眼中慢慢聚起杀气，全身上下关节咯咯直响，勉强控制住情绪说："你不是一直想洗手不干吗，我答应你，做完这一票就陪你远走高飞，去美国、去澳洲、去新西兰，总之越远越好，行不行？"

他虽愤怒到极点，还是用商量甚至有点央求的口吻，足见卯哥委实是能屈能伸的人物，为了利益不在乎颜面。

唐雪漫声音更冷："为什么和你一起？不错，你改变了我的人生，但你不是我的人生，我有权追求自己想要的。"

"是那个姓薄的小白脸？"

哼，居然背后说我的坏话，虽然我的脸比较白，但最讨厌别人叫我小白脸。小杨转头打量我，吐吐舌头，似乎赞同邛哥的看法。

"今天我不想跟你讨论个人问题，"唐雪漫道，"希望你把枪收起来，别摆出睥睨天下的样子，它让我联想到你逃跑的那个晚上。"

邛哥怒吼道："别打岔，我知道你喜欢他！本来一切都很正常，我们像以前一样循序渐进，按计划有条不紊开展工作，可随着你跟那个小白脸走得越来越近，情况慢慢发生变化，你开始疏远我，嫌这嫌那，然后插手一些莫名其妙的事，非但对任务无益，反而容易暴露自己的身份，比如招惹丁栋根，要不是你为了区区20几万元把人家一顿暴打，后来怎会对我们下毒手？还有徐教授实验室，我警告过你别多管闲事，你就是不听，结果差点没命！说来说去你就是心甘情愿帮小白脸卖命，你傻不傻呀？"

唐雪漫梗着脖子说："我的事无需你指手画脚。"

"我看你就是痴心妄想，癞蛤蟆想吃天鹅肉！你以为你是谁？大上海白领阶层？呸，做梦去吧！你跟我一样，是乞丐出身，是躲在野山沟的走狗，主人指到哪儿我们就打到哪里，没有灵魂、没有自由、没有属于自己的空间……"

"我厌倦这种生活！"唐雪漫突然爆发了。

"我也厌倦，可是有什么办法？"邛哥冷静地说，"没有小山庄我们还在火车站捡垃圾，因此就算没有一分钱报酬也得做下去，这也是某种形式的报恩，不然他们辛辛苦苦培养我们干什么？世上根本没有免费的午餐！小白脸是什么人，地道的纨绔子弟，在女人堆里打滚的货色，他泡的马子比你见过的都多，还是堂堂公司董事长，想跟他好，你有资格吗？配得上吗？你想他以后怎么介绍你，'这是我的女朋友，她原来是干飞檐走壁勾当的……'"

住口！

我心里默默嘶喊，平心而论我从未这样看过唐雪漫，也从未认为自己有什么了不起，上海就是这样一个地方，一夜之间可以让人上天堂，一夜之间也可以把人打下地狱，在这儿没有过去，没有曾经，只有成功者的微笑。

"住口！"唐雪漫喝断道，"无论你怎么认为，反正我不想再见到你，滚回小山庄去吧，告诉那边的人我会遵守诺言完成任务，至于未来是我个人的事，轮不到你过问。"

卬哥惨笑道："我一个人回去？两手空空地回去？小山庄怎么对待失败者你又不是不知道，还不如就在这儿杀了我，雪漫，当年是我把你从生死线上救回来的，你真想借小山庄之手置我于死地？"

"那你另想办法好了，天下之大哪里没有活命的地方，何必在一棵树上吊死？"唐雪漫并不松口，"你的行为彻底让我失望，我不想再和你合作！"

卬哥眼中杀气迅速弥漫开来，黑气笼罩了整张脸，看起来分外狰狞，他晃晃手中的枪，冷声道："你考虑清楚，我会不惜代价的！"

"请便。"

"十多年前我救了你，现在让你死在我手上，也算因果报应，"他咬牙切齿道，"再给你最后一次机会！"

快答应呀，答应下来还可以反悔的，再说桃色Ⅱ号招标形势瞬息万变，哪有十拿九稳的说法？我在窗外急得进出汗来，小杨也连连叹气，不理解唐雪漫一根筋的做法。

一直躲在墙角的连医生也说话了："唐小姐，万事和为贵，别急着下结论，大家坐下来商量商量，有话好好说。"他也在暗示她别死扛到底，然而唐雪漫硬是犟上了，倔强地闭起嘴唇，目光投向院子，露出不屑一顾的神情。

"今天注定是死亡的日子。"

卬哥缓缓抬起枪口，突然改变方向对准连医生双枪齐发：

砰！砰！

连医生以十分古怪的姿势倒伏于地，一动不动。与此同时唐雪漫从沙发上弹射而起，转瞬冲到卬哥面前，卬哥调转枪口已来不及，"嘭"，左手枪被一脚踢飞。卬哥反应神速，右手枪凌空一抛，双臂绞住她右手一拖一推，化解掉她的攻势，然后右手再一接，重新把枪握在手中。唐雪漫不等他调整姿势，旋风般扑上前展开贴身短打，虽说这种打法对她不利，但杀伤力巨大的手枪却派不上用场，抓在手里形同鸡肋。

"快报警！"我命令道。

"你疯了？"小杨指着屋内道，"瞧他们这种打法，等警察过来只能收尸，再说以唐雪漫的身份怎么面对盘问？越说问题越大。"

"总比死在玎哥枪口下好。"

"薄仕，你是董事长，要注意自己的形象，别被这个女人拖下水。"

短短几句话工夫屋里风云突变，玎哥右腿侧滑，以坚实的右臂硬捱了她一拳一掌，左手闪电般抽刀横划，刹时血花飞溅，唐雪漫手臂被划了一道长长的刀痕！

我当即紧握双拳要冲进去，被小杨死死抱住，反复在耳边说："你是董事长，别跟这些人玩命！"

唐雪漫中刀后好像崩溃了，胸口、下腹、前额连续遭到重击，俄顷间被打倒在地，玎哥过去狠狠踩在她后心上，枪口顶住她太阳穴道："答不答应？"

"开枪吧，反正我不想活了。"

"我当然会开枪！"他咆哮道，"我宁可亲手杀死你，也不会让你投入小白脸怀抱！"

"那你最好杀了我，否则我就跟他好。"

这一瞬间我的眼泪不受控制地落下来，真是个傻女孩！生死关头还说这种刺激他的话，不是找死吗？然而她的话又在我心里掀起万丈狂澜，因为在此之前她从未说过一句与我亲近的话，哪怕暗示性言语，她总是那么冷淡，即使贴在身边也像相距千里，给人遥不可及的感觉。

玎哥暴怒至癫狂："好，我成全你！"

说着手指扣动扳机！

"啊——"我绝望地哀号起来。

然而，又是然而，伏在地上的连医生猝然跃起，指头一弹，"当"，玎哥的手枪被击落在地，再手指一弹，玎哥惨呼着捂住左眼，跌跌绊绊倒退两步，震惊地看着连医生。

"你……没死？"

他简直不相信自己的眼睛，我也不信，小杨也不信。连医生潇洒地掸掸身上的灰尘，笑道："你看我像中枪的样子？"

原来他抢在开枪前做出闪避动作，一直伏在地上装死。

玎哥眼睛在地面扫，试图抢到手枪，唐雪漫挣扎起身，从容捡起两柄手枪退掉弹夹，然后扔到他脚下。玎哥眼中闪动着困兽犹斗的疯狂，握着匕首的手暴出青筋，显然想寻找机会作殊死一击。

唐雪漫微微喘息着，不顾鲜血汩汩流淌，紧握双拳毫无惧色与他对视，屋里气氛仿佛凝固了似的。我拼命用脚蹬墙想摆脱小杨的束缚，无奈他力气比我大得多，双臂铁箍般将我抱得气都喘不过来。

还是连医生打破僵局。

他倒背双手向前迈出一步，然后又迈了一步，离邛哥不足 3 米。邛哥脸上微露怯色，不着痕迹地后退小半步。

连医生没有逼人太甚，用很平和的语气说："要不要帮你看一下眼睛？"

邛哥突然一跺脚，头也不回地冲出堂层，穿过院子，咣当打开大门冲出去。

第三十八章 缠绵如梦

连医生坚决不承认会武功，不是什么武林高手、江湖隐士，说以前下放时跟在猎人后面练过投掷，练到非常纯熟时能在奔跑时射中野兔，后来除四害时专门打麻雀，什么工具也没有，就准备一兜碎砖块，站在树下瞄准了就打，一天下来起码打四五十只，作孽啊。说到这里他叹息不止。

小杨也跟着叹气，刚才跪在院子里求连医生收他为徒，这么一说基本打消了念头，不过唐雪漫可不会被三言两语唬住，止完血后道："投掷和弹射是两码事，投掷靠腕力，弹射则是指力，连医生仅凭双手就击败玐哥，没有几十年指力是不可能的。"

连医生连连摆手："说实话我也没把握，所以一直寻找最佳时机，不过这两下子就是压箱货了，假如他最后扑上来玩命，我还真不知怎么应付。"

"是吗?"唐雪漫半信半疑。

为防止玐哥卷土重来——他虽慑于连医生的弹指神功而不敢正面单挑，但明枪易躲暗箭难防，难保会藏在暗处冷不丁偷袭，同时唐雪漫的伤也无大碍，关键在于休养，因此还是"出院"为上。选择住到哪儿又费了一番心思，她租的房子和我家都不能去，以防玐哥杀上门，本来肖章家是不错的选择，可最近冒出个神秘女友，自然不好插进去做灯泡，思来想去，只有到小杨家落脚了，虽然他非常不乐意。

因为他是出了名的惧内，突然带这么漂亮的女孩子回家，后果可想而知。

幸好钱是万能的，一行人过去后我塞给小杨老婆一只厚厚的信封，又故意吞吞吐吐说家里不方便，在这儿暂住一阵子，千万不能传出去。

她掂掂钱，又看看苍白憔悴的唐雪漫，会意说没关系没关系，明早我就到菜场买只老母鸡炖汤，补神又补气，坐月子的人就需要这个。

　　我知道她误会了，故意不点破，笑了笑转进唐雪漫休息的房间。小杨是土生土长的上海人，用鲁迅的话说"原先祖上也阔过"，"文革"前在淮海路弄堂里拥有九间平房，后来抢的抢、拆的拆，到小杨手上只剩下四间，饶是如此在寸土寸金的淮海路也是一笔巨额财富，后来拆迁搬到同属于商业中心的天平路，换得两套90多平米的套房，一间自己住，一套出租，小日子也过得不错。腾给唐雪漫住的是客房，与主卧室中间隔着卫生间，这样好，可以避免听到一些令人尴尬的声音。

　　简单拾掇后小杨匆匆出去做生意，我没有离开，一是初来乍到，唐雪漫又不擅长与人热络，需要时间适应，二是我看出她有话要说。磨蹭到天黑，小杨买了些卤菜回来，招待我吃一顿还算丰富的晚餐。唐雪漫没什么胃口，喝了点汤就进屋休息了。晚饭后小杨老婆穿起围裙要进厨房洗碗，还是小杨机灵，拉着她出去散步，临出门时冲我眨眨眼，大声说我们散步要很长时间，想喝水自己倒。

　　走进客房，唐雪漫已睡了。淡淡灯光下，沉睡中的她显得格外迷人和令人心动，眉影深暗，呼吸间散发出女孩子特有的幽香，胸部柔和地拱起一个美妙的丰满圆弧，通体流畅的曲线像琴弦一样拨动我的心弦。我坐在床边呆呆看了她很久，俯首吻在她脸上。她立即惊醒，两眼迷茫地看看我，嘴角慢慢绽开笑容：

　　"薄仕……"

　　冲动之下我吻向她的嘴，被她侧过脸避开："别……我想说件事。"

　　"我都听到了。"

　　"听到什么？"

　　"你喜欢我。"

　　唐雪漫咬咬嘴唇，双手捧着我的脸，神情认真地说："但卬哥说得不错，我们是两个世界的人，根本不可能在一起，我不可能对你、对德文有任何帮助，也不能让你过你所追求的生活，相反只有无休止的麻烦，所以有句话我从没说过，但今天说了之后明天起就不算数了，那就是——我真的很喜欢你，薄仕。"

　　我也捧起她的脸说："知道刚进公司时我为什么一再排斥你？因为一见你我就有种预感，我会被你吸引，以至于不能自拔。然而事与愿违，我还是不可救药地喜欢上你……你说得对，或许我们是两个世界的人，那又怎样？规矩就是用来打破的，只要我们彼此真心相爱，没有迈不过去的坎。"

她拼命摇头，眼泪却不受控制地落下来，大滴大滴的，如屋檐边密集的水帘，泪水中她又微微笑了，搂紧我脖子说："你……你真是我命中的魔星！小山庄已把我训练得铁石心肠，没有情感，没有思维，可为什么见了你我就容易心软，就容易被感动？"

"因为我们有缘，缘分是世上最奇妙的东西，它能化解一切，包括仇恨、阴谋和罪恶，但它可遇不可求，总会以突袭的方式降临，比如说我们，不是吗？"

她忧伤地垂下眼："可是我怕……我看过很多电影，美好的爱情都是以绚烂美丽开始，以悲惨哀伤结局，我真的很怕，那种打击不是划几刀，割几个伤口那么简单，伤口可以愈合，爱的分离抛别则是撕心裂肺的痛……"

"你想得太多了，以前我经常嘲笑肖章是语言的巨人行动的侏儒，你不至于跟他学吧，"我搂着她道，"放下负担，抛却烦恼，轰轰烈烈爱一场，等到老了，走不动了，坐在阳台的藤椅上，看着夕阳渐渐落山，想到曾经经历过的那些事，那些人，还有一段刻骨铭心的爱情，才算拥有完整的人生，否则只不过在这个世界上走了一圈，什么痕迹都没有留下……不要总想着火车站，谁没有落魄悲苦的时候？我刚到上海时推销医疗器械，不知受了多少白眼，挨了多少唾骂，有人甚至放狗咬我，不是也熬过来了吗？那段过去不是你的错，没必要为此背负沉重的枷锁，相反更要理直气壮争取应有的幸福，与小山庄无关，与卯哥无关，只在于你和我。"

她的脸愈加靠近，两人鼻尖对鼻尖，完全感觉到对方呼吸的气流，四目相对，凝视了好久，她一字一顿说："你真不在乎？"

"我在乎，"我说，"我在乎你对我是否真心。"

她笑了，笑得甜蜜而妖娆，谁能想到这张冷漠矜持的脸上竟能绽放出如此美丽、如此迷人的笑容！瞬时我醉了，醉倒在温柔与馨香织成的网中，好像有只手拽着我的心向外拉，越拉越远，越拉越快，深深陷入她的柔软。我浑然忘了她身上还有伤，体质仍很虚弱，她也没有抗拒，反而在迷乱中敞开心怀，打开身体，然后用被子将两人全部罩住……

"薄仕。"

"嗯。"

"在想什么?"

"小杨。"

"嗯?"

"散这么长时间的步,应该很累。"

黑暗中她无声地笑了,雪白娇嫩的手臂搂住我腰际,吹气如兰道:"老实说,怎么会见第一次面就怀疑我?"

"两个原因,一是你的身材与夜里窃贼的背影很相似,二是你从来不用香水,有部美国大片说过,特工守则第一条就是不得使用香水,因为香水和体味的混合气味容易残留在空气中,成为鉴别身份的佐证。"

"如果你到小山庄接受训练,一定会成为高手中的高手,"她悠悠说,"正如你所说,我们从小就被要求使用无味的肥皂、洗发水,连牙膏都是特制的,唉,我多想像普通女孩一样,把自己打扮得漂漂亮亮,然后自由自在地逛街、做美容、喝茶,跟朋友没完没了煲电话粥……"

我听得差点掉下泪来,这些日常生活中唾手可得的事,在她看来却是莫大享受,遂抚摸着她绸缎般光滑柔软的胴体道:"你会拥有这一切的,就在不远的将来,只要我们共同努力。"

她把头钻到我怀里:"电影里说男人得到女人的身体后就会产生厌倦感,你呢?"

"你怀疑自己的判断?"

"电影里还说恋爱中的女人都很愚蠢。"

我乐了,刮一下她的鼻子说:"别忘了大多数电影结局都是男女主角幸福地生活在一起,虽然俗套,但让人高兴。"

正漫无边际地聊天,外面门一响,小杨夫妇回来了。我赶紧起身穿衣,稍稍梳理一下才开门出去。

送我回去的路上,小杨不时朝我打量,目光像探照灯似的扫来扫去,我知道他想说什么,却故意装湖涂,跷起腿闭目养神。

"董事长,这个……"他终于按捺不住,"晚上还好吧?"

"辛苦你了。"

"不不不,你更辛苦。"

"我辛苦什么?"

"衬衫纽扣纽错了。"

我慌忙低头看，他哈哈大笑："骗你的，别紧张。"

我恼羞成怒："好好开你的车！"

"但你下楼时明显不一样，"他比画道，"上楼时一步两档或三档，下楼却脚步飘浮，扶着栏杆走，到了楼下呼呼直喘气，还抱怨楼层太高。"

"谁叫你买 6 楼？"我脸上发烧，犹自强辩道。

"肖总还买的 7 楼呢，不也天天爬上爬下？"他嘀咕道。

说到肖章我倒想起来了，问道："前些日子让你搞清楚他同居女人的身份，怎么没动静？"

他摸摸后脑勺，很为难地说："好像……没有情况。"

"撒谎！肖章已当面承认家里有女人，不过没说是谁而已，"我逼视着他说，"是不是你们串通一气合起伙来骗我？他给了你多少钱？"

他忙不迭摇手，车子差点失控撞到路边栏杆："不可能的，董事长，你明明知道我对你忠心耿耿，从来不曾串通别人骗你。"

我哼了一声："谅你也不敢，除非以后不想在上海混下去，不过……总觉得你大有问题。"

"没问题，绝对没问题，我确实在肖总楼下盯了好几天，压根没见到两人一起出入。"

我抓住他话中的毛病："你看看，问题就在这里，我叫你查那个女人的身份，不是抓拍两人在一起的镜头，现在的情况是他不想让别人知道这件事，自然避免在别人面前成双成对，不然怎会凌晨才跑上街休闲？"

他叫苦连天："董事长，那幢楼每天出入的女人少说也有四五十个，我哪辨得出谁是肖总的女朋友？上回不过从旁边匆匆瞟了一眼，根本没看清模样。"

我的本意是分散他的注意力，别老在唐雪漫的事上喋喋不休，遂曼声道："从明天起还要加强监视，如果能抢在肖章亲口告诉我之前查到真相，再记你一功。"

他笑嘻嘻伸过头："董事长，最近我累计的功劳也有不少了吧，单唐雪漫就救了两次，而且冒险把她接到家里，什么时候结算一下？"

我但笑不语，按下按钮放起了音乐："浮云散明月照人来，团圆美满今朝醉。清浅池塘鸳鸯戏水，红裳翠盖并蒂莲开。双双对对恩恩爱爱，这暖风儿好花吹，柔情蜜意满人间……"

　　此时此刻听这首《花好月圆》真是太恰当了，唱出了我的心情、愿望和憧憬。

227

第三十九章 以死相逼

上午肖章和方芳来到我办公室，递上三季度财务报表，如预期的那样，财务状况非常糟糕，究其原因就是桃色Ⅱ号。为了它德文放弃主营业务，绝大多数技术力量都扑在上面。虽说第一阶段入围公司享有补贴，一是还没拿到手，二是补贴款相当于生活费，只能冲减开发费，其他费用还得自掏腰包。

我说："二位别朝我看，早在几个月前我就给大家打了预防针，桃色Ⅱ号项目研发是大赌注，赌赢了个个能成为百万富翁，赌输了擦掉眼泪重来，现在不过亏损几十万，少发点奖金就受不了了？"

肖章讷讷说："这些日子员工们都很辛苦，特别是参加研发的技术人员，哪个不瘦十多斤？昨天技术研讨会上还向我要加班费，现在倒好，加班费、奖金一分不给，岂不挫伤大家的积极性？"

"账上还有多少钱？"我问。

方芳拿出报表："12万6千，不过供应商那边催款催得急……应收款方面目前余额达90多万，我已派人上门催要，本来唐雪漫是要账能手，不知为何连续几天没来。"

"不是友好协作单位也不会拖欠，催急了伤和气，别做得太过，"我沉吟道，"公司经营亏损，没道理发奖金。这样吧，肖总打电话给供应商解释一下，货款暂时压一压，先发点加班费，一切等招标结果出来再说。"

接着又商议如何计算加班费，以及行政、内勤、销售和技术的等级，方芳出去后肖章踌躇片刻，反锁上门，涨红脸要跟我说什么。见他紧张的样子，我笑道天塌不下来，有事快说。

他嗫嚅吐出几个似是而非的字，额头上倒出了汗，拿起桌上的报表猛扇几下，一把扯开夹克衫，由于用力过大，竟把拉链拉断了。这一连串动作把我的心悬得老高，不知他要抖出什么猛料。

手机响了，他如释重负出了口气，好像找到逃避的借口，拿起手机问："你好，哪一位……任珺?"

我也跳了起来，紧张地盯着他。肖章一边听一边点头，最后简短地说"好"便挂断电话，表情已恢复如初，说："她叫我过去拿东西。"

"药剂和数据都有了?"我又惊又喜。

"她只说已经得手，叫我现在过去。"

"在哪儿接头?"

"她家。"

我一愣："这……这是为什么?"

"我也觉得不对劲，不过……先去看看再说。"

肖章匆匆出去了。我坐在办公室想了很久，越想越感到任珺此举大有问题。以前传递情报她总是通知我，见面地点大都选择僻静的茶楼、咖啡厅或西餐厅，有两次是在晚上。我担心被人看了误会，建议直接去她家拿，她一口拒绝，宁可跑到离家三条街的酒吧。我知道有些人特别是女人有洁癖，不喜欢别人随便进入自己的家，因此并不介意。但这回她居然直接打给肖章，又是去她家，不能不让我产生疑虑。

左思右想，还是决定过去一趟。坐在出租车上时唐雪漫打来电话，问我今晚是否过去，我听到话筒里嘈杂声比较大，问她在哪儿。她说昨天走得匆忙，有东西忘在连医生家，便叫小杨陪她一起去拿，这会儿正过浦东大桥。我说肖章去任珺家拿东西，我怕两人纠缠不清赶过去看看，等处理完了再回电话。

正说着肖章的电话来了，我赶紧接听，谁知话筒里只有呼呼的风声，并不说话。

"喂，喂，肖章，怎么没声音?"我大声嚷道，回答我的还是风声，还有断断的嘟嘟声，好像谁在胡乱按键。

"到底怎么回事?"我急得快站起来了。

司机不满地说："先生，麻烦你轻点声，人家听不见你嚷的声音再大也没用。"

"请快一点。"

"已经很快了，总得注意安全吧。"

这时话筒里传来一个遥远而模糊的声音："……我宁可死……"

我惊出一身冷汗。

最担心的事情发生了：任珺拿着数据和药剂，以死相逼要肖章重新接纳自己，肖章控制不住局面，才偷偷掏出手机打给我。

挺住，一定要挺住，任珺绝不能死，否则要出大事！我在车里如坐针毡，恨不得直接飞过去。

好容易捱到她租居的楼下，我扔给司机一张百元钞票头也不回地冲进去。这是幢老式居民楼，就是人们通常说的"火柴盒"，方方正正，楼面是到处是剥落、破损的痕迹，还布满着蜘蛛网般的线路。任珺租的屋子在顶层6楼，当初是我亲自挑的，一来这儿离吉田秋比较近，可以节省交通费，二来这一带租金便宜，离商业区也不远，可谓价廉物美。

咚咚咚一口气跑到6楼，门敞着，屋里没人，但沙发上却晾着一件做工考究的西装。我毫不犹豫从小楼梯爬上去，一眼看到站在楼顶露台上的任珺，肖章离她约七八米远，一只手伸向前方，好像要拉她一把，另一只手握着手机藏在身后。

露台比楼顶平台高出半米，倾斜向下挑出边沿一米多——也不知哪个科学家设计出如此危险而不实用的挡雨台，连栏杆等基本的防护设施都没有。任珺站在上面，楼下街面的人看不到，只须轻轻一滑就能坠下去。

"任珺，你干什么傻事？"我装作不知情的样子，现身喝道，"之前不是说好的吗，做完这件事你就离开上海，20万不够给25万，哪怕30万，价钱好商量。"

她脸上早已泪水纵横，拼命一擦道："这不是钱的问题！"

我故作不解："肖章是有女朋友的人，你能要求他什么？"

"他不该这样对我。"

"任珺，你们俩情谊早在你结婚时就断绝了，后来你到上海找他，他根本不想见你，是我安排你住下来，又找了份工作，当时我讲得很清楚，给你时间和机会，如果他始终没有重归于好的意思你也必须接受，在他结婚那天离开上海，不过条件是帮德文窃取情报，我是不是这样说的？"

她"哇"地放声大哭："你们这些臭男人知道什么？整天除了事业就是情报，脑门子全钻在钱眼里！作为低级文员，我没有权限进入科研重地，也没有跟技术人员接触的机会，怎么窃取情报？根本一点机会都没有。可我知道你们都是冷酷的商业动物，如果没有利用价值会把我毫不留情踢开，所以我必须想办法……"

肖章脸色铁青，索性一屁股坐到地上，无奈地看着天空，眼眶分明湿润了。我顿时明白了大半，沉重地说："怎么会呢？我是看在肖章的面子才帮你，能否弄到情报倒在其次，老实说本来想让你到德文上班的，后来怕肖章不自在才改变主意。"

"现在放马后炮有啥用？"她冷笑道，"正当我六神无主的时候，武宫正雄盯上了我，每次进去送材料总想方设法占我便宜，后来索性挑明了说想跟我上床，我恨不得甩他两个耳光，但转念一想，这未尝不是窃取情报的最佳渠道，于是忍气吞声依了他……"

肖章"嘭"一拳打在水泥地上，眼睛几乎瞪出血来。

"倚上这棵大树后，我在公司的地位无形中提高了许多，因为高管们都听说了我和他的关系，因此才能在实验室、研发基地自由出入，窃取有价值的情报，即使武宫正雄把公司上下翻过来彻查都跟我挨不上边，他怎会怀疑跟他上床的女人？"

"别说了！"肖章双掌掩面痛苦地说。

我也无言以对，手足冰冷地僵在原地。是的，其实早该想到了，武宫正雄是药剂制业圈内出了名的精明人，谨慎如鲁晓军都没逃过他的眼睛，后来又在吉田秋内部组织过几次全面细致的排查。任珺并未受过特殊训练，窃取情报方面根本无技巧可言，为何竟成为"盲区"和"死角"，奇迹般骗过武宫正雄？唯一解释就是他对她非常非常信任，以至于对某些蛛丝马迹视而不见。

"说话呀，你们两个干嘛不说话了？"她挥舞双臂叫道，"姓薄的，还记得上回我突然要离开上海吗？想不想知道原因？"

我明知此时她嘴里说出来的全是强刺激内容，还是艰难地点点头。

"前一天我身体不太舒服，提前请假回家休息，不料晚上武宫正雄醉醺醺闯进来，不容分说想要我，我拒绝了，他立即翻脸，把我一顿狠揍，并且强奸了我……是真正的强奸，那天晚上他根本不是人，是畜牲，是野兽！我哭了一夜，告诉自己不能在上海待下去，多一分钟也不行，所以冒险偷来吉秋田'合龙'前的原始试剂，想一走了之，谁知肖章……既然你不想跟我好，又明知我对感情执著而顽固，为何要我留下？为什么？"她嘶哭道。

倘若知道她是这个原因离开，打死我也不可能强行挽留她。

这不是小事，关系到一个人的尊严。

不知此时肖章内心的感受，我只有八个字：追悔莫及，无地自容。

任珺从兜里掏出试管，阳光下试管亮得耀眼，折射出嫣红色的光芒，她凄冷一笑："本来东西已经封存入库，我死活央求他让我见识一下，上次酒后强奸我之后他也有点愧疚，一直找机会补偿，因此答应了，亲自陪我进库房取出试剂，我又是要拍照留念，又是要换角度欣赏，他有点不耐烦，转到一边打电话，我趁机用针管戳进去抽了一毫升……"

肖章惊叫道："库房里面装了监控，加上原装试管封口的针眼，武宫正雄很容易就能查到你！"

"无所谓，今天只有两个选择，一是我带着试剂跳下去一了百了，二是你接受我，我甘心为你隐姓埋名，一心一意在家做全职太太，只要不露面，武宫正雄也拿我没办法。"

听起来第二个方案是唯一选择，然而爱情上追求完美的肖章怎肯低头？他对未来妻子的要求是处女并纯情，看似简单，实则近于天方夜潭。四年大学生活何等绚丽多彩，何等充满诱惑，稍有姿色的早在大一、大二就被哄抢一空，相貌一般的也被饥不择食的大四学生和研究生们瓜分，能守身如玉的只剩下真正恐龙级女孩，即便如此，俗话说情人眼里出西施，恐龙也会有春天。现在谈恋爱仅仅拉拉手、接个吻吗？那是小儿科，幼儿园的小朋友都会。大学校园四周布满杜蕾斯自动售货机，还有无数个旅馆单人间……你想想，最终能从大学全身而退的女孩有多少？步入社会陷阱更多，高官巨贪、亿万富翁、企业老总们挥舞着支票，口号只有一个：包养二奶！谁能拒绝从一穷二白到拎 LV、开宝马、住别墅？如果我是年轻漂亮的女孩，也会慎重考虑。

正因为这样，我才对肖章的秘密女友充满好奇，想看看这位从千军万马中杀出来的传奇人物。

而任珺有过一次失败的婚姻，又沦为日本人的情妇，估计肖章宁可自宫也不会娶她。两人僵持半天的原因就在于此。

现在不单是情报的问题，老实说听了她的哭诉，我嗓子眼好似吞了只苍蝇，对她以屈辱和血泪换来的试剂再也提不起兴趣。然而情报与她的性命是绑定的，要么救人又得药剂，要么同归于尽。

可真把任珺娶回家，肖章这辈子都有吃苍蝇的感觉吧。

想到这里我理解了肖章的痛苦失措，肖章本质上很善良，虽说任珺找上门时摆出一副臭脸，私底下却婆婆妈妈地关心她有没有吃饭，晚上睡在哪儿，身上的钱够不够，正是看穿他外表冷漠内心热乎的矛盾心理，我才挺身而出将她安置下来——不然干嘛没事找事？我想让肖章有充分时间考虑，给他和她都创造机会。

然而却让武宫正雄逮着机会，可恶！

肖章焦急地看着我，我无奈地看着他，平时狡计百出的我竟想不出两全之策。

任珺似乎不耐烦了，举着试管厉声道："我不想无休止等下去，行或不行只要说一声，现在起从 1 数到 10，时间一到我立即跳楼！1，2，3……"

"任珺！"

我和肖章齐声阻止，她根本不理，嘴角含着冷笑继续数："4，5，6……"

这时她身后陡地探出个头来，我吃了一惊，定神看却是唐雪漫！

她不是从连医生那儿取了物品回小杨家养伤吗，怎么出现在这儿，而且悬挂在楼顶吊梁？

唐雪漫冲我连连打手势，示意尽量吸引任珺注意力，因为吊梁角度向外斜，翻身上来会不可避免发出声音。我会意，用尽力气大吼道：

"停住！"

任珺堪堪数到"9"，闻声侧过头道："你想说什么？你能代表肖章表态？"

"当然可以，我是德文董事长，凡涉及公司利益的事都有权决定……"

肖章还没看到唐雪漫，傻乎乎阻止道："薄仕，别乱说，上次我就警告过你……"

我断然喝道："任珺性命要紧，你们都听我说！"

两人这才安静下来，目光盯到我脸上，我慢条斯理从西装内侧口袋掏出张纸，"哗哗哗"扬了一阵，道："其实我早就考虑好对任珺的安置方案，方案遵循两个原则，一是尊重历史，二是尊重现实，什么是历史……"

趁任珺听得入神，唐雪漫轻巧地翻上露台灵猫般扑向任珺。任珺感觉身后有动静，回头看时已被唐雪漫重重扑倒在地！

不知是唐雪漫手脚太重，还是任珺原本神志恍惚，一扑之下元气涣散，竟昏厥过去。肖章以为她死了，急得迸出泪来，抱着她泣不成声。唐雪漫试试她的鼻息，又摸摸脉搏，说无碍，休息会儿就会好的。说着她也摇摇欲坠，我连忙一把扶住，她头一歪昏倒在我怀里。

第四十章　正面交锋

我去任珺家途中接听肖章电话时并没有挂断唐雪漫的电话，处于"通话保持"状态，因此听到我对着话筒大声喊叫。她了解肖章与任珺的往事，意识到两人出了问题，立即让小杨改变路线——当初就是小杨陪我在这一带寻租，因此认识她家。

进屋后里面没人，她打开临街窗户查看，正好听到任珺的声音，先悄悄掩上楼观察一番形势，在小杨的协助下从窗户翻上去，阻断任珺跳楼线路。但她毕竟有伤在身，悬在楼层边沿时又吹了会儿冷风，元气大伤，也绷不住而昏倒。

考虑到武宫正雄发现任珺失踪后会联系种种异状，更重要的是她昨天才进库房参观过，必然第一时间带人过来。我们迅速背起两人撤离，驱车直奔小杨家，小杨妻子见又多了位美女，眼睛直溜溜盯着肖章打转，酸不拉叽说可惜屋子太小，腾不出房间了。我说没关系，暂且让她们睡一张床，过两天就走。说着又递过去一只信封，她顿时换了笑脸，说没事没事，人多才热闹。

唐雪漫和任珺挤在狭窄的床上，肖章手里紧紧攥着试管，表情怪异，像要跟我说什么，却不知从何说起。

"你骂我吧，这件事主要责任在我，"我嘶哑着嗓子道，"我把事情搞砸了，错得一塌糊涂，不可挽回。"

唉！

肖章喉咙深处发出一声喟叹，抱着头缓缓蹲下，过了半晌才说："你是该挨骂，刚才在楼顶我恨不得把你推下去！你瞒着我做了很多事，包括唐雪漫为什么病成这样，为什么和小杨在一起，又为什么突然赶过去……可我相信你所做的一切都是为了德文，你对德文的感情，不，是

235

投入超过我很多，甚至不惜牺牲容小米……"

提起容小米我胸口就一阵阵剧痛，心里很不是滋味，打断道："只能说明我比你残忍。"

"是啊，表面看是这样，其实……当你把情报交给我们时，当你攻克一道道堡垒时，当德文取得一个又一个胜利时，我何尝不知背后的猫腻和代价，其中自然包括任珺，只是我乐见其成，避免往深层次考虑罢了，你说我是不是很虚伪？"

能想到这一层，足见肖章确实在反思和忏悔，在残酷地拷问自己的灵魂，我拍拍他道："务虚的问题以后再说，先面对现实吧，怎么安置任珺？"

"不知道。"他直撅撅说。

"我们不能回避这个难题，"我点点他手中的试管，"药剂既拿出来，再退回去已不现实，只有充分利用才对得起任珺付出的巨大代价，眼下武宫正雄肯定在到处找她，说不定还报了案，因此她不能再露面，最稳妥的办法是离开上海，到某个安全的地方躲一阵，然后……"

"什么叫安全的地方？即使安全，她愿不愿意去也是问题。"

"小杨熟悉上海周边地区情况，由他负责落实具体地点，至于她的思想工作，解铃还须系铃人，你得出面。"

肖章的脸揪成一团旧抹布："别别别，还是你跟她谈，出多少钱我都愿意。"

"经济补偿是必须的，但她受到的心理创伤岂是钱所能弥补的？"

"你有什么好办法？"

"没有，所以才跟你商量。"

说完这句话两人都陷入沉默，其间小杨妻子端来茶水，试图搭讪几句，看看我们的脸色知趣地退出去。

唐雪漫悠悠醒来，手碰到任珺身体吓得直直坐起来，然后才看到我们，渐渐想起刚才发生的事，慢慢倚在床头，问："我昏了多久？"

"一个半小时。"

她喔了一声，从枕边挑了一大把药和水吞下，疲惫地闭上眼。

肖章试探问道："好几天没看到你，怎么受的伤？"

唐雪漫根本不予理睬，我接口道："私事，江湖纠纷。"

"江湖纠纷？"肖章提起了兴趣。

236

我耸耸肩："你最好想想任珺，她快要醒了，这儿同样是 6 楼。"

他又叹气。

手机响了，一看号码不由打了个冷战，武宫正雄的电话，连忙摆摆手示意他们不能说话，然后才按下接听键："你好，武宫先生。"

"薄董事长，在公司吗？"

"我在外面陪客户洗澡。"

"噢，什么客户要劳董事长大驾？"

我笑笑说："武宫先生想打探德文的商业秘密？"

他阴森森一笑："不敢，我想拜访一下薄董事长，不知什么时候有空？"

"……明天吧。"

"这件事很急，而且关系到……薄董事长个人声誉。"他终于亮出底牌。

我打个哈哈："个人声誉可不是小事，我得重视起来，这样吧，麻烦武宫先生再等一个小时，3 点半我准时在办公室恭候。"

"好……"

武宫正雄正准备说再见，这时任珺醒了，张口就叫道："我在哪里？"

武宫正雄当即问："你身边有女人？"

唐雪漫伸手捂住任珺的嘴，提高声音道："几位先生还要什么服务？"

我冲她竖竖大拇指，道："当然有女人了，难道武宫先生陪客户洗澡沾沾水穿好衣服就走人？"

他噢了一声，半信半疑挂掉电话。

"他找你干嘛？"肖章紧张地问。

我轻描淡写道："还能有什么事？这边你和唐雪漫负责摆平，我过去对付武宫正雄。"

"哎——"

肖章还待说什么，我已匆匆离开小杨家，叫了辆车穿越繁忙的街道，等了无数个红灯才赶到办公室，刚坐下还没来得及泡茶，武宫正雄已一脸严肃走进来。

"武宫先生请坐，"我随手关上门，"来杯茶还是咖啡？"

他微微欠身，掏出一叠照片扔在桌上，我凑过去看了，脑中"轰"地一声，两眼发黑，双腿发软，差点一屁股坐到地上。

照片上竟是我和任珺见面的场面，具体日期已记不大清楚，总之在近3个月之内，好像在某个酒吧，其中一幅照片上任珺拿着灰白色布袋递给我，嘴里还说着什么。

我脑中第一个反应是：武宫正雄也是刚得到这批照片不久，否则再怎么说也不可能让任珺进库房，因为上回她偷的"合龙"前原始试剂，经过测试和分析是真的。

武宫正雄用犀利的目光盯着我，略带嘲讽道："薄董事长怎么解释？要不要找律师过来？"

我知道他身上一定暗藏了针孔摄像机，此刻一举一动都有可能作为日后的呈堂证供，因此并不忙于说话，而是慢腾腾看照片，等到情绪平息下来，心里大抵盘算好应对之策，才说："关于任珺，武宫先生了解多少？"

他哼了一声："我有她的档案，里面的资料已经足够。"

"那你知道她的初恋情人是谁？"

他狐疑地看着我，"难道是阁下？"

"肖章。"

武宫正雄舔舔嘴唇，这横空冒出的讯息使他大感意外，也意识到我将围绕它大做文章，遂强硬道："我看不出跟你私下和任珺见面有何联系。"

我叹了口气："一对真心相爱的男女，因为某个误会而分道扬镳，男的一怒之下来到上海，女的则经历了一个失败的婚姻，她深感初恋男友也是自己的真爱，于是追到上海，然而处女情结使男的无法接受，为了给他们创造复合机会，作为他的好朋友，我不得不跑了一趟又一趟，嗨，成人之美胜造七级浮屠嘛。"

他迷惑地眨巴着小眼睛，没弄清成人之美与七级浮屠有何联系，斟字酌句道："你的意思是说你和任珺见面是为了肖章？"

"不知武宫先生能否理解这种友谊？"

"无论从哪个角度看，这种友谊都太夸张，可信度极低，"他冷冰冰道，"如果作为法庭上的申辩词，我想法官也不会采纳。"

我不动声色道："武宫先生仅凭几张照片就想告我？"

"还有招标办，蒋所长一定对这种场面很感兴趣，因为就在前不久我们曾依据柏妮和鲁晓军见面的照片联手追查双面间谍，同样的场景，同样的方式，为什么你能怀疑别人，我不能怀疑你？"

我一滞，小日本果然厉害，看来真想把我逼上绝路，为摸清他还有哪些底牌，遂试探道："你不觉得证据太单薄了吗？"

"当然不止，日本人在中国领土上打官司，没有确凿证据怎能轻易出手？"他狡猾一笑，"杀手锏往往要放到最后一刻出现，不然薄仕君怎会就范？"

短短几分钟工夫薄董事长已变成薄仕君，他自认为胜券在握。

我脑中高速运转，迅速推想出几种可能性：一是德文公司有内奸，会在关键时候出庭作证；二是他有我和任珺对话的录音；三是任珺在不知情的状态下——酒后、梦呓，说出自己的真正使命。

无论哪种情况都会给我致命一击，导致德文崩塌式失败。

绝招，我也要使绝招了！

虽然有点卑鄙，但对付武宫正雄这种人不出损招制不了他。

我带着浅浅笑意，转着钢笔道："如果武宫先生不惜两败俱伤，薄仕奉陪到底。"

"不会吧，套句中国的古话，此事对吉田秋有百利而无一弊。"

"请注意我的修辞，两败俱伤是指对武宫先生个人而言。"

他被我高深莫测的态度弄得不安起来，态度也发生微妙的变化，道："愿闻其详。"

我慢悠悠道："违背妇女意愿强行发生性行为，在任何国家的法律条款上都界定为强奸罪，这一点武宫先生没有异议吧？"

"我不信她好意思出庭！"他咬牙切齿道，"她偷了吉田秋的研究成果，是小偷，是窃贼！"

我肃然道："两败俱伤就是指武宫先生和任珺，但没有证据表明她窃取的东西移交给我，也没有证据表明德文因此取得商业竞争的优势，薄仕绝对会发毫无损，你信不信？"

他颓然垂下头，瞬间像老了十岁，过了很久才沙哑着声音说："她在哪里？我想见她。"

我双手一摊："抱歉，由于她跟肖章的情感纠葛未能圆满解决，一怒之下离开了上海，我们没从她手里获得任何东西，这一点请武宫正雄放心。"

"放不放心都于事无补，"他自嘲道，"吉田秋是吉田秋的药剂，德文是德文的，这一点永远不会变化……我也该回去了，上午刚收到朋友寄来的水镜谷清酒，或许能帮我睡个好觉。"

看着他萧寞的背影，脑后几绺灰白色头发格外刺眼，这一刹那我的心被狠狠刺了一下：论年龄，他几乎与我父亲相当，这样对他是否有些残忍？然而随着投标日日益临近，原先潜在水下的矛盾斗争逐渐浮出水面，代之以悬崖边的肉搏战，没有双赢，非生即死。

突然产生一种前所未有的倦怠感，永远的江湖，永远的商战，而我似乎老了。

事关桃色人

第四十一章 意外人选

　　我离开后肖章和任珺又爆发了一场争吵，其实包括唐雪漫、小杨妻子在内都不能理解她的执著，爱需要两个人共同培育，明知对方不爱自己，却坚持要所谓的爱情，是否有些强人所难。后来如我所料，她又冲到窗口想往下跳，被唐雪漫一掌击在玉枕穴上，再度陷入昏迷。

　　想了若干个方案都不能解决这个死结，最终小杨建议把她送到连医生家，一方面她心理存在某种问题，需要精心调养，另一方面连医生的身手和反应足以控制并保护她。

　　就这样，两个女孩——姬小倩和任珺给我带来麻烦的同时造成詹姆斯、武宫正雄沉重的心理负担。武宫正雄为自己前途考虑，自然会隐瞒任珺的所作所为，作自动离职处理；詹姆斯还是搞不清姬小倩到底有没有得手，因为那天夜里她逃离上海前肯定通过某种途径将录音或录像传递给他，里面内容显示她取得巨大成功，可德文上下为何按兵不动，好像没事儿似的。每次见到我都有些惴惴，交谈时甚至流露出讨好奉承的意思，以前高傲自恋的贵族气息跑得无影无踪。

　　虽然如此，她们，尤其是任珺的言行已在我心里留下阴影，使我还未品尝到胜利的喜悦，已开始咀嚼玩弄谋略造成的恶果。但我不会停止前进的步伐，因为德文战车已踏上征途，冲锋的号角即将响起，倘若半途而废对我、对肖章、对所有为德文努力的人都不公平。

　　吉田秋药剂经过高精确解析，基本破译了其研发思路、原理和大致方案，黄总私下说有醍醐灌顶之感，人家确实技高一筹，不由得不服气，为修改完善德文数据、药剂打开思路。尽管不愿意提那个名字，肖章也不得不承认任珺的功劳不可抹杀，因为吉田秋药剂不仅仅是参考，而是质的提高，境界的提升。

唐雪漫上班了。

因为我已提前作过暗示，程控室主任只问了句："来了。"

"是。"

她不顾同事们惊诧疑问的目光，若无其事坐到座位上，连半句解释说明的话都没有。

方芳把考核表捧给肖章，问怎么处理唐雪漫缺岗期间的薪酬。同为美女级人物，自然免不了小小的醋意，借口员工们议论说唐雪漫几次三番不打招呼就离岗，公司却一点惩戒措施都没有，难道长得漂亮就能不遵守纪律？肖章不置一辞，推给我斟酌。我在考核表上批道：休假期间只发放生活费。方芳满意而去。

同样是因伤旷工，上回我强行决定工资奖金全发，这回只发生活费，区别在于唐雪漫的身份发生微妙变化。作为潜在对手兼公司功臣，必须施恩拉拢；作为我的女朋友则要顾全大局，牺牲个人利益取得平衡。

容小米的影视之路就是这样被牺牲的，尽管我没换家里的防盗门锁，她的物品还放在原位，她依然没有露面，显然想彻底断绝与我的关系。作为男朋友，我不奢求她原谅，但很想当她的面真挚地说一声：对不起。然而作为德文法人代表，我并不后悔那么做。世上没有绝对公平的事，当你拥有一些的时候就必须放弃另一些，没有谁能拥有整个世界。影视梦是她的追求，但有影视梦的何止她一个？若不是我砸下那么多钱，她只能像无数少男少女一样在梦里过过戏瘾，连扮演群众演员、打一枪就倒下的机会都没有，而今一步步挣扎到成功边缘却屈从于利润攫夺的幕后交易，套句俗得不能再俗的话说，出来混迟早是要还的，她因为潜规则上位，又因为潜规则空手而归，这就是宿命。

唐雪漫恢复后在离公司三条街的小区租了套两居室的房子，每天下班只要没有商务应酬，我也过去吃晚饭，然后在那儿过夜。我头一次发现唐雪漫能烧出一手好菜，不像容小米从超市买半成品回家乱烧一气。有本书上说过，吸引男人的胃就等于抓住男人的心，看来有几分道理。我很好奇她为何有如此精湛的厨艺，小山庄是不会教这些的。她说是在执行任务间隙中学的，晚上在家横竖没事，自己又有兴趣，学起来自然很快。

她的夜生活的确很闷，基本是足不出户，晚饭后便坐在沙发上看电视，新闻、时评、军事、连续剧什么都看得津津有味，然后上床在台灯下看一小时书，主要以计算机、电子技术为主，23 点准时睡觉。早晨 5 点钟就起床，在跑步机上训练两个小时，练得大汗淋漓再冲个澡才做早餐、收拾屋子、上班。这种刻板枯燥的生活把我憋坏了，比如晚上，我不玩到凌晨根本睡不着，即便没活动也要上网熬到这时辰；早晨更痛苦，总在床上磨蹭到最后一刻才起身，然后急冲锋似的梳洗打扮，随手抓块面包边开车边啃，这就是所谓的都市白领生活，明明严重摧残身体健康，却令很多人沉溺其中。

不单是作息时间，两人的差异体现在各个方面，最让我不适应的是她性爱时的表现。首先必须关灯，她习惯在黑暗中脱衣服；其次她不喜欢沟通，喜欢无论语言还是肢体，就像容小米拍电影一样平铺直叙，毫无起伏；还有就是从开始到结束始终闭着眼睛，让我不知道她的感受。有一回我忍不住开玩笑说放松，再放松，我不是你的搏击对手，而是爱侣，你要包容而非抗拒。她羞赧地说我会一点一点改变，但需要时间。

好几次我建议公开两人的恋情，她坚决不允，甚至以分手相威胁，我猜她担心在公司被孤立、怕影响我和肖章的关系等等都是次要的，根本原因在于未来的不确定性。关于任务的细节，至今她都不肯透露哪怕一点点，翻来覆去就那两句话：不会损害德文的利益，任务完成后就洗手不干。

这种事也有双赢？我打心眼里不相信，或许唐雪漫不是成心骗我，而是山庄主人为了减轻她的负罪感编出的谎言，她哪知桃色Ⅱ号的潜在价值和商业前景，完全照搬山庄主人的话罢了，但出于职业道德也好，为将来打算也罢，她是铁了心要做这件事，起初为了报答邝哥，现在则是为了自己。

同床异梦？我不喜欢这个词，可确实是我与唐雪漫的写照，感情上我们高度契合，以无比的热情爱着对方，同时我们又是对手，是矛和盾的组合，谈情说爱不是她来上海的目的，而我偏偏是德文利益的守护者。我们像冬天里刺猬，既想抱起团取暖，又不敢靠得太近，防止刺伤彼此。

山庄主人到底替谁办事？

梵非与德文是一家，加之郜伟豪决定退出，可以排除在外；姬小倩是诺贝伊顿最灵敏的耳目，有这样聪明而强势的双面间谍，詹姆斯没有必要重复投资。剩下吉田秋和大陶，大陶是公认的弱者，据线报 4 天前才开始"合龙"，即使勉强通过，质量也要大打折扣，几乎忽略不计。

吉田秋！

只有老谋深算的武宫正雄才会策划出如此狡诈的诡计；只有吉田秋才有雄厚的财力提供支撑；正因为此，他明明在任珺的事上吃了暗亏，却强忍下去，他坚信吉田秋才是最后的胜利者，小不忍则乱大谋。

但德文投标数据和药剂已经存入银行保险箱，经过这么多事后詹姆斯也是严加防范，更重要的是，唐雪漫并不知道自己为吉田秋效力——否则扑倒任珺时大可趁乱将试管打碎，没人会因此责怪她。

我想不通的就是这一点，唐雪漫到底选择什么时机、从哪个角度出手？

投标前的最后一个周末，蒋副所长召集入围公司负责人开会，会前邰伟豪提交了退出竞标的书面声明，蒋副所长一脸平静，仿佛早在意料之中，詹姆斯则是听姬小倩说的。只有陶郁和武宫正雄真正蒙在鼓里，陶郁发出"啧啧"的惋惜声，等邰伟豪落座后赶紧挪过去嘀咕个不停，可能想收购梵非的研发资料吧。武宫正雄眼珠骨碌碌转着圆圈，似乎嗅到其中不寻常的味道。

邰伟豪退出会议室后，蒋副所长未作任何评论，直接宣读第二阶段招投标专家评审组名单，共有 7 人，除了组长胡川阳教授，有两个是我圈定的，还有 3 个不熟悉——其中两个是外省专家，只闻其名，以前从未到上海做过评委；另外一个虽说是本地人，由于性格比较另类，素以耿直孤僻著称，是众所周知的边缘人。最后一个更令人震惊，居然是——

罗主任。

前面 6 个，虽说大家各有各的小九九，大致没什么异议，评审组成员原本就在专家圈子里随机挑选，不存在为什么这不选那的问题，主办方决定了就必须尊重，只有罗主任例外。

他不是药剂研究专家，不具备评审资格，另外还有一个大家都心知肚明的原因，他跟武宫正雄私交甚笃，带有明显倾向性。

连我都觉得意外，搞不清蒋副所长这样安排的用意，不过两个圈定的评委使我心中稍稍有点底，不致于像詹姆斯等人那样气急败坏，于是打定主意静观其变。

陶郁心直口快，明明此事与大陶离得最远，却率先发难："蒋所长，请问决定评审组成员的标准是什么？"

蒋副所长没有直接回答，将名单放到桌上压平，眼睛在我们脸上扫了一遍，说："今天公布评审组名单，就是想听听不同意见，欢迎大家畅所欲言，不必顾忌，我们都是老朋友了，没什么不好说的话，当然如果出于种种考虑不愿在今天这个场合讲也可以，按规定评审组名单公示3天，3天内可以以书面、电话或见面的方式提交自己的看法，招标办有问必复，决不敷衍。"

詹姆斯干咳一声："我对陶董事长的问题也很感兴趣。"

蒋副所长似乎早有准备，调整一下坐姿侃侃而谈："按惯例，标书由本行业专家评审，专家的定义则是在行业内部有突出贡献的，或者学术研究取得卓越成果，或者长期致力于与行业有关的课题研究并获得广泛公认，招标办根据这个标准，并结合地域、专业、学术流派和院校分布，随机挑选了六位专家——他们已于今天上午进驻某个秘密地点，先熟悉桃色Ⅱ号相关资料，讨论确定评审标准和要点，等各家标样送达后，招标办换成研究所统一包装，上面有激光技术做的暗码标识，这样评审组只看到编号，不知道哪份标样是哪家公司的……"

我一震，暗想倘若这样的话内定专家有什么用？蒋副所长虚虚实实搞什么鬼？

又听他续道："专家们封闭打分后移交给招标办汇总，整个过程都公开、透明并有监督组成员在场，我就是监督组组长，接下来谈到罗主任，大家知道评标分为两部分，一是技术参数，一是价格和综合服务。价格和综合服务本来也是专家们评估的一部分，考虑到罗主任搞招标工作多年，对各家公司的实力和服务知根究底，情况相对熟悉，因此所领导经过权衡，决定由罗主任把关这一块，具体安排是6位专家的平均分占80%，罗主任打分占20%，大家听明白我的说明吗？"

詹姆斯举手道："蒋所长，我反对。"

第四十二章　扑朔迷离

其实不单是詹姆斯，我和陶郁也有举手的冲动，因为这种安排太匪夷所思，好像为吉田秋中标量身定做，连武宫正雄都有些不好意思，低下头不吱声。

"请说。"蒋副所长态度依然温和。

詹姆斯生硬地说："我原来以为蒋所长能保证招标绝对公平，坦率说今天大家都很失望，原因很简单，任何评审分数都必须算平均值或去掉最高、最低分，不知道罗主任为何享受单独打分的特权，符合贵国哪个法律条款规定？别说 20 分，哪怕 1 分也不应该，诺贝伊顿可以不中这个标，但药剂行业不能开这个先例。"

"行政人员评综合服务标段，以前也有过，但起码有两人以上，"陶郁也开口道，"如果研究所坚持由一个人打分，大陶宁可退出竞标，反正我也没什么希望。"

蒋副所长转向我："薄董事长，你什么态度？"

我也不知该站在哪一边，但隐隐感觉到形势发生变化，并不像之前与蒋副所长讨论的那样，因此心态有了微妙的转变。

我说："就桃色Ⅱ号而言，罗主任只负责前期工作，后面全是蒋所长主持，他参加评审的确有悖常理。"

蒋副所长沉默片刻，冷不丁朝旁边工作人员说："都记下来了吗？"

"是。"

"各位稍等，我跟相关领导通一下气。"

他拿起会议记录就出了门，留下我们四个面面相觑。

看来我又想错了，罗主任进评审组也许不是蒋副所长的本意，而是迫于某种压力，刚才大家众口一辞向罗主任发难，给了蒋副所长重新评议的机会，此刻肯定去找研究所老大，傅所长。

服务员端来水果、瓜子等休闲食品，放松身体之际陶郁阴阳怪气说有罗主任作后盾，吉田秋稳操胜券，今晚到锦江饭店帮武宫先生庆贺一下。武宫苦笑道开什么玩笑？罗主任是公正廉明的好干部，打分不可能有倾向性。我说倾向谁又不会写在脸上，武宫先生等开香槟吧。武宫一味唉声叹气，不再辩解。

趁武宫、陶郁先后去洗手间，詹姆斯坐到我身边压低声音说："薄董事长，你知道姬小倩的下落吗？"

我诧异地反问："她辞职了？"

"呃，辞职报告是有的……"他的皮鞋在地毯上擦来擦去，"她有几笔奖金和考核款没拿，可公司联系不上她……"

他还不甘心上次的事，在试探我的反应，我笑笑说："没问题，我帮你打听打听，姬小倩也真是，辞了职也不跟朋友们说一声……"

这时武宫从洗手间回来，我们及时中断谈话。

一直等到傍晚，蒋副所长才拿着名单回来，带着歉意道："各位久等了，关于刚才谈到的罗主任的问题，明晚研究所召开紧急会议协商，招标办会把结果及时通报给各位，总之公示期间无论有什么意见都可以提，确保招投标在公平公正的原则下进行。"

散会时蒋副所长没有留我们吃饭，仅道别时简单握了下手，跟我握手时手劲特别大，似乎暗含深意，然而他眼中却无半点暗示的意思，让我真的看不懂。

肖章守在办公室等消息，听说罗主任入选评审组急白了眼，嚷道："不行不行，不能开这种危险的先例，不然每次招标方都往评审组塞自家人，还算什么竞标？干脆把中意的叫过去议标好了。"

他的话使我心中一动，终于从混沌中捕捉到灵感：以蒋副所长的稳健和深沉，怎做出如此轻率的举动？莫非故意弄出动静，好为后面的行动作掩护？若果真如此，倒是我太沉不住气了。

遂道："别着急，研究所明天开会，最迟下周一有消息，如果维持原方案，就联合诺贝伊顿和大陶退出招标，让吉田秋一家玩去。"

"好端端的事搞成这样真叫人失望，"肖章走到门口突然停住，若有所思道，"唐雪漫被你摆平了？"

这是他第一次说我和唐雪漫的事，我愣了愣，下意识否认道："不要乱开女职员的玩笑，在外国属于性骚扰。"

他古怪一笑，折返到对面冲我的脸左右端详一番："还端起架子来了，非要捉奸在床才算数？男女之间有过那种事，看对方的眼神都不一样，以前你看她是睥睨，眼里白多黑少，脸上写满了怀疑；现在两眼水汪汪，情意绵绵，眼睛里恨不得长出手来抚摸她……"

"喂，下班时间到了，还不回去？"我连推带搡把他赶出办公室，迎面过来几名下班的职员，他便刹住了口。

去唐雪漫家路上我琢磨肖章的态度有点奇怪，原来对唐雪漫那么迷恋，有了神秘女人后说放手就放手，全无依恋之情。我在他面前否认，就是防止伤感情，好像他追不到的被我轻易得手，证明我泡妞水平比他高；或者认为唐雪漫之所以不跟他好，主要是我暗中作祟。现在看来是多虑了，他一点醋意都没有，还有些为我们高兴的意思。

联想到他对任珺的先爱后弃，可见肖章的爱情理念如同药剂试验，大胆探索、积极开发、对不合适的坚决摈弃，确保结果的正确性和唯一性。

刚进门，远远闻到热气腾腾的香味，唐雪漫已做好四碟小菜等着我，旁边还有开胃酒、水果等，我一阵感动，说这样下去将严重威胁完美的身材，我要翻出废弃已久的健身卡了。她点着菜碟说一荤一素一鱼一汤，最科学的搭配，是顶尖营养师为中南海开的菜谱，吃到一百岁都没事。我深深地说希望能天天吃你做的菜，吃到一百岁、两百岁。她避开我的视线勉强笑道人怎么可能活两百岁？用心过好每一天就足够了。

晚饭后她又想看电视，被我硬拉起来出去散步，她嘴里嘀嘀嘟嘟很不情愿，主要还是担心引人注目，卬哥侦查能力很强，丁栋根耳目众多，难保不落到人家眼里。我说这是高档社区，里面住户非富即贵，丁栋根手下那些不入流的货色都别想混过保安盘问。至于卬哥，更不敢拿你怎么样，还指望你完成任务呢。她轻轻叹了一声，默默披上外套出了门。

小区的夜晚分明宁静，精心修剪的草坪如绿色地毯，让人有躺上去打滚的冲动，黄芽、樟树、楸木在晚风里幢幢影影，发出令人心醉的沙沙声，西北角落凉亭里隐约有几位老人聊天，谈笑声夹在风中吹来，带着几分安逸和舒坦。很多人家的灯开得很亮，灯光洒在鹅卵石地上反射出五颜六色的光晕，踏在上面好像行走在云雾缭绕中，不由产生梦幻般的质感。

我揽住她的腰，她有些不适应在公共场合有如此亲密的举动，微微一推，却被我揽得更紧，她瞟瞟四下没人，也就依了。

晚风吹拂，撩起她丝丝长发，有几根顽皮地在我脸上缠绕，我注意到她用了香水，是很淡的香奈尔 26 号，与体香混合成清甜的花香味儿，像只不安分的小鸟时隐时现，若有若无。

"雪漫。"

"嗯。"她仰起头看我，月光将她的脸映成粉粉的象牙色，娇嫩的面颊吹弹可破。

"在想什么？"

"火车站。"

我嗔怪道："不是叫你忘掉过去吗？"

"过去……怎么会说忘就忘？记得也是秋天的晚上，月亮和今晚差不多圆，我蜷在石柱边看着广场上的人群，心想如果我有好多好多钱，一定把自己打扮成世上最美丽的女孩，坐火车上最豪华的包厢。"

"幸好是在火车站，如果在机场的话理想就是坐商务舱了。"

她没有接我的调侃，接着说："我必须完成这项任务，它能带给我一大笔钱，有了钱我才能随心所欲，做我想做的事，薄仕，请理解我的固执，一个从乞讨中走出来的女孩子，必定把钱看得至关重要，因为我不想重回过去的生活。"

"包括放弃爱情？"

"先有面包，然后才是爱情。"

我恼怒了，扳过她的身体道："我的钱足以养活我们俩，随便在哪个地方。"

她轻轻道："记得我讲述的爬山那一段吗？早在十岁时我就明白，世上没有谁可以依赖，只能靠自己的努力。"

"可你抛弃我的同时会把德文打入深渊！"我冷笑道，"别再说你的行动对德文有益无害，你明明知道事实根本不可能。"

她伸出纤细的手指堵在我嘴唇上，眼中露出复杂的情绪："今晚只散步，不讨论那些事，好不好？"

我黯然道："我懂你的意思，把握拥有的每一天。"

那天晚上我们在小区里走了很长时间，大概有两个小时，没有说一句话，十月的风已有几分寒意，越走越冷，竟有手脚冰凉的感觉。回到家我钻入被窝，她冲了个澡，但身上还是凉丝丝的。搂着她的胴体我感叹道你真是不折不扣的冰美人，面冷心冷，毛孔里都透出凉气。她埋在我臂弯里悠悠说有点耐心吧，冰美人迟早要融化在你身上。

夜里我们缠绵了很久，直到凌晨3点钟才沉沉入睡，好梦刚做了个开头，手机急促地响起来，一看是小杨打来的，气急败坏按下接听键骂道："你开夜车就要搅得别人都睡不着觉是不是，也不看看现在几点！"

他的声音好像非常遥远，几乎细不可微："我的问题你只须说'是'或'不'，唐雪漫睡在你旁边吗？"

"嗯，怎么了？"

"能不能出来一趟，我就在你楼下。"

我没有动怒，因为小杨不是无厘头的人，三更半夜跑过来找我，又防范着唐雪漫，必定查到什么秘密。我抑制不安情绪轻手轻脚下床，唐雪漫动了动，但没有醒。

上了车，小杨二话不说调出手机中的照片给我看，手机屏幕很小，光线又比较暗，只模模糊糊看到两个人站着说话，皱眉道："搞什么把戏，爽爽快快说出来。"

"这是40分钟前拍的，"他指着左边人影道，"这是邝哥，你猜对面是谁？"

我努力看着屏幕，感觉身材、站姿确有些熟悉，但画面太暗，对邝哥的活动圈子又不熟，一时无法判断。

"你说。"

他诡秘一笑："大陶公司，陶郁。"

"怎么可能？"我脱口惊呼道，"他，他，他有什么必要干这种事？大陶的实力……"

"我不知道，但绝对是亲眼目睹，"小杨道，"今天天气不错，很多人到郊区散心，下午带了客送到新浦，路况不好，回来时已是凌晨1点多，途经花莲镇时顺带了两个客，说是送到蓝色港湾小区……"

"陶郁就住在那里。"

"是啊，把他们送到家后我不知犯了什么邪，居然拐到陶郁住的西区，从他家联体别墅旁边插过去，结果一眼看到他站在楼后花廊边跟邝哥说话，邝哥手舞足蹈很激动的样子，陶郁则在劝他，因为太晚了，小区里没有其他车行驶，我不好停车，就用手机拍了张照片，然后直接来找你。"

"邛哥好像受了伤?"

"嗯,有只手臂吊在胸前。"

我沉吟道:"天这么晚,你起码在十多米外……"

小杨指着天道:"瞧瞧今晚的月光,比黎明时的太阳还亮,我又是天生贼眼,岂会看不见?"

"可大陶……"

他打断我道:"大陶实力最弱,这话我已听你说过若干遍,那又怎样?你不理解陶郁,难道詹姆斯和武宫正雄理解你?大陶跟德文不是一个等级,德文能跟诺贝伊顿抗衡?你自己也说过,商界竞争什么情况都有可能发生,为何独独不把大陶放在眼里?"

当头棒喝,虽说车里不太热,我还是惊出一身汗。唐雪漫居然效力于最没有竞争力的大陶,实在出乎意料之外。再隔几天 4 家将要报送投标资料,可她依然按兵不动,陶郁葫芦里卖的什么药?他的终极目标是什么?

虽解开一个谜团,又被更大的谜团难住,我不禁陷入沉思。

第四十三章 废液事件

周一上午，研究所招标办打来电话，说周六晚上所领导召开紧急会议研究决定，取消罗主任的评审资格，增补复旦大学商教授为评审组成员。若对评审组成员有疑问，请于今天下午 5 点前以书面等形式提交招标办。

长长出了口气，商教授也是我圈定的人选之一。7 名评审组专家有 3 名是"朋友"，另外 4 名无疑是蒋副所长信任的人。

由此看来罗主任入选评审组是他故意制造的事端，目的在于吸引大家注意力，没有心思推敲专家组其他成员。

战鼓还未擂响，德文几乎胜券在握。

陶郁会有什么阴谋？我想不出，也不愿多想，只要注意投标资料安全，唐雪漫总不至于钻进评审组秘密评标的地方大展身手吧？

等待的过程最是难熬，为不让职员们看出我的焦灼，我将自己反锁在办公室不停地转圈子，好像西班牙斗牛场围栏里的斗牛，极度渴望早日投入战斗。

"笃笃笃"，有人敲门，敲得斯文而有礼貌，我定定神，整理一番边开门边问："哪一位……"

看到敲门者，我顿时目瞪口呆，连句客气的话都忘了说。

丁栋根！

与那天晚上在大洞浦的形象判若两人，他穿着笔挺的西装，架着金丝眼镜，手中夹着商务公文包，彬彬有礼道："薄董事长，我是铜山医院丁栋根，幸会。"

好像第一次见面似的。

我忍着滑稽感装模作样与他握握手："请进。"

前台小姐端来清茶，似乎对这位威武刚猛的儒商颇有好感，甜甜笑了一下才出去，我心里暗骂道：骚货！嘴上却笑道：

"丁院长光临敝公司，不知有何指教？"

丁栋根干笑数声，吞吞吐吐说出来意，原来还为了上回肖章为铜山医院研发的妇科消炎药，送过去的两批药在临床使用后效果奇佳，患者们互相耳传，就诊时点名要它。然而因为欠款问题，唐雪漫上门闹得很不愉快，丁栋根一怒之下改请其他药剂公司研制，可配来配去总不及德文的好，眼看患者有流失的迹象，他不得不矮下身段，亲自登门求药。

先预付80％药款，然后德文公司发货，货到三天内付清余款。丁栋根说得斩钉截铁，拍胸脯说如果薄董事长不相信丁某合作的诚意，刚才的话可以形成文字，若拖欠一分钱任你往我脸上吐唾沫。

外面又有人敲门，唐雪漫推门进来，两人乍见之下均大吃一惊，一个美目圆睁，一个手往怀里伸，估计想掏家伙。我连忙打圆场说这位是丁院长，今天上门谈生意，你们应该认识。唐雪漫"噢"了一声，说见过几次。丁栋根也松懈下来，挤出笑容说是啊是啊，不打不相识，不不不，我的意思不是打架，嘿嘿嘿。

唐雪漫不再看他，把文件往桌上一扔就出去了。丁栋根眼睛盯着她背影，用琢磨不定的语气说小姐挺酷，这种女下属不好驾驭吧？我反诘道听口气丁院长好像吃过亏？

他猛地在桌上一拍，瞬间恢复到黑道枭雄的真面目，粗声粗气道不怕薄董事长笑话，丁某在上海混了几十年，唯一一次就是栽在她手上……

那天唐雪漫到医院催要欠款，财务人员推说发票需要院长签字，可院长不在。唐雪漫不知怎么打听到他在办公室，不顾外面秘书阻拦径直冲进去，当时屋里还有3名保镖，丁栋根见是个漂亮女子，并没有放在心上，用轻薄的语气问你要干什么？唐雪漫说明来意，丁栋根哈哈大笑，说那点货款是小事，只要你陪我睡一觉，多加一万。唐雪漫一听当即冲过去，闪电般撂倒身边的保镖，单手掐在他咽喉上。几乎是同时另两名保镖一左一右上前夹攻，她单拳单脚迎敌，两三个回合就把他们放倒，然后掏出发票命令丁栋根签字。他哪里肯签，梗着脖子丁某是被吓大的，用死吓不住我。唐雪漫冷冷说我不要你死，但把你往死里打。说着便动起了手，专挑软组织和疼痛难忍的部位打，只打了两三分钟他就挺不住了，连声说我签，我签。最后像只狗似的趴在地上签了有生以来最屈辱的名字。临走时她还威胁他们，说刚才发生的事谁要是敢透露一句，我叫他生不如死。

我听得又好气又好笑，限于礼节还是绷着脸，装作义愤填膺的样子说这个唐小姐，让她上门要钱又不是要命，怎能做这种无法无天的事？我这就叫她过来向丁院长赔礼道歉！说着佯装拿电话，他阻止道算了，此事说来说去是我有错在先，人家技高一筹，丁某认赌服输，而且后来……他将椅子向前挪了挪，压低声音说实不相瞒，后来道上的朋友请我出面摆平她，还有她师兄，据说与一桩生意有关，我一想正好公仇私仇一起报。谁想那天晚上邪门了，明明快要得手，先是她师兄弃她不顾逃跑，然后半路杀出两个人把她救走，反害得我们差点被警察活捉，你说这妞儿厉不厉害？

我强忍住笑问，没追查到谁救的？

黑灯瞎火的，我手底下又是一帮笨蛋，到哪儿查？那位朋友后来也失了踪，事情不了了之，我也不想追究下去。在道上混最忌讳斗气，赢就赢，输就输，千万不能不服气，很多事就坏在不服气上。

丁院长能屈能伸，所以才在道路上屹立不倒。我半真半假奉承道。

过奖过奖，在道上混不容易，谈起来一把辛酸泪啊，他把话题拉回来，薄董事长，你看妇科消炎药的事……

我皱起眉头，把桃色Ⅱ号邀标书亮给他看，说想必这件事丁院长也有所耳闻，标的两个亿，把药剂行业搅得天翻地覆，这不，几天后要进行第二阶段投标，公司技术人员正进入最后冲刺，所以我……暂时不好答复。

他着急道，药方都是现成的，只要拿到药厂直接生产就行了。

我似笑非笑，丁院长，你开医院七八年了，何曾见过新药不经过临床试验就批量生产？我们要根据贵院的使用情况进一步完善，说不定还要作些调整。

不必不必，患者对药效非常满意。

口说无凭，要有临床试验证据，不然药检方面也过不了关。我说。

我可以加价，医院那边等米下锅呢。

我故意把日历翻来翻去，嘴里说研发中心确实很忙，不过……

不过什么？丁栋根的眼睛瞪得有铜铃大。

254

时间是挤出来，我再想想办法。

丁栋根毕竟是老江湖，立刻猜到我的意思，皮笑肉不笑说，薄董事长，明人不说暗话，今儿个丁某既然抹下面子来求你，已做好心理准备，有什么要求不妨提出来，一切好商量。

我想知道卭哥的下落。我直截了当说。

他显然没料到我提这个要求，怔了半晌朝外面努努嘴说他们是师兄妹。

两人掰了。

他笑了一下，说是得掰，无情无义的人到哪儿都不受欢迎，我知道卭哥原来住哪儿，大洞浦之战后换了住处，去哪儿就不知道了。

我不说话，看着他只是笑。

丁栋根知道我的意思，想了想双手摊在桌上说这事儿有点难度，不过薄董事长既然开了口，丁某总得尽力而为，我这就回去安排，一周之内成与不成都有回音。

他与我握了握手，大步离去。

仅过了几分钟，唐雪漫就闪进来问丁栋根的来意，我隐瞒了让他找卭哥的一段。因为我不想她知道太多，感情与事业应有合理的界限，我们都是成年人，早就脱离了狂热与冲动，凡事要懂得分寸和平衡。

瞅瞅外面没人，我一把搂过唐雪漫要吻，她惊慌地挣脱开来跑出去。我追到门口，正好有职员经过，便冷着脸踱到肖章办公室，想关照他统一口径，不能让丁栋根轻易得逞。门敞着，里面没人，再来到研发中心，技术人员们个个都在座位上翻找着什么，气氛有些紧张。

出什么事了？

黄总站在机要室中间指挥手下把屋里翻得底朝天，肖章还在旁边说要撬开静电地板查看。见我进去，他们更露出惶惶之色，像没做家庭作业的学生看到老师一样。

"丢东西了？"我问。

肖章扫了大家一眼，将我拉到外面，干咳数声道："事情是这样，这个……这个，大概是程序问题，就是……研发中心的废液桶……"

我全身一震："废液桶？不是应该渗入浓硫酸后送到化工厂处理池吗？"

肖章的脑袋仿佛断了似的耷拉在胸前，连话都说不周全，好半天才交待了事情的经过。

药剂试验会产生大量废液，按药剂行业安全保密制度规定，实验室废液必须集中倾倒于指定废液桶，将近八成满时停止使用，倒入 20％浓硫酸，主要是防止废液外泄，现代高精尖分解技术足以在眼花缭乱的化学成分中解析出自己所需的信息，尤其对擅长分析提取情报的吉田秋，浓硫酸具有强腐蚀和中和作用，有了它废液桶里真正成为一桶废液，最后还不算完，要送到化工厂统一处理，以防止乱倾乱倒造成环境污染。

"合龙"成功那天所有人都兴奋不已，有的忙着庆贺，有的溜回家睡大觉，有的上网、玩游戏、聊天，唯独忘了处置废液桶——里面包含着"合龙"即将成功时的所有信息，是最有价值的"废液"，有了它等于获得德文试剂成分。这几天研发中心正常开展工作，倾倒废液时桶却不见了，也没人在意，又领了只新桶。今天黄总组织车辆去化工厂时，却发现少了一只编号为 AU-341 的废液桶，再一查领用时间，吓得魂飞魄散，立刻组织所有人员地毯式搜索。

废液与药剂不同，成分非常复杂，而且分若干沉淀层，不能像提取样本一样抽取一试管就完事，最好是整桶偷走。

掐指一算，"合龙"成功到今天已将近两周时间，我没好气说："通知他们停止搜查，恢复正常工作——现在找有屁用，人家早把废液解析研究得透透彻彻，就差贴上'德文制造'标签了。"

肖章心有不甘道："我是想借这个机会观察各人表情，做坏事的人总归有点心虚。"

"才不会，能在德文潜伏到现在还不被发现，心理素质已百炼成钢，心智也不在你我之下，"我说，"不如省下工夫调阅监控，没准能发现线索。"

"我已看了，这些天来根本没人拎桶下楼。"

"一个都没有？"

"除了保洁工，每天推着装满垃圾桶的小车上上下下，但垃圾桶与废液桶形状、大小都不同。"

肖章拉我来到监控前指着屏幕说，我哼了一声："如果把废液桶放进垃圾桶，上面拿盖子一盖，不就大模大样运出去吗？"

肖章又惊又怒："我这就找物管，先把保洁工抓起来再说！"

"没有证据，凭什么抓人？不过保洁工真的很有嫌疑，上回研发日志失窃事件也试图通过垃圾桶运出去，两起失窃可能是同一个人所为，同伙就是保洁工！"我眯起眼睛想了会儿，"不如这样，傍晚你通知公司研发中心加班，就说通过特殊渠道得到最新参考资料，晚上重新整合'合龙'试剂和数据，作为卧底，肯定很想得到整合后的东西吧？"

"有用吗？"他半信半疑，"上午闹得这么厉害，会不会打草惊蛇？"

"这场间谍大战已到尾声，所有卧底都会不惜代价，明知山有虎，偏向虎山行，不过细节方面要做得像一点，你不是有银行的朋友吗？不妨请他们运钞车空返时在楼底下停一停，装模作样捧个箱子上来办交接手续，总之要让卧底相信东西从银行保险箱取回来了，晚上肯定做实验。"

"好，这件事由我负责，一定要揪出这只鼹鼠！"肖章恶狠狠说。

当晚我没有回去，熄了灯，反锁上门，独自躲在办公室边啃面包边里盯着监控。

晚上7点多钟，两名全副武装的保安押送密码箱上楼，与肖章办理交接。肖章旋即拎着密码箱走进机要室，黄总、宁工一干技术骨干也跟着进去。

颜助理拿着花名册逐个部门查看有无缺岗现象，除了财务部和销售部，其他部门都有人留守值班，提供必要的服务。

研发中心紧张有序地工作着，不时有人走进走出，偶尔也有行政人员溜进去瞟两眼，问问进度，不过又很快溜出来。无红牌者不能擅入科研重地。

晚上9点40分，肖章满脸笑容走出研发中心，宣布重新整合成功，并吩咐颜助理按人头叫外卖，并送几瓶白酒过来，小范围庆祝一下。等外卖过程中，银行保安又上楼取走了保险箱，黄总似乎松了口气，非但研发中心，连机要室的门都敞着，有的聚在一块打牌，有的在网上联手下棋、打麻将。外卖送来后，更是松懈得一塌糊涂，以肖章、黄总为中心的饮酒圈吸引了绝大多数男士，个个喝得摇摇晃晃，走路非得扶墙。

喧闹中一条人影闪到机要室，关掉走廊及里面的灯，再沿着墙将整个通道的灯都关了，黑暗里隐约拎着废液桶蹿至洗手间，又退回来闪入研发中心。

我悄悄开门来到洗手间，翻开垃圾桶上的泡沫，里面有个铁制饼干盒，摇了摇，里面有液体晃动声，再闻了闻，一股酸黄瓜味，是肖章精心炮制的诱饵。这回他手段巧妙了些，没有连同废液桶一起偷，而是把

257

废液倒入饼干盒，让保洁工明天偷运出去。

拨通肖章的手机说了两句，然后回到办公室，过了会儿有人敲门，颜助理满脸疑惑地进来，一看到桌上的饼干盒刷地脸色惨白，"扑通"跪倒在地：

"我该死，求董事长饶过我！"

我站起身森然道："上回研发日志也是你偷的？"

他惶恐地连连点头，汗如雨下："都是武宫正雄的诡计，他……"

我打断他道："我不想听你解释，现在说什么都晚了，你的行为已构成犯罪，等着坐牢吧！"说着过去拿起电话。

他连滚带爬过来抱住我的腿，苦苦哀求道："求求董事长放我一马，我还年轻，人生的路还很长，如果进监狱就全毁了，您放过我，我做牛做马都愿意，求求您了，饶了我吧，我给您叩头！"

咚咚咚咚，他果真在地上连磕几个响头，额头当即肿出个大包，渗出血来。

我回到座位坐下，冷声道："你若真有悔改之心，就把所有秘密都说出来，如果有实际价值，我会酌情考虑，否则就准备到检察院交待。"

"我说，我说，"他忙不迭道，"每次我得手后先把东西交给老贾，就是保洁工，由他转交到武宫正雄手上，吉田秋测试后认为有用就往我卡上汇一笔钱……"

"这些环节我想都想得出。别说了。"我不耐烦道。

他汗涔涔看着我，神情如同死鱼的样子，猛一咬牙道："我都招了吧，反正逃不过这一劫！我不单把东西卖给吉田秋，跟诺贝伊顿也有往来。"

我眼睛一亮，这才是是关键问题。姬小倩尽管长期糊弄我，但始终是单方面的，并没有从我手中套到什么，因此我一直怀疑她不过是明线，德文还有暗线为她源源不断提供情报。

"接着说。"

他偷偷瞟了我一眼："我……我想提供一个线索，董事长肯定感兴趣。"

"嗯。"我不置可否。

"关于姬小倩。"

我呼地挺直身体，眼睛一眨不眨地盯着他。

第四十四章 招标决战

激动人心、期盼已久的桃色Ⅱ号第二阶段投标日终于来临。

当天下午，我和肖章到银行取出密码箱，乘坐运钞车直接到研究所。无独有偶，诺贝伊顿、吉田秋也是坐运钞车直达现场，只有陶郁大摇大摆拎着公文包，胜似闲庭信步。步入投标会场，意外见到罗主任和两个招标办工作人员，蒋副所长不在。

研究所又玩的哪一出？我嘀咕道。

见4家单位都到齐，罗主任吩咐把门关上，然后说："为了保证评标工作公平公正进行，防止中途出现意外造成恶劣影响，所里决定稍稍变更原来的方案，把专家评审地点改在第三会议室，离各位只有一墙之隔，专家马不停蹄进行评审分析，争取尽快拿出结果。在结果出来之前，各位不能离开会场……"

我们一齐哗然，陶郁大叫道："这么多人的吃喝拉撒怎么办？"

罗主任面无表情："所里提供快餐、水果、饮料，如果想喝酒也可以点，各位坐的椅子把椅背放下就能睡，待会儿工作人员会送毛毯，右侧是洗手间，不分男女。"

听起来无懈可击。

詹姆斯又问："蒋所长哪去了？"

"在北京参加学术会议，临走前委托我主持本次评标，喏，这是他的授权书。"

罗主任将蒋副所长亲笔签名的授权书在我们面前晃了一圈。我和詹姆斯、陶郁不露痕迹对视一眼，均想到底魔高一丈，还是让吉田秋抢了先机。武宫正雄却双目紧闭，面沉似水，并未为意外的胜利而欣喜。

几名身穿白大褂的工作人员抬着一台灰黑色仪器进来，罗主任叫各家依次上前提交投标资料，轮到德文，我和肖章一起过去。工作人员先让我在仪器触摸屏上写"德文"两个字，然后取出研究所专用试管放入仪器滑槽，推进去不过几秒钟工夫又拿出来，表面看没有一点变化，然而在紫光灯下一照，试管上赫然有我手写的"德文"，即激光暗码标识，这样专家们看不出哪个试管是哪家公司的。肖章取出自带的试管，将试剂悉数倾入研究所专用试管，工作人员当我们的面将试管封好，贴上封签。另一位工作人员对 U 盘数据进行关键词筛选，将含有公司名称、姓名、职务等容易猜出身份的词替换成通配符号，然后打包与试管扎在一起，这才完成投标程序。

收齐资料后，罗主任让我们推举一名代表监督工作人员把投标资料移交给评审组。不等商量，陶郁主动请缨，大家也懒得较真，无可无不可地同意了。

没坐几分钟，凡主管技术的都累得东倒西歪，反而不具体管事的精神十足。我踱到武宫正雄旁边，他盘膝而坐，有如老僧入定，对我不理不睬。

我压低声音说："颜助理为吉田秋立下大功，武宫先生也付出不少吧？"

他无动于衷。

我接着说："上次武宫先生找我算账时好像天塌下来了，现在回想起来恐怕有点好笑吧？"

他终于开口道："商战就这么回事，你中有我，我中有你，不过终究还要靠实力说话。"

"实力？靠罗主任的实力吧。"我冷笑道。

他霍然睁眼："薄董事长，事到如今大家都不必藏藏掖掖，实说了吧，你们认为罗主任帮我其实是误判，事实上他根本没有帮，或者想帮也帮不上，吉田秋从来没有因为他获得实质性利益。"

"如果这样的话，说明四家公司站在同一水平线上。"

"不，"他摇摇头，"大陶是受益者。"

"可是……"

"我也说不清陶郁为何非要挤进来，但他是聪明人，知道自己在干什么，也许大陶才是最后的胜利者。"

联想到唐雪漫和卯哥，不知怎地心头有沉甸甸之感，原先舍我其谁的必胜信念也打了个折扣，情绪不由低落下来。

仿佛看穿我的念头，武宫正雄补充道："不过薄董事长也非善类，超前做了很多部署，胜者大概在德文和大陶之间产生吧，我和詹姆斯不过是看客而已。"说完他又闭上眼，不再说话。

大彻大悟？这可不像武宫正雄的风格，武士道精神向来是血战到底，不成功便成仁，哪怕剖腹自杀。我看他半点剖腹的意思都没有，相反双手护在腹前，唯恐别人帮他剖腹似的。

詹姆斯又把我拉到一边，诚恳地说："薄董事长，闹剧马上就要落幕，矛盾、斗争、阴谋都将告一段落，请告诉我那天晚上姬小倩的真实情况——我只想知道真相，其他……就算有想法也来不及实施了。"

"她是个聪明的女孩。"

"对，很聪明，也很机智。"

"可她忘了一点，"我微笑道，"薄仕比她更聪明。"

他咂咂嘴悟出我的意思："她拿走的并非真品，她失败了。"

"我想詹姆斯先生承诺的条件还没有兑现吧？"

他也微笑，像真正的绅士："当然，西方人的优点就是现实。"

从评审组回来后，陶郁咋咋呼呼拉人打牌，这会儿谁有兴致陪他？个个懒懒散散躺在椅子上不说话，陶郁着急说现在就没劲了，时间还早着呢，专家们说起码要等 30 个小时。

工作人员送来点心、水果，大家勉强吃了点，肖章一直躲在角落里打电话，神情鬼鬼祟祟，陶郁说这家伙一定在谈恋爱。我说怎么讲？陶郁说他的行为符合恋爱期间三大定律：电话神神秘秘，频繁收发短信，表情诡异暧昧。我哈哈大笑。

好容易捱到晚上，罗主任端着盘子陪我们吃晚饭，因为上回异口同声反对他入选评审组，大家多少有些不自在，武宫则像哑巴似的只管吃饭，吃完了盘子一推又到旁边打坐。罗主任似乎心事重重，仅简单问了一两句，并不多话。一顿饭吃得索然无味，加上饭菜做得不合口味，真是没劲到极点。

詹姆斯有饭后散步的习惯，限于条件只得围着会场一圈圈游走，陶郁说被他转得头晕，非得分散注意力不可，叫工作人员出去买了副麻将，说小赌怡情，有点刺激才能提神。于是陶郁、我、肖章，还有大陶行政主管老邱坐下来展开围城大战。

对外国人来说麻将始终是项深奥而有趣的游戏,先是詹姆斯等人,最后连武宫也睁开眼睛凑过来观战,陶郁鼓动他们下注押胜负。有金钱刺激,有参与意识,老外们也全神贯注加入战团。其间罗主任进来转了转,见严肃庄重的会议室变成热火朝天的赌场,很是不悦,不过我们毕竟不是他的下属,不悦归不悦,还得扮出笑脸说"你们玩,你们玩",然后气鼓鼓出去了。

鏖战到凌晨,肖章虽赢了点小钱,却呵欠连天大呼吃不消,想收手不干,陶郁说输家不开口,赢家不准走,除非把赢的钱吐出来。詹姆斯自以为看出名堂,主动顶肖章的位置,才打了一圈就输得目瞪口呆,感叹麻将文化博大精深,牌局遂草草结束。

一直睡到将近中午,刚醒来就听到麻将哗哗声,起身一看,原来詹姆斯和武宫正雄等 4 个老外已披挂上阵,一边打一边就某个规则辩论不休。

中国传统文化就在不经意间发扬光大。

有麻将消遣,大家倒也不觉得寂寞,而且几个外国人始终占据主力位置。我猫到旁边打盹,刚有点睡意就被人捅醒,原来是陶郁,眼睛锐利明亮,看不出熬过夜的样子。

"带头聚赌,拖外国人下水,罗主任肯定要把账算你头上并扣减综合得分。"

"大陶是唯一没有希望的公司,这次完全是陪太子读书。"

若非小杨亲眼目睹他跟卬哥见面,我压根不怀疑这句话的真实性。

我笑笑说:"武宫很看好德文,你呢?"

"德文将笑到最后,"他毫不犹豫说,"别看罗主任指点江山的模样,假的,招标决定权掌握在蒋副所长手里,我敢打赌今晚之前他绝对从北京飞回来。"

"那又怎样?"我故作不解。

"他是爱国主义者,不可能让外国人讨便宜。"

"这么说德文和大陶是最有力的竞争者。"

他眼中利芒一闪,摧枯拉朽地直插入我心灵最深处,瞬间整个人发生脱胎换骨的变化,脸上写满了从容和智珠在握,但仅仅维持了两三秒钟又恢复懒懒散散的样子,慢吞吞说:"放心,没人跟你争,等着签约吧。"

果真被他言中，傍晚时分蒋副所长风尘仆仆出现在会场门口，先跟大家一一握手，然后批评招标办工作不到位，怎能把企业家们安排在会场等待？研究所不是有宾馆吗，订4个标准间，费用由招标办结！工作人员连连点头。陶郁趁机烧了把火，说饭菜质量也不怎地，吃的是10块钱一份的快餐。蒋副所长推推眼镜说这个老罗，苦日子过惯了，就是舍不得用钱，从今晚起到招待所包厢用餐，正好一桌。

第二晚踏踏实实睡了个好觉，隔壁詹姆斯的房间则响了一夜麻将声，这些老外玩起来真是精力充沛。肖章一如既往开电话会，把自己反锁在卫生间，嘀嘀咕咕不知说些什么，我怀疑他这段时间说的话比前20多年加起来的还多。

唐雪漫只打过一次电话问什么时候结束，我说两至三天，她没说什么就挂了，并未询问具体情况，让我非常失落。既失落她不像其他女孩子譬如说容小米，恋爱期间有说不完的情话，也失落她为何不打听招标情况，难道眼睁睁看我获胜？陶郁派她潜入德文到底想干什么？

当天下午我手气差得一塌糊涂，接连不断地放炮给詹姆斯和武宫，短短两三个小时输掉五六千，詹姆斯兴奋得脱掉西装，挽起袖子说就算桃色Ⅱ号输给德文也值，我已摧毁了薄董事长的意志。正打得热闹，工作人员通知到会场集合，大家心头一凛，个个脸上惴惴不安，紧张得好像罪犯听法官念判决书。

进入会场，蒋副所长、罗主任、胡教授以及招标办全体人员已围坐成半圆，落座后罗主任简洁地说："欢迎蒋所长讲话。"

蒋副所长第一句话就慑住全场："桃色Ⅱ号项目与其说是招标，不如说是一场阴谋的较量！"

"几个月来入围公司之间发生了好多事，从德文数据失窃开始，不断有公司职员离奇失踪，还有人被杀，连研究所都遭到警方调查，社会影响非常恶劣，一个价值两亿元的标竟导致如此复杂激烈的局面，坦率说令人失望，也违反了招标的初衷，所里曾一度想取消或拆分桃色Ⅱ号，但考虑法律方面的原因还是按原计划进行。昨天看到大家打麻将，虽然带点赌博性质，还是让我感到欣慰，其乐融融才是我想看到的，青山不改绿水长流，钱是赚不完的，但钱换不到的东西很多，比如友谊、人格、尊严……不多说，大家都很辛苦，下面请胡教授宣布评标结果。"

所有人的目光都聚集在胡教授身上，这一瞬间我清楚地看到罗主任脸上闪过一丝诡谲的笑容，再看武宫正雄，打麻将时瞪得浑圆的眼睛又紧紧闭上了。

胡教授站起身只说了一句："经过专家组评审、打分，最后中标单位是——德文公司！"

会场里响起稀稀落落的掌声，霎时我呼吸几乎停滞，愣在座位上好几十秒钟，肖章有力推了我一把："快上去！"

接下来发生的一切恍然如梦，脑子晕乎乎的，脚下软绵绵的，整个人像喝醉了酒，根本不知道做了什么，说了什么，只记得不停地握手，不停地签字，然后到餐厅祝贺，席间不停地喝酒，喝了又喝，直喝得不省人事……

第四十五章 恋人重现

中标第二天，德文公司全体职员举行狂欢会，我又喝多了，据说几个没喝酒的女职员商量着要把我送回家，后来唐雪漫主动站起来，单手拎着我离开酒店。

她们用"拎"这个字，让人很不是滋味，把我形容得猥琐而无能，不过此举不啻于宣告唐雪漫与我的同居关系，女人毕竟心细，她们很清楚地看到车子开向与我家相反的方向……

第三天，我和肖章召集所有员工开会，宣布从现在起公司暂停所有业务，以肖章为组长，黄总为副组长，全力以赴投入桃色Ⅱ号药引，即外包工程主体工程研发，同时抽调宁工、李工两人到研究所参加核心工程关键性研发和项目打包。我强调，必须按合同规定的期限、要求，保质保量推进各项工作，我承诺只要能按期完成任务，每位员工的分红不少于150万！

会场气氛热烈得快把我融化了——这一刻我的眼圈有点红，回想起无数个通宵达旦的日子，那些惊心动魄的场面，还有任珺蒙受的羞辱、姬小倩的临阵变节、容小米的离去和柏妮的惨死……我们付出这么多，理所应当获得应该获得的。

散会后本想到梵非找邰伟豪，肖章却坐到我办公室东扯西拉，就是不谈正事，我猜他想鼓足勇气谈那位神秘女友，或许直接宣布婚讯，便不露声色等他坦白。眼看他脸色越来越红，手指开始微微颤抖，估计时机差不多了，偏偏来了电话，是邰伟豪打来的，张嘴就说："你不是找我吗？我在你公司楼下。"

肖章又长长吐了口气，我安慰性地说跟伟豪办点私事，待会儿回来找你。

坐上邰伟豪的车，我命令道："一直向东开，到尽头上高速。"

"搞什么鬼？"他狐疑道，"是不是中标后没事干，拿我消遣？"

"不会让你失望。"

开了一段，他说："任珺怎么样了？"

"还可以，连医生采取调息养神和化痰生津的原理，每天针灸两次，药草熏蒸半小时，还有内服的汤剂，她心情平和了不少，不再动辄寻死觅活，"我叹息道，"刚才还跟肖章商议，是不是帮她在老家购置一套房子，雇个保姆照顾生活起居，总之这辈子都由我们负责。"

邰伟豪也叹气："残酷的商战啊，多少无辜者被卷进去，所以我才决定退出。"

我瞪眼道："退不退是你的事，但说好的分成不会少一分。"他想争论被我坚决阻止，"姓薄的有时手段毒了点、狠了点，但绝对讲信用，德文能获胜，梵非功不可没，本来就是两家联手研发嘛，我不能独吞胜利果实，再说钱多到一定程度，不过是数字问题，你是大亨，应该明白这个道理。"

他一味摇头，耐不过我反复做思想工作才勉强松口："你若真过意不去，安抚一下梵非公司的人也行，不过数目不宜太大，免得传出去说不清楚。"

上高速后开到第 4 个出口，我让他减速下去，途经收费站后向南驶了 600 多米，路边是联排别墅群，第 2 排第 4 套——窗台上长着两盆铁树，我指着说："这是这家，进去吧，我在车上等你。"

"什么意思？我进去干嘛？"他被搞糊涂了，"不说清楚我决不上当。"

"你不是要打某个人的屁股吗？她就躲在里面，随便你打，打其他部位也可以。"

"姬小倩？"他瞪着我，转瞬冲了出去，箭一般蹿进楼道。

那天晚上姬小倩没有逃得太远，把东西扔进黄浦江后直接驱车来到这里——颜助理秘密购置的度假别墅，本意是过渡一下，等詹姆斯确认后到诺贝伊顿在南方的公司做总经理。但第二天颜助理到公司后发觉一切如常，不露声色查了好几天，好不容易从黄总嘴里套出真相，两人都懵了。姬小倩既不好意思找詹姆斯，又不敢回上海，悬在半空进退两难。

颜助理为换取我不把他移交司法机关，主动供出姬小倩的下落。人都是自私的。

在车里等了很久，其间接到不少电话，有表示祝贺的，有催要货款的，还有肖章、丁栋根、小杨、唐雪漫等等，倒也不觉得无聊。过了一个多小时郜伟豪才出来，脸上挂着笑意，上车二话不说就开车。

姬小倩没有露面，我暗叹一声，不见也好，免得彼此尴尬。

上了高速郜伟豪没头没脑说："有机会请你吃饭。"

"吃饭？是不是婚宴？"

他不置可否。

我警告说："姬小倩情况比较复杂，偶尔打打屁股可以，天天打就要三思了，天底下女人的屁股多得是，别总盯着一个。"

"她跟小颜是清白的，他从未在别墅过夜。"

"我不是怀疑她与颜助理有染，而是……"说到这里我刹住嘴，警告自己别再说下去。

郜伟豪是什么人？"上海滩八少"之一，阅美无数，是能征善战的情场猛将，如果决定娶姬小倩为妻，必定经过深思熟虑，决非脑子一热的冲动，跟他谈女人，我是自取其辱。

一路上两人无话，开到旭晨大厦我下车后他突然放下车窗冒出一句："我知道你们俩合租过，可一小时前她还是处女。"说完疾驰而去。

我迷惘地看着车子渐渐远去，暗想他说这句话什么意思？笑我无能，还是夸我们有定力？他×的！

进入大厅，唐雪漫正和宁工、李工拎着大包小包下楼，她说其他人都忙，肖总安排她将他们送到研究所，由于东西比较多，可能还得跑几趟。我说送过去的物品要逐一登记，防止遗失。

上了19楼，肖章夹着笔记本从研发中心出来，他已就最后阶段研发工作做了明确分工，要求今天做好相关准备，明天开始全力进行桃色Ⅱ号攻坚战。我说你不是想说什么吗？到办公室来。他略一踌躇说这里说话不方便，到对面"冬比亚茶座"吧。我越来越奇怪，说没问题。

"冬比亚茶座"位于旭晨大厦对面巷子里，只有十几张散座，其余全是商务包间，因为这一带以高档写字楼居多，办公室里谈生意终究氛围不合，到这里几杯咖啡，数碟小吃，再听听音乐，轻松温馨的气氛使人产生愉悦感，大家容易谈得来，一高兴说不定能把合同签了。德文也是茶座的老客户，一年到头不知喝多少茶和咖啡。

老板刻意奉承，安排环境最雅致的竹轩间，进去后我笑道："来了若干次，可单我们俩过来还是头一次。"

他低声说："马上还有人来。"

"女朋友？"

他情绪反常地在包间里来回转了几圈，突然满脸通红说："我把工作都安排好了。"

"刚才你已说过，"我莫名其妙说，"这跟我们谈话有什么关系？"

"如果我不在公司，黄总能接手负责桃色Ⅱ号，他为人认真谨慎，不会犯错。"

好像……好像打算抽身而退的样子，难道他准备旅游结婚？或亦对尔虞我诈的商战有了厌倦感，不想干下去？

我摆摆手："等等，在你作出决定之前至少得说清理由，如果薄仕有什么不对，现在就给你磕头认错。"

桃色Ⅱ号项目合同虽已揣在怀里，核心部分研发才刚刚开始，这会儿肖章离开无异于釜底抽薪，我很想知道谁蛊惑他这么做，背后有什么阴谋。

他低下头，两手用力绞弄衣角，过了半天才说："你会错意了，事实上是我对不起你，我无颜在德文，不，在上海逗留下去，所以想走……其实我早就想把事情说清楚，可一直鼓不起勇气，你又很忙，考虑到桃色Ⅱ号招标的弦始终绷得很紧，就耽搁下来，现在德文中了标，你又跟唐雪漫走到一起，我，我也该放心离去……"

我皱眉道："越说越离谱，真被你弄糊涂了，你有什么对不起我的？这件事跟唐雪漫又有何关系……"

外面响起了敲门声，肖章身体一震，看着门显得又怕又激动，我抢先一步拉开门，嘴里说：

"请进——啊！容小米！"

我难以置信地看着容光焕发的容小米，又回头看着肖章，一时间大脑停止运转，傻乎乎任由她从身边进来，关上门，然后与肖章并肩而立。

"你们……"

我全身乏力，手指都抬不起来。

瞬间我想起了肖章身上很多不寻常的细节：5万元借条，凌晨1点到普亚罗消费，没完没了的电话，还有精明的小杨侦查跟踪从不空手，偏偏查不出肖章女友的身份——他怕破坏我们的关系，不敢说出真相。

"决赛那天晚上我到现场去的，"我喃喃说，"听你唱完那首《分手总在雨天》，我改变了主意，跑到后台找你，想说让桃色Ⅱ号见鬼去吧，我这就把喻主任找来重新谈，出多少钱都愿意……可是你走了，我找遍所有地方都不在……"

"我去了肖章家，因为其他根本没有能安身的地方，"她凄然笑道，"那天晚上蓦然发现除了所谓爱情，原来我一无所有，我关照他不准泄露我的情况，然后就睡了，夜里发高烧，43度，肖章把我送进医院，连续照顾了好几天，再然后，孤男寡女应该发生的就发生了。"

肖章脑袋直挂到胸口，瓮声瓮气道："薄仕，我对不起你。"

"对不起三个字能涵盖所有错误？"我恨声道，"原来海誓山盟的恋情能如此轻而易举瓦解，原来称兄道弟的情谊在美色前如此不堪一击，这几个月我铆足劲对付詹姆斯、对付武宫正雄，对付罗主任，谁知给我致命一击的却是我最信赖的朋友，肖章，你真的很了不起。"

"可你也有了唐雪漫……"他的声音越说越低。

我肺都快气炸了："如果容小米不跑到你家，我能和唐雪漫在一起吗？你以为我们恩恩爱爱，殊不知她是陶郁安排在德文的定时炸弹，说不定哪一天会把德文炸得分崩离析！"

容小米冷静地说："薄仕，现在你生气也好，不原谅我们也罢，总之事情已经发生了，就得面对现实，其实今天我们是向你告别的。"

肖章这才鼓起勇气抬头说："我自愿放弃德文所有股份，辞去总经理职务，明天就离开上海……马上我就到办公室把放弃股份的承诺书签给你，以后我们就没有关系了。"

"我不接受！"我大吼道，"你们甭想把事情弄得一团糟再全身而退，甭想！"

我摔门而出，在门口撞到老板，满脸堆笑问："这么快就好了，谁买单？"

"屋里的奸夫淫妇！"

我咆哮着冲了出去。

第四十六章 如临深渊

时间一拖就是两个多月。

我没有接受肖章的辞呈，他签的放弃股权承诺书也被我撕成粉碎，我说在我没想出解决方案前他绝对不准离开德文一步。

但如何解决，我也茫然，每天我所做的就是尽量不想这件事，不想容小米。我原谅她离开我，却不原谅她背叛我；她应该再谈恋爱，男朋友却不应该是肖章。每当回想起两人肩并肩站在一起，毫无惧色面对我时，我的心犹如被千刀万剐，绞得血淋淋的。

肖章虽然留下了，却魂不守舍，每天钻在研发中心不出来，偶尔碰到我连招呼都不打，公司职员们都觉察出异样，私下议论纷纷，最普遍的说法是合伙的生意做不长，可以一起打江山，不可以一起坐江山。桃色Ⅱ号招标尘埃落定，德文开始内耗了。

唐雪漫也问我怎么回事，我没说。这种事是身上的疥疮，揭一次疼一次，除了成为别人的谈资，不会带来任何好处。唐雪漫明知我有事瞒着她，并不挖空心思追问，依旧像往昔一样淡然轻慢，似清徐凉爽的良方，化解了我的焦躁和颓丧，也安抚了我受伤的心。这段日子我们的感情比任何时候都黏，好像生活几十年的老夫妻，彼此成为对方的精神慰藉，你间有我，我间有你，浓稠得再也无法分开。

但终究还是有心结，关于她的任务，随着桃色Ⅱ号药引和核心工程研发即将结束，阴影日益笼罩在我头上，幸好我还有一张王牌——卬哥。

丁栋根在上海滩真不是白混的，不出几天就查到卬哥的下落。上回我陪邵伟豪送过去打姬小倩屁股时，丁栋根把地址告诉了我，其中一个信息使我打消了立刻行动的念头。丁栋根说卬哥手臂伤势很严重，先在小医院做了手术，但效果不明显，后来慕名到华山医院骨外科挂了号，可能还要动一次大手术。

我让小杨盯着卬哥，等做完手术就杀上门——他不敢跟我们玩命，否则影响手术效果，手臂恢复得好坏直接关系到他能否发挥一身本领，这是赖以生存的本钱。然而华山医院实在太忙，拖了一个多月才动手术，然后住院观察，小杨盯得快失去耐心了。

"要是他等伤势完全恢复才出院怎么办？"小杨绝望地问。

我骂道："你是猪脑袋？就算他舍得花钱，人家医院也不干，现在床位这么紧张，走廊里都睡满了病人，骨伤恢复期又长，哪能容他慢慢耗？继续盯着！"

放下电话，唐雪漫从研究所带来好消息——研发期间需要有人在研究所和德文之间两头跑，传递资料和药剂，原本是程控室员工轮流去，研究所实验中心保安盘查非常严苛，恨不得脱光了检查，可看到冷冰冰的唐雪漫就没脾气，每次主动送上笑脸挥手放行，时间一长她就成为固定联络员。她说宁工已初步完成核心工程开发，只等今晚黄总确定药引配方，明天就能进行项目打包——意味着桃色Ⅱ号即将完工！

真是振奋人心的好消息，我刚绽开笑脸，手机响了，是蒋副所长打来的。临近结束，很多事情都要有个了结，该付出的付出，该兑现的兑现，最终皆大欢喜。

见面地点仍在老茶楼，等了近一个小时蒋副所长才姗姗来迟，坐下后不等他说话，我双手奉上一只信封，里面有一张卡和写着密码的纸片。在此之前我已去过招标办，包括罗主任、万主任在内都有份，但我没去蒋副所长办公室，太明显，对他、对我都不好，这种事只能悄悄地进村，打枪的不要。

出乎意料的是，蒋副所长态度坚决地将信封推回来，还含笑摇摇头。我不甘心，轻轻说这是行规，罗主任他们都有。他还是摇头，干脆将信封压到我茶杯下，然后说："所里已着手准备验收桃色Ⅱ号项目，验收小组成员有上海地区专家，还有卫生部专家，国内药剂行业著名教授等等，评估结果将对项目市场开发、后续研发以及履约付款等产生重要影响……"

我吃不准他为何提起验收，而且把验收渲染得如此重要，陪笑道："有蒋所长把关，事情一定很顺利。"

"未必，"他喝了口茶，悠悠道，"谋事在人成事在天，很多事不是想控制就能控制得了，比如说 5 家入围公司相互窃取情报，造成许多关键点设计雷同，尤其德文和梵非，几乎是双胞胎……"

我红着脸说："我知道蒋所长早就看出来了。"

"虽然相同，也有不同的地方嘛，要看从哪个角度解释，这些情况都可以控制，但大陶怎么回事？它实力最弱，进度最慢，可提交的数据和药剂水平相当高，几乎与你们三家处于同一水平，把我都吓了一跳，这就属于不可控范畴。"

"可德文还是笑在最后，说明蒋所长的控制力非同一般，"我奉上一顶高帽，"大陶尽管动了不少心思，但众知周知实力最弱，输在意料之中，诺贝伊顿、吉秋田整体力量虽强，在桃色Ⅱ号项目上并未展现出高人一筹的地方，加上国家利益和蒋所长的民族主义，德文中标可以说是水到渠成，一切都解释得通。"

蒋副所长若有所思看着我，突然微微一笑："事情不像你想得那么简单。"

我心一跳："什么？"

"你学过哲学，世上所有事物都非一成不变，而是处于不断运动变化中，白的能变成黑的，好的能变成坏的，人也是如此。"

蒋副所长一开始拒绝接受信封，现在突然其来说这番话，意思很明确，他有更高的要价！

我咽了唾沫，艰难地说："蒋所长说得太精奥了，我听不懂。"

他还是一副举重若轻的样子，语气有如闲聊："我女儿在美国读了六年书，博士头衔即将到手，然而找工作却遇到很大的麻烦，基因工程是基础学科，不能直接服务于临床医学，就业范围相当狭窄，她一度想进个人研究室或科研机构，然而没有基金会作后盾，又没有名校名师的推荐信，人家根本不接受，她很想留在美国，一是已适应了那里的生活，二是她渴望得到更多机会，无奈之下我暗中请学术同行帮忙，替她联系了福勒迪科医药集团……"

"世界第四大医药集团，年销售额 700 亿美元！"我惊呼道。

"基因工程药物研究室主任布朗很卖面子，同意让她进去实习，实习期半年，期满时若考核考评合格就签合同，我女儿很珍惜来之不易的机会，工作非常卖力，经常加班加点，因此获得导师和同事们的好评……"

我叹了口气，猜到接下来将是"但是"。

"但是，临近期满时她出了个小小的疏忽，导致实验样本被污染，这意味着前期两个月的工作付之东流，研究室必须重新聘请原班人马将整个程序再做一遍……"

我叹息道："既影响实验室工作计划，又增加研究经费，老外最痛恨这个。"

"事发后我女儿哭了好几天，她性格像妈妈，好强自立，胜负心非常强烈，可以想象对她的打击有多大，唉——"蒋副所长眉头紧锁，长叹一口气，"怎么劝都没用，有一阵子我甚至担心她会步妈妈的后尘，后来我设法找布朗沟通，问有无挽回的机会，他好像早有准备，笑眯眯说有，就看蒋先生是否愿意。我请他具体说明，他说贵所不是正在研发桃色Ⅱ号吗，副总裁丹尼尔很感兴趣，因为类似药剂福勒迪科也做过，因为种种原因失败了……"

我心一沉，紧张得喉咙干涩，结结巴巴问："他，他，他想干嘛？"

他眼睛一眨不眨地盯着我，两人对视良久，我一点一点悟出来："你想让德文把药引提供给福勒迪科，有了药引，以它的实力不出三个月就能研发出与桃色Ⅱ号疗效相同、说不定能超越它的新药！"

"福勒迪科会付给德文一大笔钱，并与我女儿签一份十年期的合同，"他声音低沉地说，"我将督促验收组在最短时间内出报告，保证资金如期到位，同时推动批量生产投入市场，一切都没有影响。"

"可一旦福勒迪科的新药出炉，会轻而易举压缩桃色Ⅱ号的生存空间，最终退出市场，这种状况已出现出若干次，"我悲愤交集，"庞大的国内市场就这样被外资医药公司蚕食、盘剥、掠夺，最终民族产业被打压得无以为继，纷纷转行或倒闭。"

他拧着眉毛没吱声，眼睛投向茶楼外面。秋风萧瑟，灰枯的落叶在地上打着转儿，或挤在墙壁角落，或嵌入石板缝隙，或摊在路面任人践踏，正如我此时的心情。

老板蹩过来续茶，本想扯几句，看看我们的样子知趣地转了开去。

终于，蒋副所长道："大家都知道我是爱国主义者，我确实是，为了小小的配方程序把自己老婆弄成精神病，后来静下心想想，这样做到底值不值？除了留下爱国主义者的美誉，为晋升副所长铺平道路，我得到了什么？如今，我已失去了妻子，不能再失去女儿，为了她，爱国主义者必须成为利己主义者。"

我呆若木鸡，一个字都说不出来。

他似乎也没有谈下去的兴致，站起身朝外面走，走了两步又转回来在我耳边说："刚才仅仅是个建议，你可以保留意见。"

他悄然离开了，只留下我继续坐着，大麦茶冷了换掉再倒，倒了又冷，直到天色全暗下来。

我是可以保留意见。只要我勒住药引不放，直接交给核心小组进入打包程序，蒋副所长胆子再大也不敢把配制好的桃色Ⅱ号药剂交给福勒迪科，那是严重的犯罪行为，查出来即使不杀头也要把牢底坐穿。

但那有什么用？

我怎么办？德文怎么办？桃色Ⅱ号怎么办？

独自走在街头，我失魂落魄，天空中飘起了小雨，将我淋得精湿，浑身上下无处不冰凉如铁，没有一丝热气。

打开门，唐雪漫见我的模样吓了一跳，逼我洗了个热水澡，又看着我喝下一大碗姜汤，然后钻进被窝，尽管如此还是瑟瑟发抖，牙齿咯咯直打战。她索性脱光衣服以温暖柔软的胴体紧紧搂着我，这才使我一点点恢复过来。整个夜里唐雪漫格外温柔，百依百顺，让我头一次体味到她居然也有如此妖媚、如此狂野的一面。

入睡之前我迷迷糊糊想，不管桃色Ⅱ号命运如何，明天都得找卭哥做个了结，事情必须一件一件解决，实在解决不了的就勇敢面对，怕什么？大不了再流落街头卖医疗器械！

第四十七章 千钧一发

运气不错，赶到华山医院在乌鲁木齐中路的住院部时，卬哥正好出院，右臂吊在胸前，左臂拎着大旅行包站在门口等出租。小杨将车子滑行过去，卬哥拉开后门一屁股坐进去，抬头看到小杨，霎时脸色一变，开门要跑，被我赶上前一脚踹进去，随即闪入车内，小杨迅速飞驰而去。

卬哥闪电般从包里掏匕首，我举着一瓶喷剂对着他的脸道："这是国外对付色狼用的强力麻醉剂，能令人昏迷6小时以上，醒来后你会发现自己待在一个有趣的地方，想不想试试？"

他略一迟疑，慢慢缩回手强笑道："你是雪漫最喜欢的人，你不会伤害我。"

我恶狠狠道："别太自信，我的脾气很坏，有时难免做出冲动的事。"

"你想干什么？"他指指右臂，"我是个没用的人，雪漫已抛弃了我，还有什么值得你担心？"

我盯着他的眼睛："我想知道谁是幕后指使？"

"你说呢？"

"是我先问的，你必须回答。"

"你问雪漫。"

"我就问你，"我说，"我没有耐心跟你啰唆，只数到6……1、2……"他紧闭双眼，一副打死也不说的态度。

"4、5、6！"

"哧——"一股烟雾喷到他脸上，刹那间他脸面肌肉大幅度跳动，紧接着波浪似的剧烈起伏痉挛，突突突直往里面收缩，好似几十条蚯蚓在皮下蠕动翻滚，其状可怖。卬哥吓坏了，左手一会儿用力拉扯，一会儿拼命抚弄，连吊在胸前的右手也跃跃欲试想跳出来帮忙。

275

"你这个混蛋，到，到底喷的什么？"他的声音因恐惧而变了调。

"这叫扭肌翻络剂，正常用于激活面瘫患者的面部神经，不过我把剂量加大到 10 倍，"我冷冷道，"如果有兴趣测试德文的药剂研发水平，我包里还有 17 种喷剂，保证每一种都能让你生不如死。"

他的手紧紧捂住脸："快让它停下，我说，我……说!"

我怜悯地叹息道："抱歉，再忍 3 分钟吧，停不下来。"

小杨也叹了口气，假惺惺说："薄董事长，我觉得分量太重了。"

为掩盖卯哥难听的公鸭嗓，小杨把摇滚乐开得很高，"咚咚咚"，强劲的鼓点伴着他的惨叫，听在耳里别有风味。

车子开上高架后才消停下来，卯哥有气无力耷拉着脑袋，满脸油汗，身子还止时不时颤抖两下，显然大伤元气。

我晃了晃喷剂："看看这个。"

他勉强一抬眼，见换了一种喷剂，禁不起住一哆嗦："别，别，我全说，反正瞒着对我也没什么意义。"

"嗯，谁是幕后指挥？"

"大陶公司，陶郁。"

小杨得意地瞟瞟我，言下之意我没看错吧。

"他想干什么？"

"说来话长，"卯哥眼神涣散，看着窗外道，"雪漫把我临阵脱逃的事报告到小山庄，山庄主人大为震怒，宣布将我赶出门户，冻结账户，每个月只留三千元生活费，操他娘! 我为他们干了那么多伤天害理的勾当，不知在鬼门关前转悠了多少趟，身上伤痕累累，单手术就做了六七次，最后就落得每月三千!"

我和小杨静静听着，不打断他的话。

"整件事是陶郁跟小山庄主人策划的，用了一番心思，设计得也很巧妙，一般人很难看穿他们的阴谋，就算我现在问你们，谁能说个八成账？"

我摇摇头。

"记得季敏吗？她、鲁晓军、柏妮和邱荣荣——你们还不知道他吧？这张双面间谍网把德文、诺贝伊顿、吉田秋、梵非的情报源源不断传递给陶郁，使大陶在竞标中始终不被甩下，保持对项目的控制力，为加强技术力量，他还聘请复旦大学徐教授同步研发……"

"噢——"我惊呼一声。

"雪漫不知道这件事，因此在你的指使下夜探徐教授实验室，吃了大亏，还差点把事情搅乱，后来吴越跟柏妮分手，又把丁栋根卷进来，事情越闹越大以至于闹出人命，导致间谍网崩解，大陶失去情报来源，研发力量又跟不上，眼看无法完成'合龙'，多亏罗主任从中周旋，以柏妮之死造成的社会影响太过恶劣为由推迟投标期限……"

我和小杨都傻了："罗主任？"

卬哥冷然道："武宫正雄自以为跟罗主任好得像一个人，那是罗主任做给外面看的，他真正的朋友是陶郁，所以每次招标事项发生变更的受益者都是大陶，可偏偏没人想到其中的猫腻，真够高明！"

现在回想起来，唐雪漫窃取德文辅方数据不过是个局，把众多无辜者拖下水，使得大陶在德文失窃事件中获利以及第一阶段招标中意外获胜；陶郁拉我去海岛看秘密研发基地，却在海边遇到罗主任也是套，目的是打消我的疑虑。

我禁不住问："陶郁费尽心机入围，最后却中不了标，这个结果对他有何好处？"

他嘿嘿一笑："奥妙就在这里，他从开始起就设定两套方案，一是罗主任始终掌控大局，大陶自然能笑到最后，二是考虑到蒋副所长有介入的迹象，事先留下伏笔，也就是雪漫的任务。"

"什么任务？"

"众所周知蒋副所长是爱国主义者……"

听到这句话我犯起一阵恶心，暗暗连"呸"几声。

"而罗主任给人的印象又是倾向吉田秋，蒋副所长肯定要出手阻挠，那么谁是受益者？德文、梵非、大陶。梵非半信半疑，主要是辅助德文，不足为虑，大陶呢实力明显低一筹，如果我是蒋副所长，八成会暗助德文一臂之力，从后来事态发展看，陶郁的判断非常准确，因此派雪漫到德文卧底。"

"她要干什么？"我急切地问。

他神色诡谲道："桃色Ⅱ号研发不是快结束了吗？雪漫的任务就是在最后时刻出手，抢走实验样本，然后陶郁和罗主任父子共同投资的药厂全面开工，提前推出这款新药，所以……"

所以大陶明知不敌，却保持对桃色Ⅱ号的研发；

所以徐教授实验室进行同步研发；

所以陶郁布下无孔不入的间谍网。

根本原因是想掌控桃色Ⅱ号技术，以便于日后秘密生产。因为熟悉整个配制流程，对各个技术环节了如指掌，生产出来的新药并非"假冒"，也非"仿制"，而是正宗"克隆"产品，由于不需要交税、专利费、各种管理费用，流通方面则有罗振的代理渠道，成本还不到正品的1/3。

真正的老谋深算，彻底的卑鄙无耻。

我听得冷汗直流，怔了半晌才问："那天夜里你为何与陶郁争吵？"

他恨恨道："按计划我是负责人，雪漫是下家，可他们见我受伤，又被山庄主人踢出门户，居然一分钱不给就把我甩到一边，我实在咽不下这口气，跑到他家大吵一场，我说两条路，一是前段时间我付出不少努力，还因此受了伤，必须给予适当的补偿，二是我得不到的你们也别想得到，大家同归于尽。他光说好话，说什么事后会有说法，哼，等东西拿到手我找谁去？"

说到这里我突然惊跳起来，头结结实实撞在车顶，我顾不上疼叫道："快下高架，去研究所！"

唐雪漫说过，如果昨晚黄总能确定药引，今天宁工那边就能进行项目打包，意味着桃色Ⅱ号药剂即将出炉！

难怪她昨夜那么温柔，原来是告别之夜！

"当初约定事成之后在哪儿交货？"我问。

卭哥道："大洞浦，一手交钱一手交货，现金200万。"

"唐雪漫不怕陶郁翻脸不给钱？"

"他有公司在上海，那边还有偌大的工厂，再说有了样本赚几个亿都不在话下，何必找麻烦？"

我脑中急剧运转，苦思对策，过了会儿打电话给黄总："药引确定了吗？"

"昨晚就定了，两小时前由肖总亲自送到研究所。"

"还有谁一起去的？"

"唐小姐。"

哼，果然如此。

打肖章和唐雪漫的手机，不通；再打宁工的手机，也不通，我急得嘴唇瞬间燎起一层泡，在车上连连跺脚。

下高架后卭哥要求下车，我同意了，让小杨把他扔在一处比较偏僻

278

的路口，然后向研究所方向疾驰而去。

时间就是金钱，时间就是生命。这句话真一点儿没错。

高速冲人研究所大门直奔实验中心，掏出证件在保安面前晃了一下，随即问："九号实验室有没有人？"

"有。"

我放了一半心，扭头对小杨说："记住路上关照的话，快去办！"

他应了一声掉头而去，我匆匆穿过厅堂，疾风般冲到三楼，跑到九号实验室，"嘭"一脚踹开门！

堆满瓶瓶罐罐的实验台中间，肖章、宁工、李工以及两名研究所研究员东倒西歪躺在地上，嘴上一律粘着封条，有的双手反缚，有的像杀猪似的四肢绑在一块儿，唐雪漫站在他们中间，一身黑色劲装，手里握着盛满粉红色液体的试管。

我静静看着她，她也静静看着我。

"你来迟一步。"她说。

"不算迟，"我说，"至少又看到了你，昨晚你已作好与我告别的准备吧？这回算计划外的邂逅。"

"我早说过不会放弃。"

"你还说过不会伤害德文，"我指指肖章等人，又指着她手中的试管说，"现在还坚持这种可笑的说法？"

"我只提取了部分样本，你可以拿剩下的交差，完成合同规定事项，至于批量生产、投放市场，谁能预知将来发生什么？"她冷静地说，"就算我不这样做，桃色Ⅱ号就能长期占有市场？中国人出色的模仿、假冒能力，能在一个内生产出大量山寨版桃色Ⅱ号，届时同样落得失败的命运。"

"那是两码事！重要的是你已经在做，是你把桃色Ⅱ号推人万劫不复的境地！"我激愤地叫道，"你说的话，做的事全是假的，包括对我的感情，你利用和我的关系在德文立足，取得员工们的信任……"

"没有，感情归感情，任务归任务，我向来区分很清楚！"她辩解道。

"你敢说一点点关系都没有？"我嘲讽道，"从大洞浦到连医生家，我一次又一次把你救离危险，没有我，你能以胜利者的姿态站在这儿？"

唐雪漫微微垂下眼："听着薄仕，非常感谢你为我做的一切，你是我遇到的最好的男人，但我真配不上你，不单指出身，还有品味、生活习惯、社交等等……其实经过这段时间相处我们都看出来了，只是不愿意正视而已，放过我吧，给我空间和自由，你也能赚一大笔钱，娶个爱你的女孩，快快乐乐过一辈子……"

"我就是喜欢你！"我大吼道，"我不管什么配不配，那些不过是你的托辞！我知道你并不在乎钱，而是在乎自己的形象，你心中充满挫败感，因为除了第一次窃取辅方数据成功，其余行动次次失手，还险些丧命，你想在我面前证明自己的能力，是不是？现在你成功了，我很佩服你，请把试管放下吧，刚才不过是一场游戏。"

她的眼睛渐渐湿润，眼泪在眼眶里打转，退后一步说："这项任务我承诺在先，绝不能……不能半途而废，这是我的底线……"

"让底线见鬼去吧！"我近于咆哮，"陶郁、罗主任、罗振、徐教授是一群贪婪无耻的人渣，不可以让他们得逞，否则天理何在？正义何在？"

嚷到最后一句我已陷于半癫狂状态，因为人渣名单中还有蒋副所长，那个外表道貌岸然，内心狡诈阴险的伪君子！我感觉四面八方都是敌人，或假装脉脉温情，或微笑下暗藏杀机，或巧取豪夺，目的都是抢走我的宝贝——桃色Ⅱ号，以满足他们的私欲。

"薄仕，你过来。"

唐雪漫突然放下试管，以温柔的语气叫我。我怔了怔，一步步走过去，肖章等人拼命挣扎，嘴里"唔唔唔"叫个不停，似是阻止。我没有理睬，直接从他们身上跨过去站到她面前。唐雪漫陡地目光一凝，朝门口张望，我赶紧掉头，蓦地后脑勺被重重一击，顿时天旋地转瘫倒在地。

"对不起，真的对不起，但我别无选择。"

唐雪漫在我耳边低低说，旋即一阵风似的离去。我只觉得嗓子眼发甜，眼睛黏滞似的怎么也睁不开，意识如同风中落叶，向黑不见底的深渊沉沦、再沉沦……

清醒！保持清醒！

我用尽全身力气一咬舌尖，剧痛之下清醒了大半，身体还是软绵绵的，我双手支撑着爬起来，依稀听到楼下汽车发动的声音，腾地来了力气，蹿起身向楼下飞奔！

冲出厅堂，她的车已驶出研究所大门，我急追十多米，迎面有位研究员骑着摩托车过来，我三言两语将车抢下，放速追上去。

三桥路、叉子口、观景大道，再转至人迹稀少的金湖路，远远看到唐雪漫的车，心中狂喜：我预料得不错，他们果然没把受伤的卬哥放在眼里，交货地点依然在大洞浦！

唐雪漫似乎发觉我在后面，连连加速，我也豁出去了，把速度提至极限，咬在后面就是不放。过了杨浦大桥一直往南，然后拐往通向大厂区的串场河边大路，她冷不丁来了个急刹！

前面道路中间飘着红底黑字的标语："雪漫，我爱你，嫁给我吧！薄仕。"

车子继续向前，过了几十米又出现标语："雪漫，让真心相爱的人在一起！薄仕。"

下一条是："我愿意放弃德文，你只要停车、下车。"

接着出现几十只随风飞舞的氢气球，下面挂着精美的彩盒，旁边飘着一副标语："这是求婚戒指，请接受吧！"

车子越开越慢，我趁机追到离她十多米远，叫道："雪漫，我是真心的！"

却见她突然加速箭一般向前驶去，数百米厂房外站着一群人，为首依稀是陶郁，两手负在身后，他满面笑容，笑得很开心。

车子离他们越来越近，只剩四五十米时"嘎"一个急刹！

接着唐雪漫从车里出来，泪流满脸地跑向我。

"我也爱你！"

不知她是否这样喊着，因为接下来发生的事兔起鹘落，快得来不及反应。

先是陶郁带着一群人包抄过来；然后一辆燃烧着的大卡车突然从巷道里冲出来，正好卡在唐雪漫的车和陶郁等人中间，驾驶室里坐着满脸狰狞的卬哥——"我得不到的你们也别想得到，大家同归于尽"。

"轰"，一声惊天动地的巨响，卡车爆炸了！

巨大的冲击波将我和唐雪漫掀翻在地，几分钟后小杨开着车从浓烟里冒出来，一直停在我们身边："快上车！"

驶离串场河时我和唐雪漫不约而同掉头看，卡车残骸还在燃烧，陶郁、卬哥等都不见踪影，不知有没有躲过劫难，但已与我们没太大关系。

尾
声

我和唐雪漫从上海消失了。

临行前我寄了份股权转让书给肖章，上面明确我在德文的股份全部转让给容小米，同时要求他们善待任珺，因为她追求爱情，最终却一无所有。

桃色Ⅱ号项目验收正在进行中，蒋副所长会不会对肖章施加压力，罗主任会不会伙同山庄主人继续未完成的阴谋，我不知道。既然已经放弃，就不必牵挂太多，唐雪漫说得对，把握现有的幸福最重要。

关于我失踪的传言，版本很多，有的说因为桃色Ⅱ号，有的说因为肖章抢走容小米，有的说因为唐雪漫，总之事关桃色。

有什么办法呢？薄仕天生就是干大事的人，连谢幕都如此华丽。

（全文终）